读客® 知识小说文库

读小说，学知识

山海经密码 2

一部带您重返中国一切神话、传说与文明源头的奇妙小说

第2部：水神共工撞倒不周山的千年悬案

阿菩 著

上海文艺出版社

目录

九尾跑着，跑着，跑了很久，但那三个山头外的毒火雀池（现在的云南滇池）却总在三个山头外。怎么回事？它突然停了下来，散发着浓烈的妖气，一双火一样的眼睛四下扫射，要看穿自己所处的幻境。

“没想到这么快就被看穿了。”暗处的雒灵叹了一口气，正在这时，毒火雀池的上空传来一声巨响。“天！那是什么？”似乎有两颗巨星在毒火雀池的上空相撞，爆发出阵阵震撼天地的波动。

“启儿、启儿……”涂山氏又哭又笑的声音回荡于天地之间。若木是夏启的后裔，也是涂山氏的子孙血脉，若木的逝世引发了涂山氏潜藏的母爱慈心，正是这一点让这个魔化的九尾狐神内心防线出现了破绽……

羿令符取下落日、落月两弓，将两弓合并，单膝跪地，无箭拉弦。“回去吧。”羿令符雄壮的声音一震：日月弦动，四境一清。这一弦射出的不是羽箭，这一弦发出的不是声音——那是来自远方的呼唤，呼唤一个迷途的魂灵重归于造化的洪流！

桑谷隽冷冷道：“你又是谁？”

“嘿！让你小子知道你爷爷的威名！你爷爷乃是黄河第十六代河伯，大夏王都镇都四门东郭冯夷是也！”

桑谷隽冷笑道：“原来你就是那个被大羿射瞎左眼的花花公子之后啊，哈哈，夏都的四只乌龟，就来了你一只么？”

河伯东郭冯夷闻言怒道：“小子你找死！”怒喝声中湖泊中射出两股水箭，却不是直射桑谷隽，而是射向桑谷隽的上空，两股水箭激荡在一起，化作满天飞雨，把桑谷隽周围十丈的地方全笼罩住了。

“族老们说，很久很久以前，我们是居住在平原的。那里有肥沃的土地，有丰饶的物产。”水族的记忆到此被腰斩了。在对土地和王权的争夺中，“我们被打败了，共工祖神用他的生命推倒了不周山，阻住了追兵，我们族人得以退入西北、西南，从此开始了在这片荒芜的大地上流浪，直到在大相柳湖（现在的新疆罗布泊）建立我们的新家园。”

江离喃喃道：“你们是共工之后，确实有可能做到这一点……可是，可是……”他突然暴怒道：“这怎么能够！这是在制造世界末日！这，这！……你们太过分了！”

有莘不破见一向温文尔雅的江离骤然间失态，不禁有些奇怪，道：“水结冰的冷热度大大降低又怎么了？”

江离怒道：“你呆子啊！那意味着水很难结冰，而冰雪很容易化成水啊！到时候……”

空中那人伸手一指，火云上空出现一道裂缝，裂缝后面是一片无穷无尽的黑暗。那个暗黑空间似乎有着无穷的吞噬力，本来向东南移动且已铺满方圆千里的超级火云被那股引力所牵引，竟然停滞下来，跟着被倒拖，向那无底的黑暗涌去，一接触到裂缝的边缘便马上被吞噬，吞噬得越多，那道裂缝就越大，裂缝越大，吞噬的速度就越快。

芈压看得口干舌燥，突然感觉脚下一飘，那裂缝吞噬完千里火云，接着连地下的潮水、沙石也被引动。

芈压大惊：“不是连我们也要吞了吧？”

师韶叫道：“宗主！快快收手。无底洞再扩张下去整个世界都要被吞噬了！”

第一章
在滇池边截击千年妖兽九尾狐

向滇池进发！

自从赶走了夏都杀手，有穷商队一路再没遇到人为的阻滞。

那次交锋后，众人会合。有莘不破听说巫山巫女峰下那个神秘男子，就是大名鼎鼎的季丹洛明，兴奋得手舞足蹈。而羿令符听说季丹洛明当时很可能就埋伏在正南方的道路上，不由痛惜失之交臂。最不爽的当然是芈（mǐ）压，眼见出去的三人各遇强敌高人，偏偏自己这个“居中策应，任重道远”的中军大帐风平浪静，不由连呼上当，口喷烈火，追得“大骗子”有莘不破遍地逃跑。

这一路打打闹闹，倒也开心，但越往南，地段越荒凉，路也越难走。到了蜀国南端的猨（yuán）翼山[①]，终于连山野小路也没有了。

有莘不破召集了四长老、六使者，进入江离在车阵中央结下的隔音

---

① 猨翼山：《山海经》中的古山，山上有很多怪兽，水中有很多怪鱼，还盛产白玉，蝮虫、怪蛇奇多，人上去就会遇险。据《山海经·南山经》记载：“又东三百八十里，曰猨翼之山，其中多怪兽，水多怪鱼，多白玉，多蝮（fǔ）虫，多怪蛇，多怪木，不可以上。”

幻木境界，十五人依次列坐，商议对策。这一十五人，乃是有穷商队的最高领导层。芈压见这阵势，知道是一个很正式的会议，让自己参加，那是把自己当做成人看待了，当下压住内心的新鲜感和兴奋，挺出一副大大方方的成熟模样。

苍长老是会议主持，他扼要讲了将议之事："……简言之：一、前路车队难行，或有宝可觅，但无商可通；二、几位首领有意到毒火雀池一行。此二事如何取舍，或有何两全其美之策，请诸位共议。"

有莘不破执掌有穷商队以来，灭窫窳（yà yǔ），越戴（zhí）国，抗礼祝融，开通西南，有穷商队声威更胜以前，而商队队众所得财物，更远非以往可比，上上下下无不归心，甘于同欢乐、共患难。因此几个首领到底为什么一定要到毒火雀池去，众人并不了了，却无反对之声。当下商议两全之策，议论良久，终于决定兵分两路：几位首领前往雀池，商队本部返回蜀国腹地等候。

江离道："往毒火雀池，人数宜少不宜多。但商队本部仍必须有一人主持。我们五人必须留下一个。"

在这个正式的会议上，芈压一直不敢说话，怕说错了丢脸，但这时一听江离的话急得跳了起来："谁都行，但决不能是我！这次我说什么也不干坐镇中央的蠢事了！"

江离笑道："放心，不是你。"

芈压舒了一口气。

江离望向羿令符，羿令符也刚好望了过来，两人交换了一下眼神，羿令符道："我吧。"

有莘不破知道这次前往毒火雀池危机重重，极需羿令符这样的臂膀，但无论能耐、威望、资历、身份以及独当一面的气魄，羿令符都是留下主持的首选，当下点了点头。

苍长老发令，众人端坐，听有莘不破发布正式决定："有穷商队代理台首有莘不破与大首领江离、雒灵、芈压前往毒火雀池；商队暂由羿大首领全权统摄，即日回蜀国腹地安顿。"

苍长老高声道："散会。"

叶敛木收，隔音幻木境界化为乌有。

离开巴国首都孟涂以后，道路越走越荒凉。

由于道路难走，祝融城一路跟来的五大富商在孟涂就已经止步。对于他们而言，只要能够保持孟涂到祝融之间的商道畅通，他们就有源源不绝的财富。直到现在还跟着有穷商队的，人数不及到达孟涂以前的十分之一。其中商人少而武士多，此外还有一些奇奇怪怪的人物，比如靖歆（xīn）之流，原本就混迹在这群人里面。

马蹄又渐渐找回了当初的雄心壮志，同时意识到当初定居孟涂这个想法的危险性。虽说祝融附属于昆吾，川外的律法管不到川内，但随着两地交流的频密，自己的雇主没有回到祝融城一定会被揭穿。之后就有复仇、打压和谋夺财产等危险接踵而来。

跟着有穷商队是一个危险的选择，但危险越大，可能回报就越大。

近来，马蹄已渐渐能察觉到体内气流游走了，而且渐渐能体悟到大自然种种元气的存在。虽然离“内固本元，外控诸物”的境界还很远，但对这个年轻人来说，已经很不简单了。应该说，马蹄在这方面实在是一个天才。

“小子，你在修炼先天真气，是不是？”

马蹄吓了一跳，一抬头，看见一个风采如神的方士。

“你本是一块大好材料，可惜可惜。”

马蹄忍不住问：“可惜什么？”

“可惜你没有一个明师。”方士说着，手一扬，马蹄明显感觉到他的掌心凝聚着一团十分强大的真气。

“你真厉害！”马蹄由衷地赞道。

“想学么？”

马蹄大喜，知道对方有意收自己为徒，赶紧跪下，咚咚连磕响头。

“不错，你总算知礼！”方士笑道，“你既拜我为师，不可不知为师的门派和法讳。为师法讳上靖下歆，乃小招摇山小招摇宗这一代的掌门人。”

"靖歆、小招摇山……"马蹄心中默念着。他并不知道这个门派有多大的来头，却知道自己以后再也不是一个寻常混混了。"师父！弟子一定认真修炼，不负我小招摇山的威名。"

"好，好。"靖歆点头道，"为师下山是为云游四方，但为了你便先在你车上暂住些日子，待你扎好了根基，我再带你返回小招摇山。"

有穷商队回头以后，靖歆令马蹄把车牛辎重都舍了，丢在一个荒僻的地方。马蹄马尾各背一个背篓，收拾一些食用之物，继续跨山南行。这一路受的罪可就大了。道路难行不说，沿途还得服侍靖歆这个架子大过天的师父。

马蹄开始怀疑自己这个师父是不是拜得太仓促了。自从做了靖歆的徒弟以后，他再一次过起下人的生活。上次伺候的是雇主，图他的钱；这次伺候的是师父，图他的本事。

马尾逆来顺受，倒不觉什么，但一点东西都没学到，整天在靖歆淫威下低三下四的马蹄却开始后悔了。

"咦！那是什么东西，是一只大鸟吗？"

马蹄顺着哥哥的手指望去，只见极高处飞着只怪鸟，隐隐可以见到鸟上坐着一个人。

"大概是什么人在施展神通吧。"自从遇到有穷商队以后，什么怪事都有。这些跟着有穷商队的人早就见怪不怪了。"总有一天，我也要学到这样的神通，上天入地，无所不能！"

马蹄正在意淫，只听背后一个冷冷的声音道："这神通你是一辈子也学不来的。"

马蹄不用回头，就知道是那个什么也没教过他却把他当奴才用的师父。听了他这句话，什么壮志都没了，但他也只消沉了一会儿，便又重新收拾心情，傻不拉叽地问道："师父，那是什么鸟啊，这么大？"

"鸟？"靖歆冷笑道，"那是蝴蝶！"

"蝴蝶？"马蹄吃了一惊，"有能飞得这么高的蝴蝶吗？"

"你懂什么？天下你没听过的事情多了去！"

马蹄忙说："徒儿无知，还请师父指点。"

“哼。”靖歆沉吟道，“我虽能估摸出这人的来历，但此事非同小可，你现在知道了没什么好处，以后有机会再跟你说。咦！”

在靖歆的讶异声中，马蹄发现那蝴蝶翩翩降下，竟然冲着他们三人而来，心中不由有些惴惴不安：“这蝴蝶上的人到底是个什么怪物，别是来找麻烦的吧？”

桑谷秀从没出过门，认不得路，只知道驱使幻蝶一路南飞，和回程中的有穷商队错过了也不知道。正在苍茫的群山间不知如何是好，突然发现穷山恶水间竟有三个人影攀山越岭，心想这三人能走到这个地方，必是非常之人，当即降下问路。

那三人为首的是个方士，数缕黑须，神态潇洒，桑谷秀见了心中已有七分好感。当下在幻蝶上施礼问路。双方通了姓名，桑谷秀对外界所知不多，靖歆虽到过她家，桑鏖（áo）望也没将这事跟她提过；靖歆见了那三丈见方的大幻蝶，已经隐隐猜到这女孩和桑家关系不浅，再听到桑谷秀自称姓桑，心中更加了然，想道：“人道桑家有个二小姐，美貌多病，看她这个样子十有八九便是了，不过看起来她并不知道我在她家做过客。”当下并不点破，再听桑谷秀问起毒火雀池的去路，靖歆不由微微吃了一惊：“毒火雀池？”

“先生知道？”

靖歆点了点头。桑谷秀大喜，忙问方向。靖歆道：“三言两语难以说清，我虽识得，本可为姑娘引路，可惜没有驾物飞行的神通。”

桑谷秀微微一笑，道：“先生若肯引路，那是最好的了，小女子先行谢过。至于飞行，倒也容易。”她自幼多病，体力甚差，禁不得风，走不得路，自那九尾融进体内，借它的狐力，才能千里跋涉，否则虽能召来幻蝶，也禁不起高空飞行时的罡风。

马蹄、马尾在靖歆淫威之下，一直不敢开口说话。马尾只惦记着什么时候吃东西，马蹄虽也好色，但喜欢的是骚劲十足的娘们，桑谷秀虽然温婉，但在他眼中只是个病恹恹的大家小姐，他一点兴趣也没有。

“这女人有什么了不起？师父要这么慎重，不就养了一只大蝴蝶嘛！”马蹄正在不屑，却见桑谷秀伸出了手，掌中托着两片桑叶，桑叶上卧着三条小虫。马蹄知道那就是能吐丝的蚕——靖歆却知道这是桑家独有的天蚕。

天蚕啃食着桑叶，吃得好快，不一会儿就把桑叶吃得一干二净。桑谷秀把那三条开始吐丝的天蚕往空中一抛，只见那小小的天蚕竟然在半空中吐出万千蚕丝来。从空中落地只是一瞬间，这三条天蚕吐出来的丝竟铺满了三四丈方圆。蚕丝把天蚕裹起来，变成三个大茧，马蹄、马尾还没反应过来，三只大蝴蝶已经破茧而出。

马尾看得目瞪口呆，连麦饼都忘了吃；马蹄更是艳羡不已："这些家伙为什么都有这么神奇的法术？老子要有好出身，一定比他们牛！"

"三位，请吧。"

靖歆微笑着凌虚而上，扫了两个小伙子一眼。他这人享受惯了，受不得苦，所以走到半途还要找马蹄这看起来还算伶俐的小子来服侍。本来在进入这片荒山之前就想把这两人解决掉，但一路来这小子马屁拍得好，伺候得舒服，就暂时留了他们的性命，想等路途险恶到这两个人走不动、成为累赘的时候再抛了他们，任其自生自灭。哪知遇到了从巴国跑出来的桑谷秀。"嘿，你们两个，算是交了狗屎运！"

在路上，桑谷秀问起最近有没有见过什么异象，或什么大战之类。靖歆察言观色，随口胡诌："有啊，前些天就在毒火雀池那个方向，真个天崩地裂，日月无光。我见形势有异，这才打算前往一探。"桑谷秀听了更是忧形于色。靖歆又转弯抹角地套桑谷秀的话。桑谷秀没什么心机，不多时就让靖歆把她心里担心的事情摸出了个七八成。知道了实情的靖歆，打定了主意，决定快到毒火雀池时，便找机会与桑谷秀分开。

四人飞了不知多少时辰，靖歆远远望见正南方一片丹红，估摸着毒火雀池已在三百里之内，正要想个借口和桑谷秀分手，突然听见她叫了一声"若木哥哥"，一掉头往东南方加速飞去。

眼见桑谷秀越飞越远，马蹄问道："师父，这女人怎么了？"

"嘿！谁知道她发什么神经！"

"那我们怎么办？"

“继续往正南方走，降下来贴着树尖慢慢走，嘿！这蝶儿真不赖，比马还好使唤！”

桑谷秀方才见了那片丹红，也猜出那可能是毒火雀池的所在。正想请教靖歆，突然东南方隐隐传来一股阔别多年的熟悉气味——若木！一想起那个姐妹俩朝思暮想了不知多少个日夜的若木，她不由得欢喜若狂，失神地叫唤了一声就往东南飞去，把靖歆三人都忘记了。

足踏幻蝶，桑鏖望和桑季远远望着结阵成圆的有穷车队。

“没有阿秀的气息。”桑鏖望道，“估计有莘羖（gǔ）和若木应该也不在里面。”

桑季道：“如果有莘羖没有恶意的话，那阿秀应该无恙；但如果他竟然丧心病狂要干那恶事，就一定会在毒火雀池附近。阿秀既然不在这里，我们得赶快往毒火雀池去！”

“好！如果他们敢动……动阿秀一根头发，西南境内，没一个川外人可以活着回去！”

羿令符看着龙爪秃鹰，呆呆出神。

苍长老走近前来，问道：“少主，怎么了？”

“是桑鏖望和桑季。”羿令符喃喃道，“他们往南边去了。看他们的样子，似乎出了什么大事。”

苍长老道：“不会和有莘公子他们有关吧？”在羿令符面前，苍长老始终不肯称有莘不破为台侯。

“我要去拜访一下伯嘉鱼。”

“蜀国国主？我们经过甘山[①]已经登门拜访，向他纳过礼贡了啊。”苍长老灵光一闪，突然醒悟，“少主！你也要去毒火雀池么？”

羿令符点头道：“不错，如果伯嘉鱼肯答应照顾我们商队的话。”

---

① 甘山：又叫湔山，《山海经》中的古山，就是今天四川都江堰市的玉垒山。据《山海经·大经》记载：“有甘山者，甘水出焉，生甘渊。”

阴谋与误会

雒灵孤单地坐着。她身后不远，就是毒火雀池。毒火雀池的四方道路，在这里汇聚。若木和江离在东，有莘羖和有莘不破在西，季丹洛明和芈压在正北，等待着九尾自投罗网。明天就是火雀三十年一现的夏至日，它应该不会错过。

“为什么我们不集中力量守住这里？而要分别守住东、北、西三个路口？”有莘不破当时问，“那样我们的力量会更集中。”

“这里离雀池太近，”有莘羖回答说，“变数太大。三十年前我们在这里阻截它，结果差点发生意外。”

“意外？”

“在火雀现身的时候，它冲破了我们的联防。”若木接口说，“差一点就让它借助火雀的神力妖化。”

鉴于三十年前的危机，众人决定把九尾拦截在外围。当然，最好的结果是能在外围制住它。

没有完全觉醒的九尾，力量稍弱于季丹洛明、若木和有莘羖任何一人，再加上一个后辈在旁边帮忙，应该不会有什么危险。假如被它突破第一道防线，其他两个方向的人还有足够的时间回援。

“如果还出什么意外的话……”

如果还出什么意外的话，最后这个关口还有一个女孩子守着。

雒灵孤单单地守着，不知道自己应该因为被看重而自豪，还是应该为孤独而怅惘。入夏了，雒灵却觉得夜风有些凉——是由于她想起了以前在荒谷中的日子吗？在遇到有莘不破之前，她的整个记忆，凉得像初春的井水。

毒火雀池的东北方向，是一片森罗万象的幻古森林。幻蝶飞到这片森林的上空，便如一尾清水鱼误闯进一片泥沼，每前进一步都要费尽气力。桑谷秀坚持飞了十余丈，终于喘息着降了下来。上空是巨大的飓风，地面是遍地的荆棘，但桑谷秀怯生生的脚一踏到地面，荆棘丛便温顺地让开了，露出柔软干燥的泥土。

幻古森林潜伏着无数危机，一条鸣蛇[①]正扑扇着四只翅膀在林间飞翔，血红的芯子一伸一缩，但桑谷秀却一点也不感到害怕，因为这里到处都是若木的气息。她没注意到右手手腕上黑色纹理的迷榖（gǔ）手链正隐隐闪烁着，只是扶着树木一步步走着。尽管森林中光线很暗，但她却觉得就像走在自己家的小扶桑园里一样熟悉。只是偶然间心口隐隐作痛，三步一停，五步一喘——不知为什么，进入这片森林以后，灵狐的妖力也荡然无存，是它也用尽了自己的力量了吗？

若木哥哥，这些年了，他的容貌有没有变？最后一棵古树后面，是一片青色的光华。在这个以青绿作为底色的世界里，不需要灿烂的太阳，不需要皎洁的月亮，只要有那一株微微发光的扶桑树存在，这个与世隔绝的境界就永远拥有春天的温暖和秋天的清凉。

扶桑树下，一个美少年穿着淡青色的绸衫，随意地坐在那里，初一看，就像一个刚刚坐下休息的旅人；再一看，又像一尊亘古便在那里的雕像。没风吹过的时候，这个地方就像一幅画；有风吹过的时候，这个情景就像一个梦。

美少年旁边还有另一个美少年，但桑谷秀并没有注意到他的存在，也没有注意到他的离开。这时候天地间的一切对她来讲都不重要了，唯一有意义的，只剩下那个思念多年的男子。

眼前这个美少年，还是和记忆中一样，一点也没变，只是比记忆中更加梦幻，更加不真实。

江离静静地离开了，虽然第一眼见到桑谷秀的时候心里很诧异，但看到她那如痴如醉的眼神，他知道自己应该离开一会。“但是师兄呢？桑姐姐在他心里究竟是什么样一个存在？”

若木一抬头，见到了那个蝴蝶一样柔弱的女子。几年不见，她完全

---

① 鸣蛇：《山海经》中一种长着四只翅膀的怪蛇。据《山海经·中山经》记载：“……其中多鸣蛇，其状如蛇而四翼，其音如磬，见则其邑大旱。”

长大了，更加清秀，更加温柔，也更加弱不禁风。

作为一个追求生命永恒的人，他虽然曾被有莘羖感动，但却从来没想过像有莘羖那样热烈地去爱。但有一天师弟竟然告诉他：有一个女孩子在想念他。他不禁有些惘然，却不能不为这个自己疼爱过的小女孩所感动。

“若木哥哥……”桑谷秀踉跄地跑过来。

美少年冲过去扶住了她，随手梳理了一下她被风吹乱的鬓角，温柔地责备着：“病还没好怎么就出门乱跑……这一路来，很辛苦吧？”

桑谷秀摇了摇头，就像小时候一样依在他肩头上，忘记了很多事情：忘记了这些年的幽怨，忘记了这些年的痛苦，甚至忘记了自己为什么会找到这里来。

这令人沉醉的幸福虽只有一弹指那么短暂，却让桑谷秀有一种天长地久的错觉。时光如果就此停滞，就像那第一次吹到脸上的春风永不逝去，那该多好啊。

“对了，你跑出来你爹爹知道吗？”

“啊！”桑谷秀想起来了，“你不是……”

话未出口，一切都变了。

雒灵静静看着天上的那轮寒月，蟾宫之曲隐隐约约地从东北方向飘来，那是常人听不见的心灵之歌：唱着老去的国度，唱着事实的真相，唱着浩瀚的岁月……雒灵听得有些痴，有些醉。这是自己遇见江离以后，他第二次敞开自己的心怀。每当这个时候，雒灵都会觉得自己听到的是另一个江离，这心声透露的更多是一个忧郁的人类少年，而不是一个漠然下视茫茫尘世的仙家子弟。

“或许他心中藏着另一个人。或许这件事连他自己也不知道。”

雒灵正在思量着江离的心声，那心灵之曲却倏然中断，就像曲子在鸣奏时琴弦被人一刀割断。那边出什么事了？难道九尾出现了？

稀稀落落的星群中，似乎有一颗开始黯淡下来。

雀池正北方，端坐不动的季丹洛明突然说："芈压，东面似乎有状况，你回雀池入口看看，如果情况紧急就发'升龙火'为号！"

芈压叫了一声"得令！"，然后就兴冲冲去了。

刚才东方有异动，但以若木的功力，应该不会有什么危险吧。而且雒灵那边也未传来警讯。

"啊哟！师父！"

靖歆三人座下的三只大蝴蝶突然萎缩，三人一齐掉了下去。

靖歆伸足在树枝上轻轻一弹，飘下地面，身形潇洒自如。马蹄和马尾却是直掉下来，幸而三人都是贴着树顶低空飞行，掉下来的时候又让许多枝叶绊住，抵消了大部分的冲力，但饶是如此，马蹄、马尾仍跌了个七荤八素。

"师父！这蝴蝶疯了吗？咦！"在马蹄的惊叫声中，那三只大蝴蝶就像秋草遇到寒风，迅速凋零，"原来这蝴蝶什么都好，就是太过短命。这还不到半天呢……"

靖歆喝道："不要乱说！"

"不是吗？"

"这蝴蝶靠的是那小妮子的生命之源而存活，这会子突然死掉，只怕那小妮子凶多吉少了。"

一路上，桑谷秀虽然和马蹄、马尾没怎么说过话，但她温柔娴雅，对两人也十分亲和，因此听到她凶多吉少，两兄弟都不禁有些难过。

一直很少说话的马尾突然说："你是说，那个小妹妹和这些蝴蝶一样，就快死了？"

靖歆还没说话，突然头顶一声悲泣。

"谁？"在靖歆的喝叫声中，两个人飘了下来，正是桑鏖望和桑季两兄弟。两人在赶来毒火雀池的路上，见到靖歆等三人竟然驭蝶飞行，而细察那幻蝶的模样气息竟是桑谷秀召唤出来的。桑鏖望心知有异，当下与桑季暗中跟在后面，一路上靖歆竟然没有发现。直到幻蝶萎化，两人哪还用靖歆说，便知道桑谷秀危在旦夕。听得口无忌惮的马尾说出一个“死”字，桑鏖望心中一颤，竟然痛出声来。

桑季心神较定，过了半晌，喝道：“靖歆！你来这里干什么？你们怎么会有我巴国的幻蝶？”自靖歆在蜀国界败北，桑季不由对他看轻了两分，再加上此时气急，语气中也没有那么礼貌了。

刚才一见到这两个人，靖歆心中先是一惊。他虽然胆小谨慎，阅历却丰富无比，不多时便镇定下来，念头一转，便把两人的来由估摸了六七分，当下叹道：“我在蜀国界北受挫于有穷，虽然我力量不及他们，但招摇山靖歆是何等人物，此仇焉能不报？此番南下，正是寻找复仇的时机。在道路上遇到一位姓桑的姑娘……”

桑鏖望和桑季对望一眼，听靖歆继续道：“在这荒野中迷了路途，向我等问路。当时她很是虚弱，不知是有病还是有伤。其时我们也迷失了路途，大家同病相怜，她变化出这三只幻蝶来与我们共乘，希望协力走出这荒野。”

桑季喝道：“既然如此，怎么又不见她？”

靖歆道：“我们正自找路，这位桑姑娘突然像中邪一样，向东南方向的一片古怪森林飞去。我们情知有异，不忍心就此丢了她，但又怕那森林有埋伏，商量了一会儿，决定继续向南，想从这边迂回过去。怎么？两位认识这位桑姑娘？难道，难道她是……桑家的姑娘？”

桑季不答，继续问道：“你见到她时，她是一个人？”

“是啊。”

桑季刀一样的眼光向马蹄、马尾扫去，马蹄急忙说“是”，马尾也迟钝地点了点头。

刚才马蹄、马尾闻听桑谷秀噩耗的时候那难过的神色让桑氏兄弟看在眼里，心中对他们多了两分好感，对靖歆的话也就多信了三分。这两个年轻人并不知道，自己这个不自觉的神色会对这些大人物的决定产生多大的影响。

“大哥，阿秀怎么会是一个人，难道是半途逃脱了？”

靖歆听到“逃脱”两个字，心中一动，接口道：“逃脱？难道桑姑娘被什么人抓住？逃出来以后又被那古怪的森林摄了回去？”

桑家兄弟本来就存在这个想法，这时候给靖歆一导引，又相信了几分。其实刚才靖歆一直把桑谷秀所来的方向和要去的地方都故意省略掉了，马蹄心知师父的话大有问题，但他心机不浅，脸上神色不动；马尾脑袋迟钝，靖歆绕来绕去的话他听得不是很懂，因此脸上也没什么异样。桑季一边和靖歆说话，一边冷眼旁观那两个年轻人的神色，见了这情形，对靖歆的话又多信了两分。

桑季还要再问，桑鏖望突然眼角狂跳，说声“废话以后再说”，撇了靖歆等人，猛地向南掠去。桑季也知道桑谷秀命在旦夕，连忙跟上。

眼见桑鏖望兄弟渐渐远去，马蹄问道：“师父！他们……”

“哼！”靖歆冷笑道，“这些边乡鄙野的川人，蛮力是有几分的，可惜天生的愚不可及。”他已经预感到前方必定有一场大冲突，不禁有些得意忘形：“你们这些所谓的绝顶高手、大国宗主，还不一样被我玩弄于掌中！”

“你有这么了不起么？最多不过顺水推舟罢了。”这句话马蹄当然没有说出口，他低着头，琢磨着整个事件里隐含的阴谋。他对几个大人物之间的利害关系并不清楚，但仍能够隐约猜到靖歆的用意。

羿令符得到蜀国国主伯嘉鱼的承诺，一路策马向南。突然坐下风马四蹄一陷，羿令符心中一动，通灵的龙爪秃鹰如箭疾下，将羿令符一把抓起，飞向空中。

“不错啊，比有莘不破警觉多了。”笑声中桑谷隽从地底浮了出来。黄泉之泥的美容效果极好，这会儿他脸上的肌肤又恢复被有莘不破痛打之前的光滑润泽。

羿令符冷笑道：“阁下倒真是睚眦必报啊。”

桑谷隽笑道：“那当然！何况那令我吃尽苦头的两箭，我也不服气。”在巫女峰下，羿令符为解有莘不破的危机，用两支锁骨钉连破桑谷隽三层“土之铠甲”，穿筋锁骨，把他当场制服。但当时桑谷隽刚刚和江离一场恶战，元气大耗，双脚又被有莘不破扣住，行动不便，因此不免心中不服。

羿令符也知道那两箭有以多欺少之嫌，但他也不多解释，只道："你是要报仇，还是要决斗？"

桑谷隽笑道："那有区别吗？"

羿令符淡淡道："我现在有急事，你如不择手段报仇，现在正好乘人之危；如果你还算条汉子，待我了结了南方之事，你我择日再战。"

桑谷隽道："原来如此，难怪我到了有穷车阵，里面竟然没有一个首领在。"

羿令符脸色微变："你对我商队下手了？"

桑谷隽怒道："你当我桑谷隽什么人？"

"好。桑鏖望的儿子果然是条汉子。无论如何，你没有动我的下属，羿令符承你的情！"

"承情倒不必，"桑谷隽道，"只是我很奇怪，出了什么大事，居然让你们把商队也撇下了。"

羿令符沉吟了一会，道："你知道现在西南都有什么人吗？"

桑谷隽心中一动，道："自然是你们有穷其他几个首领。嗯，你既问了这话，看来有莘伯伯和若木哥哥他们多半也去了毒火雀池，是吧？呵，西南很久没这么热闹了啊。"

"除了他们，还有季丹大侠。"

"季丹大侠？哪位季丹大侠？"

"季丹大侠，嘿！天下哪里找第二位去？"

"难道，你是说……"桑谷隽叫了起来，"季丹洛明！他也在西南？"一听到"季丹洛明"这个星光四射的名字，他也不禁声带发颤，两眼放光。名满天下的季丹洛明，正是他这样的年轻人的偶像。

"除了他，还有两位大人物。"

光是季丹洛明的名字，已经把桑谷隽勾得兴奋莫名，一听说还有两个大人物，桑谷隽更是七情上面："不会是血剑宗和有穷箭神都来了吧，那可真是天下盛事！"

羿令符苦笑道："说到唯恐天下不乱的本事，你和有莘不破倒是不相上下。"他也不禁被桑谷隽说得心头大动，天下三大武者会聚，这想想就让人热血沸腾。

“那究竟是谁？”桑谷隽道，“在有莘伯伯和季丹大侠面前，还有谁称得上大人物？”

羿令符缓缓道：“巴国国主，桑侯爷。”

桑谷隽惊道：“我父亲和叔父么？他们到毒火雀池去干什么？”

羿令符道：“具体我不清楚，但这两位到我有穷车阵附近之时，似乎心存敌意。”

桑谷隽闻言脸色不禁一沉。

羿令符继续道：“我有穷对巴国决无冒犯之意，但我们有大敌窥伺在后。若是有什么人从中挑拨，或有其他误会，致使双方交恶，只怕为祸不小。”

桑谷隽冷冷道：“所以你要赶去增援。”

羿令符笑道：“我这点修为，在几位大高手中间，哪里插得上手。只希望万一形势不对，能说上几句分辩的话。不过若说从中调解，眼前却有一个更合适的人。”

“谁？”

“自然是你。”

桑谷隽默然良久，道：“我父亲与叔父为何对你们心存敌意？”

“此事我也不大了然。”羿令符道，“但愿一切都是我以小人之心，在胡乱揣度。”

桑谷隽道：“你是想我随你往毒火雀池一行？”

羿令符不答，反问道：“就算没有听到巴国国主南行的事情，难道你会不去？”

桑谷隽闻言笑道：“嘿嘿，你说得对。既然知道有莘伯伯和季丹大侠都在那里，就算把我的腿打断了，我用双手爬也要爬过去。”

“大哥，上幻蝶吧。”

桑鏖望却忽然停住，不但止住了脚步，连身上的气息也掩藏得一丝不露。

桑季心中一动，也忙将气息内敛。

两人悄无声息地前进着，一片小树林后面，一个男人山岳般挡在那里，他虽然阖着双眼，但桑季却知道，就是一只小虫从他十丈外飞过也瞒不过他。

“竟然是他！没想到竟然是他。”桑鏖望犹豫着，一时不知是否过去相见。就在这时，季丹洛明的后方又是一阵生命波的悸动。桑鏖望眼皮一跳，便听桑季道：“大哥，阿秀只怕……得快！”

“我知道，可季丹是敌是友却是难料。”

“我们和他只是一面之缘，有莘羖和他却是生死之交。”

桑鏖望叹道：“他号称大侠，若有莘羖做那等事情，他怎么能助恶为虐！”

桑季道：“盛名之下，其实难知。不管怎么说，他们这些川外人我总不大信得过。大哥！无论如何我们得快，阿秀等不得了！”

“你的意思是……”

“我过去拖住他，你不要管我，乘机闯过去！”说完他伸出右手食指和中指，向自己的眼睛戳去。

阴森的古林上空飞出遮天蔽日咩咩叫的寓鸟[①]，近处的灌木中扑棱棱飞出一只虎爪鸡身的鬿（qí）雀[②]停在季丹洛明不远处。季丹洛明只觉北边两股巨大的力量相撞，心中一惊：前面是哪两个高手，有这等本事！便见一个人被震出了树林，那人慌乱地爬起来，双手乱舞，狂叫着向自己这个方向奔来。月光往这人脸上一映，两道血痕从他紧闭的眼皮下拖了下来，季丹洛明惊叫道：“桑季兄，是你！你的眼睛怎么了？”

桑季听到声音，双手乱摸乱舞，叫道：“谁？谁？”

季丹洛明一手扶住了他，说：“是我，季丹洛明！你的眼睛……谁伤了你？”

---

① 寓鸟：《山海经》中一种长着鸟翅膀的老鼠，叫声如羊。据《山海经·北山经》记载：“……其鸟多寓，状如鼠而鸟翼，其音如羊，可以御兵。”

② 鬿雀：《山海经》中的怪兽，长着白头鸡身，鼠脚虎爪。据《山海经·东山经》记载：“有鸟焉，其状如鸡而白首，鼠足而虎爪，其名曰鬿雀，亦食人。”

林子里陡然发出浓烈的杀气，季丹洛明心中一凛，凝神待敌，扶着桑季的手蓦地一麻，低头看时：一道血丝从桑季的手上蔓延过来，片刻间这酸麻的感觉游走全身。他不由怒喝道："你！"这个"你"字呼出来以后，便发现自己连咽喉也是一紧，竟连话也说不出来。一条人影从黑暗中掠出，也不停留，径向南去。近处，那只鬿雀摆动了一下白色的脑袋，弹了弹尖利的虎爪，便飞向远处去了。

季丹洛明再看桑季时，只见他双眼已经睁开，他自己那一戳并未伤到眼球，只是弄出些血来假装瞎眼，骇人耳目。

桑季见家兄已经过去，对季丹洛明笑道："季丹兄……"胸口忽然一紧，这句话竟然说不下去，心中不由得大惊："我趁他不备，用数十年练就的血蚕丝侵入他的体内，他竟然还能运真气反制我！"当下不敢大意，凝神压敌。这一凝神，不由暗暗叫苦。血蚕丝虽然禁锢了季丹洛明的行动，却丝毫压不住他的真气。相反，季丹洛明的真气竟然能逆着血蚕丝反攻自己的心脉。只觉扣住季丹洛明的右手被震得连连颤抖，知道以他的功力，自己一旦被他震开，残留在他体内的血蚕丝也奈何不了他。"无论他是敌是友，经过此事，他也难再站在我们这一方了。若让他和有莘羖联手，西南境内再无他们的敌手。拼着大耗精元，无论如何要坚持到大哥救回阿秀。"当下不断地燃烧自己的生命之源，放出万千根天蚕丝，把自己和季丹洛明一起裹在一个一丈高的球形蚕茧之中。

"雒灵姐姐，这边没什么事情吧？"

芈压走近前来，只见雒灵脚下伏着一只一动不动的巨大幻蝶，怀里躺着一个不知死活的柔弱女子，再走近一看，不禁叫了出来："是桑家的秀姐姐！"第一次进桑府的那天晚上，芈压只为偷桑家的器皿而没到桑谷秀的小扶桑园，不知这个西南公主的往事，但在孟涂停留期间，有穷众人曾不止一次地作客桑府。芈压和桑谷秀一个天真，一个温婉，两人甚是相得。

"雒灵姐姐，阿秀姐姐怎么了？她的样子不大对啊！"

雒灵把桑谷秀交到芈压怀中，往天空一指。

芈压道："你要我放'升龙火'？"

雒灵点了点头，匆匆向东边掠去。

月色被一片乌云遮住，整个世界暗得如同太古时代的混沌时节。芈压深吸一口气，陡然仰天张口，一条火龙从他口中冲出，垂直飞向星月无光的天顶，飞到三百丈高空突然爆炸，化做万千焰火，把方圆十里耀得如同白昼。

弥留之爱

只有命运，才能设下最完美的陷阱。

在高空焰火那炫目光芒的刺激下，桑谷秀慢慢睁开了眼睛。她的身体渐渐冷下去，眼神却炽热无比：燃烧着悔恨，燃烧着痛苦，燃烧着甜蜜，燃烧着心酸。

"阿秀姐姐，你在说什么啊？"桑谷秀已经完全迷糊了，芈压听不懂她口中喃喃自语些什么，只听得懂"若木哥哥"几个字。对一个十五六岁的孩子来说，一个相熟的人慢慢地在自己的怀里冷却、僵硬，是一件十分恐怖的事情。以芈压的年纪，还不懂得什么是死亡，可他却抱着一个濒临死亡的人。

"怎么办，怎么办？我该怎么办？有莘哥哥，雒灵姐姐，你们快回来啊！"芈压急得哭了，眼泪啪啪落下，却没能拉住桑谷秀逐渐脱离躯体的生命。

"若木哥哥……"

弥留中的桑谷秀仿佛又回到了那恐怖的一瞬：她的胸腹之间突然伸出一只利爪，偎依在一起的两个人还没有反应过来，利爪已经洞穿了若木的小腹。由于和九尾还处于合体状态，对利爪保留着部分的触觉，所以桑谷秀能够清楚地感到：这只如同自己身体一部分的利爪，正刺穿若木的皮肤和肉层，搅动着这个自己最爱的人的内脏！那感觉，就像是自己在亲手残杀这个自己深爱着的美少年。

一想到这种可怕的感觉，桑谷秀就如同陷身于不可脱离的梦魇之中。在那一瞬间，桑谷秀想叫，却叫不出来；想哭，却哭不出来……在那一瞬间，她想到死，可死就能让她解脱么？在这一切发生后，甚至是死亡也不能让她从灵魂的自责中解脱出来。

在那一瞬，她望向若木，这个美少年先是一惊，但震恐过后，他的眼神便变得清澈无比，似乎已经完全看穿了这个娇弱身体内那头妖兽的阴谋。然后他竟然笑了，很温柔地笑了——就像小时候桑谷秀弄折了小扶桑树幼嫩的枝叶，若木安慰她时的那一笑。

这一笑却让桑谷秀更加心酸。“把我杀了吧，连同那头狐狸！”这个念头来不及说出来，只是化做眼眶里的一滴泪珠。

但若木却微笑着俯下了头，在这一弹指间，九尾的利爪在若木的腹腔内连转十三下，几乎把他的所有内脏都捣成了碎末。但若木还在微笑着，轻轻在桑谷秀的额头上吻了一下——一股清凉迅速充满桑谷秀的身体，把九尾的妖气逼了出去。桑谷秀只觉自己如同虚脱，倒在地上。若木似乎连扶她一把的力气也没有了，他的脸色惨白得可怕，而更可怕的是他胸腹之间的那个血洞。

若木的嘴唇嚅动着，似乎在说：“别怕，它还没伤到我的心脏，我没事。”

可桑谷秀却听不见他的声音，是自己聋了吗？不是！那九尾咆哮着逼近的声音自己明明听得一清二楚。

难道若木哥哥连声音也发不出来了吗？

那九尾被若木用龙息之功硬生生逼出来以后，露出了原形：一头老虎大小的九尾狐。若木怕伤到桑谷秀，那青龙之吻太过柔和，没有对九尾造成重创。眼见九尾怒吼着扑了上来，桑谷秀便想挡在若木面前，就此死去，却见眼前人影一晃，江离挡在自己面前。

“我是怎么到这里来的？啊……当时，当时……”

当时若木仍然屹立不倒，他那被洞穿的腹腔长出无数奇花异草，以若木的肉为土壤，以若木的血为肥料，迅速地生长着，不久便把他的整个身子给覆盖了。

“若木哥哥……”桑谷秀挣扎着向他爬去，若木却突然向因自己倒下而垂死的幻蝶吹了一口气，那幻蝶登时重新焕发生机，把桑谷秀背了起来，向毒火雀池的方向飞去，要把她送离这个危险的地方。

“不！不！若木哥哥……”

那逐渐淡出视野的美少年仍在微笑着，但他的头发已经完全变成暗淡无光的死灰色，他的生命呢？

“江离哥哥，季丹叔叔，你们快来啊！若木哥哥！有莘公公！快来啊！”芈压急得手足无措，呼地又向天空吐出一条火龙。

怀里的桑谷秀，手足已经完全冰冷，可她还在坚持着要说什么。

“阿秀姐姐，你到底要说什么啊？”

“快！剥下丝，那些丝……”

桑谷秀的身上果然开始生出一些像蚕丝一样的东西，芈压并不知道这是桑家临死结茧化蝶的征兆，还以为是这些丝在给桑谷秀带来痛苦和死亡。

“快，剥下……丝……”桑谷秀痛苦地呻吟道。用最纯洁的天蚕丝护住身体，若木哥哥应该可以活下去吧。

“好，好，我马上剥！”

吱吱的声音响起，芈压卖力地剥着桑谷秀身上越来越多的丝。那扒皮削骨般的痛楚让弥留中的桑谷秀痛得几次醒来又几次晕死。她已经完全无法动弹了，也完全没法说话，甚至五官也逐渐失去了功能，但她却像桑家所有人一样一旦陷入抽丝剥茧的死境，触觉却会异常敏感，精神也会异常清醒。

“阿秀姐姐，马上就好，马上就好了，你忍着点……”感觉到桑谷秀的躯体没刚才那么僵硬了，似乎体温也恢复了些，芈压兴奋起来，脸上的眼泪渐渐干了，越剥越是顺手。

芈压完全没有注意到，一个魁梧的身影正愤怒地冲了过来。

九尾的功力超出之前的预想，虽受挫于若木的龙息之功，战斗力打了个折扣，但江离的功力毕竟较浅，眼见再难阻截，忙捏破多春草的种子。收到讯息以后，有季丹洛明和有莘羖联手，前面应该还可以守住。

江离没有再注意九尾的去向，现在最重要的是照看若木。他回过头，若木身上已经盘满了藤蔓，开满了鲜花，他的头发虽然暗淡，所幸还保持着青春的容颜——可见若木的元神还未丧灭。但一察觉到若木那几乎没有内脏、只靠川芎（xiōng）[①]填满的胸腔腹腔，江离几乎要哭了出来。太一宗没有血宗那样强大的肉身恢复能力，也不可能像血宗那样把肉身练到化零为整的混元境界。

“不要这样。”若木微笑着说，他仿佛已经恢复了一点元气，“不要坏了修行，我还死不了。”

江离搂住若木，向他吻去，但若木的双唇却闭得紧紧的。

“师兄！”

“不要浪费自己的真气，没用的。”

“可是……”

“我说过，我暂时还死不了。”

九尾向着毒火雀池狂奔。它已经解决了一个大障碍，只要再过一关，就能恢复完全觉醒的意识。为什么要觉醒？是因为觉醒能让自己更加强大？还是说觉醒能给自己带来快乐？好像都不是。

为什么要觉醒？其实九尾不知道。或许对所有半智慧状态的生物来讲，追求觉醒乃是一种本能——哪怕觉醒以后是一个完全不可测的精神境界。

九尾跑着，跑着，跑了很久，但那三个山头外的毒火雀池却总在三个山头外。怎么回事？它突然停了下来，散发着浓烈的妖气，一双火一样的眼睛四下扫射，要看穿自己所处的幻境。

“没想到这么快就被看穿了。”暗处的雒灵叹了一口气，正在这时，毒火雀池的上空传来一声巨响。“天！那是什么？”似乎有两颗巨

① 川芎：《山海经》中的植物，古人的止痛药。据《山海经·西山经》记载：“又北百八十里，曰号山，其木多漆、棕，其草多药、川芎。”

星在毒火雀池的上空相撞，爆发出阵阵震撼天地的波动。

离毒火雀池越近，桑鏖望就越害怕。也许连亲兄弟桑季也不知道，长女的去世对他造成了多大的影响。

“为什么？为什么当初要答应把馨儿送往夏都？为什么当初要相信那些川外人？”

这两年来，他一直活在自责中：“阿秀，你可千万不能再有事啊！”可是事与愿违，桑谷秀的生命气息越来越弱了。到了！转过一块巨岩，他终于见到了自己的宝贝，自己的骨肉，自己的血脉！

可他看到的，是一个奄奄一息的女儿，一个断绝了生机的女儿，一个正在被抽丝剥茧的女儿！

没救了……他不想承认这个事实，但却又骗不了自己。他不忍再看眼前的光景，可这一切还在发生。只是一弹指间，这个疲惫的老人深深的恐惧转为绝望。当看见芈压的手再一次往阿秀身上的蚕丝伸去的时候，这种绝望又转为无穷的愤怒！

桑鏖望掩面悲吼一声，两行老泪流了下来。就在这时，还没明白过来发生了什么事情的芈压被一股巨大的冲力击中胸口，飞了出去，身体还没落下，在半空中人就已经晕死了。

“阿秀啊！”桑鏖望强撑着走了过去，干枯的手掌轻拂爱女清白的容颜，“龙息！是龙息！”他察觉到女儿身上除了因体弱奔波以外，更受到龙息的伤害，心中更加痛恨：“若木！你好……有莘羖，你为了你老婆复活，伏下好长的饵线啊！”

伤是龙息造成的，地点就在有莘羖妻子赖以重生的毒火雀池旁边，抽丝剥茧的是有穷的首脑人物之一，一切还有什么可疑的？

抱起地上那一小堆剥下来的蚕丝，桑鏖望运起真元，一点一点地帮自己的女儿粘上去。“这件事情，本应该是你来帮我做啊！你这个不孝的女儿啊……”此时此刻，桑鏖望不再是一国宗主、西南之霸，而仅仅是一个老人，一个再次失去女儿的老人。

在桑鏖望的泪水中，桑谷秀全身迅速结茧。桑鏖望小心翼翼地把女儿的天蚕茧搬到一个隐蔽处，招来东海之青苔，西漠之白沙，南岭之红土，北荒之黑壤，中原之黄泥，垒成一个五色小丘，把天蚕茧珍而重之地藏在五色小丘之中。

整顿好了这一切，这个悲伤的老人开始恢复他的神采，因为他的悲伤正在变成愤怒与仇恨。他的腰杆重新挺直起来，他的眼神再次凌厉起来，他要报仇！只有报仇，才能发泄他的绝望，才能转移他的悲痛！

“祝融之后么？正合适！”他盯着地上生死未卜的芈压，两条眉毛突然变成白色，如同蚕丝一般越变越长，然后直飞出去缠住芈压，把他凭空吊了起来。“祝融！我要用你后人的鲜血，污染这个雀池！有莘羖，我要让你连妻子的元神都找不回来！”

桑鏖望两道白眉一用力，芈压被甩在毒火雀池的上空。桑鏖望正要作法，令芈压妖化，再用他异化了的血来污染毒火雀池，令朱雀百年之内不能重现。突然一条人影箭一般射了过去，把悬在半空中的芈压一把抱住，刚好落在毒火雀池的岸边——年少矫捷，满脸怒色，正是有莘不破。他和有莘羖刚刚赶到，听到桑鏖望最后一句话，这一惊非同小可。有莘羖当机立断，把有莘不破向芈压扔了出去，救下了这个不知死活的少年。

有莘不破看看双眼紧闭、生息全无的芈压，抬头怒道：“巴国国主！你也是一方霸主、西南领袖！居然做出这种事情！不觉羞愧么？”

桑鏖望扫了一眼有莘不破，又盯着刚刚转出来的有莘羖，冷笑道：“正主儿不放过，帮凶也要死！”

有莘羖脸上露出遗憾的神色，道：“桑鏖望，你我数十年交情，你为何……”突然见桑鏖望背后那堆五色小丘后转出一人，竟是在蜀国界被自己吓走的那个方士——他不是夏都的人么？在这混乱的情形中，有莘羖以为桑鏖望已经接受了大夏王的谕旨，那句话也问不下去了，转而叹一口气道：“原来如此，罢了罢了。”

桑谷馨被大夏王谋害一事，一来没有确切的证据，二来桑家还没准备好和大夏全面开战，因此秘而不宣，只有寥寥几个人知道。江离考虑到师兄的感受，还没想好怎么跟若木、有莘羖等人提起此事，因此有莘羖不知道这些曲折，但想桑鏖望和大夏王有翁婿之亲，他联合了夏都的人来对付自己，并不奇怪。有莘不破虽然知道桑谷馨一事，但对桑鏖望所知不深，一时也无法冷静下来分析整件事的来龙去脉。

桑鏖望见有莘羖的言行，却又误会了，以为有莘羖是见了背后的五色丘冢，知道对女儿抽丝剥茧的阴谋已被揭破，这才住口不再讲交情。

两人正自对峙，有莘不破举目不见雒灵，心中大急，喝问道：“雒灵呢？你把她怎么样了？”

有莘羖想起一事，也喝道：“你从正北方来是不是？季丹洛明呢？”

这两件事情桑鏖望知其一不知其二，当此仇恨满腔之时，也没兴趣解释什么，仰天哈哈一笑，他所立的地面突然一阵剧烈震动。

有莘不破想起桑谷隽召唤幻兽巍峒的情景，把芈压往一块巨石后面一放，便要扑上抢攻，不料肩头一紧，却被有莘羖按住了。只见桑鏖望脚下不断隆起，隆到二十丈高以后还在不断向上拔，似乎要造出山来。

有莘羖冷冷道：“桑鏖望！你真要把它召出来么？要知道若把它召出来，你我之间就不再是战斗，而是战争了！”

桑鏖望在高处疯狂地笑着：“战争？我早就该发动了！如果我能早做决断，也许能够挽回更多的东西……”在他苍凉的笑声当中，脚下的那座“山”还在不断增高。

有莘羖沉沉地叹息一声，不再说话。有莘不破突然发现身后有异，忍不住回头。

百丈方圆的毒火雀池，四周有四座如笔如柱的山峰挺立环卫着。四座山峰的中间、毒火雀池的上空，正产生一个巨大的扭曲空间。

“舅公！”有莘不破刚想问清楚，才发现有莘羖不见了。他不知何时已出现在那扭曲空间的中心地带，如天神一般悬浮在那里。

“师父！他们在干什么？”

“疯子，疯子，两个疯子。”靖歆不知是在回答徒弟的问话，还是在喃喃自语，“打架就打架，居然要召唤始祖幻兽！疯子！”

“很厉害吗？”

“笨蛋！”靖歆竟然害怕得颤抖，“就算只是被始祖幻兽的余威触及，我也没把握能自保！”

“始祖幻兽？”有莘不破听到后心中竟微微有点兴奋，“难道比巍峒和赤髯还厉害吗？”一念未已，桑鏖望足下的高山突然泥沙俱下，但和有莘不破心中的独猞形状不同，这巨大的始祖幻兽，竟然是一条大得出奇的蚕！那高山一般的身躯，显然还只是它身体耸立起来的一部分，地下不知还埋着多长的一段。

有莘不破正自骇然，突然背后一声惊雷般的虎吼，把大地震得颤动不已，把天空震得黯然失色。有莘不破回头仰望，一头因太大而看不清全貌的白色巨兽，四足分别站立在雀池四周的四座山峰上——那四座山峰，竟然不比这四条巨腿粗多少。由于他是从下仰望，被巨兽挡住，根本不知道有莘羖位于何处。

在有莘不破的印象里，巍峒和赤髯已经是前所未见的庞然大物，但和这两大始祖幻兽相比，巍峒和赤髯简直就是两个小物。

“桑鏖望！”有莘羖的声音远远传来，仿佛来自旷远的天际，“这雀池是你西南地脉所聚，你我若在地上打，不用几个来回，只怕连地形也要大变！”

桑鏖望的声音迎风传来：“好！那就到天上打！——衣被天下，护我山河——”他话音方落，便见那巨大的天蚕吐出万丈蚕丝，一弹指结茧，再弹指破茧，三弹指化蝶——那巨蝶左风翅张开，山河为之一暗，右雷翅张开，星月为之无光。风雷两翅齐振，扶摇而上，激荡产生的旋风把两翼覆盖下的参天古树也连根拔起。

有莘不破听有莘羖高声道：“白虎！努力！”那始祖幻兽白虎雷吼一声，背部一耸，长出左右各九百九十九支巨刀，排成扇形；刀扇一震，耸出三千三百三十三支长矛；再一震，长矛顶端又伸出八百八十八柄利剑——千万把刀剑形成两扇巨翼后，有莘羖一声长啸，白虎腾空而起，直上九霄。

不多时，两大幻兽已经飞到肉眼难辨的高度，以有莘不破这样的眼力远远望去，也只觉得就像天上多了两颗星星。

“天！”马蹄喃喃道，“他们，他们还是人吗？”连白痴的马尾也被这奇观震撼得忘了口中的麦饼，呆呆地望向天空。

“啊！这里有个洞，哈！有救了。”靖歆在欢呼声中钻进五色丘壑的一个缝隙中去了。其实以他的功力，并不比有莘不破、江离、雷旭等人差，论火候与经验更比这些年轻人来得老到，他对时局的掌控也非常人可比，辩才更是了得，否则孟涂那一晚也不会说得桑鏖望兄弟蠢蠢欲动，但只因生性太过谨慎胆小，一遇到危险就变得畏畏缩缩。

见到师父这样，马蹄脑子一转，拉起哥哥也钻了进去。

“这些家伙真没出息。”有莘不破正想着要不要把他们揪出来，突然万里高空一声巨响，抬头望时，原来是两颗“巨星”在高空相撞，激荡出无数火花落了下来。这一撞之威当真非同小可，落下来的残骸，虽然在半空中因摩擦而消解掉大半，但仍有巨大的威力。有莘不破仿佛又重见大荒原的千里流火，一边观察战况，一边左闪右避。

这一场近于神的战争，会有胜利者吗？

重生或死亡

“那是什么？彗星相撞么？”桑谷隽顺着羿令符所指望去，看了一会，惊叫道，“不好！好像是白虎和我家天蚕！爹爹不会真的和有莘伯伯打起来了吧？我们得快！”

“你在干什么？”

有莘不破听到江离的声音，心中大喜，只见江离驾着七香车，从东面飞来。车上还坐着一人，却是若木。

江离道：“见到我你好像很高兴的样子。”

有莘不破道：“当然高兴！芈压生死未卜，雒灵下落不明，我一个人在这孤掌难鸣，连个商量的人都没有。咦，若木哥，你怎么了？”

若木勉强一笑，江离代为回答：“师兄被九尾暗算，受了伤。”

“没什么大碍吧？”

江离不想多谈这件事，道：“雒灵在前面布下‘心眼乱幻境’阻住九尾，不用担心她。芈压怎么了？”也正因九尾受阻于雒灵，所以若木和江离虽然起步较晚，反而赶在九尾的前面到达雀池入口。

有莘不破听见雒灵无恙，心中大慰。季丹洛明功力绝顶，有莘不破反而不很担心。听江离问起芈压，忙把这半大小子从巨岩下面抱了出来。江离下了七香车，让芈压躺上去，细细检查他的身体，过了半晌道：“伤得很重，但暂时没有性命之忧。究竟谁把他伤成这样的？”有莘不破听了，这才舒了一口气，向他讲了这边的状况。还没说两句话，一个大火球当头砸了下来，有莘不破抽出鬼王刀，一晃变成一丈长短，一尺来宽，飞身跳起，把大火球给砸开了。

若木道：“用竹子，布天旋引风阵。”江离把七香车驱使到一高处，手一挥，清香淡淡，露水滴滴，片刻间竹笋破土，江离吹一口气，数十个竹笋眨眼间长成一片小竹林。这竹林布在巽位上，自竹子长成，竹林上空竟然大风萧萧，永不止息。一些砸向竹林的火球还没靠近，便被大风刮偏了。

两人一边观看天际的战况，一边听有莘不破讲述，若木越听越是忧心：“巴国国主怎么会这样倒行逆施？此事只怕蹊跷，有莘大哥也太暴躁了，也不先讲清楚就动手。”

“还不够清楚吗？”有莘不破怒道，“看看芈压的伤！这可是桑鏖望亲自下的手，我们亲眼见到他要污毁毒火雀池，还不够清楚吗？”

江离道：“桑鏖望从正北来，那么季丹大侠……”

若木道：“别太担心，季丹防守天下第一不是徒有虚名。嗯，桑鏖望在此桑季却不在，多半是桑季用什么法子把季丹缠住了。唉……”

有莘不破道：“怎么了？舅公的战况不妙吗？”

抬头望天，这时天上的情况又是一变：不再是两颗“彗星”相撞的情景，而是两个光点争衡的局面——东南边一片彩色光点布成半月形，西北边一片白色光点布成纺锤形。

有莘不破看了片刻，喃喃道：“怪不得舅公说召唤出始祖幻兽以后就不再是战斗而是战争……”

若木道：“看来有莘羖占了优势，暂时不用担心他。不过……”

有莘不破追问道：“不过什么？”

若木叹道：“本来我以为有莘羖和季丹洛明拦在这里，把九尾截住十拿九稳，哪知是现在这个状况……雒灵的心幻之术尚未大成，阻不了九尾多久的。虽说九尾受了我龙息之创，但要拦住它可就难了。早知道大伙儿不如不分开。就算九尾见到我们聚在一起不敢出现，也胜于让它进入毒火雀池。”

有莘不破听若木这话，竟不把他自己计算在内，再想起刚才布“天旋引风阵”，他也只是指点而不亲为，看来若木的伤势比自己想象中要重得多。

江离忽然道：“师兄，你见雒灵施展心幻之术而毫不奇怪，难道你早就知道她是心宗的传人？”

若木点了点头，道：“不单我，季丹洛明和有莘羖也早就知道了。要不怎么会让她居中策应？”

“你们好像对她没什么偏见啊。”

若木笑道：“我们为什么要对她有偏见？”

“心宗是旁门啊，而且和本门积仇不浅。”

若木道：“看来你的确是没满师就跑出来的，连四大宗派的历史也没搞清楚。”

江离不禁脸上一红，若木突然呆呆出神。

“师兄，你怎么了？”

若木回过神来，盯着有莘不破道：“她呢？她呢？为什么你一直没有跟我提到她？”

“若木哥，你说谁啊？”

“阿秀！阿秀在哪里？”

“阿秀？你是说桑姐姐吗？她也来了吗？”

听了这话，若木登时脸色大变。

“噫！”羿令符道，“这是什么？倒像一个蚕茧，但天下怎么会有这么大的蚕茧？”

桑谷隽用手触摸着眼前突然出现的巨大蚕茧，道：“看这气息，应该是我叔父的！”

羿令符惊道：“他做一个蚕茧在这里干什么？”

桑谷隽道：“不仅是做一个蚕茧在这里而已，如果我猜得没错，叔父应该在里面。”看羿令符惊讶中有不解之色，便解释道：“这是我家用以羁縻强敌的法门，天蚕蚕茧内，五感闭绝，被困在里面的人不但无法出来，甚至无法感知外界的一切情况。但这法门只能困敌，不能伤敌，而且是与敌俱困，施法者同样与外界断绝五感，不到功力耗尽，自己也无法破茧而出。”说到这里不由心中大忧：“所以这功夫只有在遇到比自己强大的敌人，意图拖延对方的时候才用。到底是什么人这么了得，把叔父逼到这种地步？”

羿令符道：“你能打开蚕茧吗？”

“能否打开是一回事，”桑谷隽道：“问题是打开之后，你有把握压制住那个被我叔父困住的人？”

正在这时，南方天空又是一声巨响，羿令符道：“没时间磨蹭了，我们得快去前面看看发生了什么事情。”

桑谷隽道：“我怎么放心把我叔父丢在这里！他破茧以后必定疲惫不堪，到时岂非任茧中人鱼肉？”

羿令符道：“那就把这蚕茧带上吧。我先走一步，你随后来。”

“好。”桑谷隽道，眼见龙爪秃鹰携羿令符急飞而去，忙召唤来一头宽背独狢，把天蚕茧驮了，向南而去。

“你说你来的时候，这个地方就只有芈压和巴国国主，没见到阿秀？”若木心中一急，一口气提不上来。他现在体腔之内六腑俱亡，全凭一口真气吊着，连血也没得咳，当下只是喘息着。

江离冲了上来，要探他的伤势，若木伸手挡住，又喘了一会儿，道："不必了，你不用管我。"

江离安慰道："阿秀姐姐先九尾而来，这一路我们没发现什么异状，只要她到了这里，不是遇到雒灵，就是遇到巴国国主，多半是这两人把她安置在哪处了。"若木心想有理，心下稍安。江离又道："早知道，刚才经过雒灵身边的时候，就该问她一问。"

有莘不破突然欢声叫道："看！才说到她，她就来了！"

江离心中一凛，知道雒灵既然来了，那九尾肯定就已脱困，举目望去，只见一个窈窕的人影在夜风中便如一叶被急流冲荡的小舟，似乎随时被急流所淹没，但关键时刻偏偏又转折如意。江离心中叹道："她平时文文静静，没想到身法这么好看。"却听身边有莘不破赞叹说："她平时一副弱不禁风的样子，没想到这样了得。这身法好快啊，我也未必赶得上她。"若木道："你们俩别光在那里说话了，快想想怎么阻击九尾。"

果然，雒灵背后不远处，一头老虎大小的狐狸张牙舞爪地紧跟着。有莘不破抽出鬼王刀，便要跳出，若木突然道："记住！目的不是杀它，而是要借助朱雀的精火净化它身上的妖气。以你们的功力，只要能阻止它接近毒火雀池便是了。否则，有莘羖这几十年的心血和等待就全白费了。"有莘不破一怔，江离已如流星般飞了出去，不奔向九尾，却冲向毒火雀池的入口。

若木又对有莘不破说："你啊，什么都是顶好的，就是有时候冲得太快连最初的目的都忘记了。"

有莘不破笑道："我不像江离，他看起来透明得像一块水晶，肚子里的每一个心思都要绕十七八个弯，我的肠子是直的。"

若木笑道："真的吗？肠子直的人能一眼看破江离是一个心事重重的人？"

有莘不破笑道："那是因为心机很重的人我见得多了。"

若木道："你好像并不喜欢心机很重的人啊，为什么看起来很喜欢和江离在一起？"

有莘不破想了想说："不知道啊。也许我其实不是不喜欢心机重的人，而只是自己不想做这样的人罢了。我师父的城府更深！天上地下、古往今来、人心性情，他全部装在肚子里。可我也不讨厌他啊，就是他老人家太老了，没江离这么年轻、这么漂亮。”

若木微微一笑，道：“那倒也是。”说着看了看有莘不破手中的鬼王刀，此刻刀身已经凝成一片青紫之气，便问道：“怎么样了？”刚才两人似乎只是在散漫无依地闲聊，但其实有莘不破是一边说话，一边凝气聚息。

“还不大行，总觉得差了一点。”

谈话间，江离用“桃之夭夭”之法，使一棵巨大桃树散开的枝叶封住了毒火雀池的入口。雒灵隐身于桃花之中，正在调息回气。若木早先曾在雀池入口不远处种下了杻木①和箨（tuó）草②，布下一个叶舞芳华阵，现改由江离发功主持，威力虽然稍减，但九尾在阵中左右奔突，一时也冲不出来。

“江离好厉害啊。”有莘不破说，“比我们斗蛊雕时强好多啊。”

若木笑道：“你也很不错啊。江离功力是又进了一层，而你不但功力进步了，而且还摸到了释放自己力量的法门。”说着突然想起一事，问道：“你会心语吗？”

“心语？”有莘不破说，“不会。心语是什么？”

若木道：“如果你会心语，就可以代我问问雒灵阿秀的事情。”

有莘不破眼睛一亮：“你是说学会心语，就可以和雒灵说话？”

若木点头道：“可惜我这半日来大喜大惊，心境波动得太厉害，心神疲惫不堪……”

有莘不破喜道：“这么说你会了？你教我好不好？”

若木道：“那是心宗的法门。我们四宗同源而异流，四宗的高手对其他三门之所长均有所钻研，只是这法门不是一时半会就能学会的。”

有莘不破道：“那倒也未必。季丹大侠的气刃，我不是一学就学会了吗？”

---

①②杻木和箨草，都是《山海经》中的植物，箨草可以治疗眼盲。据《山海经·中山经》记载：“薄山之首曰甘枣之山，共水出焉，而西流注于河，其上多杻木，其下有草焉，葵本而杏叶，黄华而荚（jiá）实，名曰箨，可以已瞢（máng）。

若木笑道："那怎么相同？你没出师就跑出来了，根基扎好了，运气的法门却不大会。季丹的路子又和你的性格相符，所以就如高山之湖，捅破一道口子，山洪自然汹涌而出。嘿嘿，再说气刃只是季丹运气的基础法门，你一学就会并不奇怪，倒是你自己融会所学悟出的'刀剑乱・旋风斩'，那才是绝招。至于心语，虽然也是心宗的基础，但和你的性情不合，只怕你学起来事倍功半。"

有莘不破听到"绝招"，登时把难以学会的心语也抛在一边了，追问道："气刃只是基础，那气甲呢？气甲算不算季丹大侠的绝招？"

若木笑道："众人因季丹号称防守天下第一，就对他的气甲交口称赞，殊不知他威力最强的绝招其实是……"

有莘不破抢着道："是'法天象地'！"

若木惊道："你居然也知道'法天象地'，季丹教你了，是不是？"

有莘不破有些得意，又有些惭愧："季丹大侠说我已经学会了，但我总是使不出来。"

若木笑道："哪有那么容易！不过'法天象地'威力虽然无与伦比，但并不是季丹的独门绝技。其实这是人类从始祖幻兽处悟出的法门，懂得的人并不止季丹一个。我也知道一些门道，只不过没有去修炼罢了。"

有莘不破道："那季丹大侠威力最大的绝招是什么？"

若木道："是'空流爆'……糟，看来江离顶不住了。"

有莘不破抖动鬼王刀，急躁道："怎么还不行！"

若木道："你爆发力不错，就是还未收敛少年心性，脾气有时候躁了一点，因此你的'旋风斩'施展开来往而不复，没有达到自反而缩的境界。刚才我一直引你说话，就是不想你太关注战况，凝气未成，徒增焦急。"

有莘不破眼见叶舞芳华阵已经凋零，风一般冲了出去，大叫："差一点就差一点吧！"

九成九和功力十足的"刀剑乱・大旋风斩"之间的差别，若木自然深知。眼见有莘不破山高九仞，功亏一篑，不由暗叫一声可惜。但若木也知道形势已经容不得迟疑了，何况有莘不破的心境如果定不下来，再给他十天工夫也是白搭。

江离眼见叶舞芳华阵已破，九尾妖力大长并向自己扑来，忙以身体为媒介，要发动‘魂木缚’，这是类似桑季的“天蚕丝·作茧自缚”的功夫，想以与敌俱困的方式把九尾拖住。哪知九尾在自己身前一顿，并不攻击，一个转折，凌空跃起，向雒灵扑了过去。雒灵大吃一惊，她以心幻之术骗了九尾，把它拖住，元气大耗，此刻心力还没恢复过来，如何抵挡？并且自己身后就是雀池！一旦自己让开，众人这么多年的心血可就完全白费了。

“我已经尽了力，”雒灵心中念头一转，“他料来不会怪我，而且我现在不让开也挡它不住，徒死而已。那个有莘羖和我又有什么关系？我何必为了他的事情枉自送命？”

这些念头，在雒灵心中也只是一闪而已。在九尾的利爪触及她肩头的瞬间，雒灵一闪避开，身法之快亦如闪电。

眼见觊觎了数十年的雀池已在眼前，九尾正暗自狂喜，不想空中一箭射来，正中它的额头，九尾受此一箭，在桃树上竟然站立不稳，跌了下来。它中的这一箭正是羿令符的“巨灵之杵”。江离心中一宽：“他竟然也来了。”眼前事态危急，也顾不得去考虑商队的事情了，料来羿令符必有安排。

九尾脚一着地，借力又扑了上来，突然背后一人大喝一声，刀剑破空之声响起，一股旋风不知从哪里刮来，竟然把它卷上九霄。

羿令符见一股龙卷风把九尾卷了起来，龙卷风中心气劲交逼，如刀剑冲撞，一些被龙卷风卷入的树木、岩石，都在一刹那间被绞成粉末。

羿令符心中赞叹不已：“三日不见，刮目相看，他竟然练成这样了得的功夫！”

这“旋风斩”有莘不破在对付肥遗时已经用过一次，但那只能算是“小旋风斩”。后来经季丹洛明、有莘羖、若木三大高手会商琢磨，终于完成了这“刀剑乱·大旋风斩”的创制。这“大旋风斩”先引天地之气凝成氤氲，再以刀罡令其阴阳失衡、水火相逼、龙虎互斗、旋风既起，卷入其中如遭刀剑乱斩。九尾虽然妖气护体，几乎已是不死不坏之身，但在这龙卷风中仍是苦痛异常。

江离却知这“大旋风斩”的要义不在于锋锐强劲，而在于固守持衡。若这龙卷风一吹即停，一卷便息，那刀锋剑气再厉害也仍是“小旋风斩”的境界。只有挥斥八极，神气不变于外，方能令这内里刀剑相逼、阴阳对冲的龙卷风生生不息。因此要发动这天下间最暴戾的龙卷风，施为者本身反而要做到其神淡然，其心守一，其气平和。

此时天空如万千彗星相撞，天地之间龙卷风肆虐，而地面更是石破树倒，一片狼藉。就在这时，东方渐白，一轮旭日冉冉升起。几个年轻人都目不转睛地盯着龙卷风中挣扎着的九尾，谁也没有注意这平凡而伟大的日出景象，只有远处坐在七香车里的若木，平静地祝祷着这新的一天的到来。

当人类因为各种理由把这片土地糟蹋得不成样子以后，唯有日出背后所代表的时间，才能把这一切渐渐纳入正常的轨道。这是时间最可敬也最可怕的力量。

几个年轻人都没有发现，雀池正发生异动。远处的若木心中一动，却已经没有力量阻止事态的发展了。

一团火焰从雀池里涌了出来，火焰中一头巨大火鸟——朱雀展翅飞出。它的两翼张开，把半个天空都映得通红，那耀眼的火光连刚刚露脸的太阳也被盖过了。这并不是朱雀的完全形态，而是它在夏至日的精魂一现。这景象若木只见过一次，但三十年前那次朱雀出现在正午，若木也想不到这次它竟然出现在黎明。

“不好！”

不完整的“大旋风斩”终于被九尾看出了破绽，它突然穿破风壁，在高空中借着龙卷风的螺旋甩力，跃进了朱雀的精火之中。

朱雀一现即逝，人们还没看清楚这最明艳的始祖幻兽在人间展现的羽翼，它已经随风逝去。

就在几个年轻人不知所措的时候，若木在朱雀消失的那片空无中感到一股极其纯净，又极其亲切的妖气。

“你……终于还是醒了……”他知道，这个气息代表着一个灵魂——那个历代大夏王禁止谈论的女子的重生，也代表另一个灵魂有莘羖的妻子的死亡。

“你为什么要醒来？”她的觉醒，宣告了有莘羖和若木这数十年的努力已经完全失败。

那股极其纯粹的妖气迅速膨胀，直冲九霄。

天上争持着的那些状若星群的光点，本来是西北方占据优势，这时却突然黯淡下来，东南方向的光芒乘机反攻。随着空中一声巨大的爆炸，一个影子从高空直跌下来，如流星陨落，把地面撞出一个空前未有的大坑。

第二章
大禹之妻涂山氏的亡灵

大禹之妻的幽怨

天空中那股纯粹的妖气在幻化着，幻化着，不但幻化出影像，还幻化出声音。

影像是来自数十年前乃至数百年前的回忆，而声音则是一曲曲描述哀伤过去的悲歌。

第一段的记忆，却是有莘羖的——

《有莘·引》

这是哪里？
莫非是我的故乡？
为何我记得
我方才正战斗于天上？
那长龙般的车队
为何这样熟悉？

莫非那是朝鲜[1]王的车队
护送来他的爱女——我的爱妻?
五百里的田园
五百里的沃野
五百里的欢歌
……不!
为何要化成五百里的鲜血!
那是嵩山[2]?
我记起来了——我终于没能挽回你的生命
这是毒火雀池?
我记起来了——我终于没法挽回你的魂灵
这是超越时间的烟云,
还是隔断空间的大雾?
为何眼前再次蒙眬?
为何耳边再次虚无?
我是到了哪个不知名的时空,
还是误入谁记忆的深处?
缥缈……
恍惚……
是谁在那里发出令人断肠的哭泣?
是谁在那里唱着令人怅惘的歌曲?

有莘羖的记忆逐渐消散,歌声变成了九尾的低吟——

---

① 朝鲜:《山海经》中古国,就是现今朝鲜。今天的朝鲜是以《山海经》中的记载得名。据《山海经·海内经》记载:"东海之内,北海之隅,有国名曰朝鲜。"

② 嵩山:就是现在少林寺所在地嵩山。嵩山分为太室山、少室山,4000年前就是这样了。据《山海经·中山经》记载:"又东五十里,曰少室之山,百草木成囷(qūn)。其上有木焉,其名曰帝休,叶状如杨,其枝五衢(qú),黄华黑实,服者不怒。其上多玉,其下多铁。""又东三十里,曰泰(太)室之山。其上有木焉,叶状如梨而赤理,其名曰栯(yū)木,服者不妒。"

《狐之曲》

孕于朝，生于暮
衣以云，浴以雾
餐以风，饮以露
生灵为我而歌：
“那月下的至美
——是涂山[①]的灵狐”
三月的轻风
七月的骄阳
九月的凝霜
我三次望见他背脊的雄壮
我自埋于雪底
彻骨的冰寒
百日的窒息
三月春风再来时
我的九尾如水化去

这首诗描写的是九尾狐爱上大禹，为了得到大禹的爱，她受尽种种苦难，蜕了九尾变成了人。

九尾的幻象显得很痴迷，她记起了她的丈夫与她缠绵时的情语——

---

① 涂山：俗称东山，位于现在的安徽省蚌埠市西郊，为古涂山国所在地，据说原来是一座山，大禹治水把山一劈为二，让淮河水改道，变成由南往北流。这里也是大禹娶妻及第一次大会诸侯的地方。

《禹之歌》

春日下的涂山
蝶舞中的花间
伊人不着一缕
在三月的风中春眠
春日下的涂山
蝶舞中的花间
我拥着她
在三月的风中入眠
我在月下起誓
我的爱归于涂山氏
除非是万仞的龙门山①中断
除非是万里的江河水成环
禹若违此誓
父亲弃我
儿子叛我

幻象在时空中混乱地切换着，缠绵时候的诅咒竟像应验了一般，大禹和九尾的儿子的童声蹿了进来。

但那不是婴儿的歌声，而是一个尚未出世、却已经有了灵识的胎儿在母亲肚子里低唱他的童谣。

---

① 龙门山：上古大山。位于现在的山西河津县。当时它堵塞了黄河的去路，河水常常溢出河道，闹起水灾。由于山体较大，禹治水时特别头疼，此曲描绘的是在治水之前与涂山氏相会的情景。

《启之谣》

母亲倚门翘首
望白了头
母亲望白了头
还在倚门翘首
一个男人
在门口经过三次
母亲说 我是他的儿子
母亲说 她是他的妻子
每次匆匆地来
又匆匆地去
来时未听我叫他一句“父亲”
去后我听万人呼他“伟大的禹”
我听人说
把龙门山从中凿断的
是伟大的禹
我听人说
使江河水环流畅通的
是伟大的禹
我听人说
要来取代卑贱狐妻的
是高贵的天女
母亲的泪
像四月的雨
母亲的眼
像干枯的玉
母亲怀着我
茫茫然向茫茫的旷野走去

九尾挺着大肚子，弃了丈夫，艰难地行走在嵩山的山道上。山神俯瞰着在她胸怀中迷路了的母子，叹息着——

《嵩之声》

相依的母子在风雨中走来
相吊的母子在我脚下徘徊
远处飘起了升平的歌声
近处回荡着如泣的天籁
骏马的怒蹄踏破我千年的寂寞
女人忧郁的眸子神光闪烁
蓦然回首
期盼着丈夫一声挽留
“我的启——莫带走！”
凄冷的寒风抹下苍天的泪
雪一般的发丝在雨中颤颤地飞
梦中的儿子听见母亲的歌：
“海枯石烂……莫相违……”

九尾的怨念越来越深了，她在生死之间隐隐听到了天下人对自己的丈夫大禹——那个负心人的称颂！而颂扬得最高声的，就是大禹的部下益[①]，那个为了从大禹手中继承帝位而不惜颠倒黑白的谄媚之徒！

益的颂歌飘了过来——

① 益：上古时嬴姓族的首领伯益，黄帝的后代，大禹的臣子，后来秦国的始祖，也就是秦始皇的始祖。

《益之颂》

嵩高干天
孑孑然妖狐化石
我王万岁
破石救出沉睡中的圣子
举世欢腾
共庆大禹之新婚
四方来朝
齐贺新王之代舜
禅让之行
千古颂扬
大公之举
万世流芳

以上几首诗说的是上古的一个神话故事：涂山氏离开了丈夫大禹，在嵩山下化成了石头。后来大禹追了上来，但他并没有要带妻子回去的意思，只是大叫："还我儿子！"然后就劈开了石头带回了石头里的启，而将化成石头的涂山氏留在了嵩山。涂山氏因此对大禹怨念深种。这个神话影射了中国古代第一次有记载的剖腹产。夏启是中国第一个剖腹产生下的婴儿。不过古代并不认为剖腹产是一种吉兆，所以夏启登上王位之后，将他母亲化石的地区列为禁忌之地。有莘羖闯入其中，所以全族被屠。

九尾的怨念在无耻大臣的颂扬声中加剧着，她的痛苦又有谁能知晓，只有嵩山下的百姓偶尔会听到她来自幽冥深处的哭泣，他们起而作歌，不知是长叹，还是同情——

《民之俚·上》

昔日洪水
肆虐万里
骨铲尸堤
今日止息
今日止息
功归大禹

《民之俚·中》

新妃作舞
禹宫夜乐
嵩山呜呜
狐石泣血
戚戚诉天
幽幽责月

《民之俚·下》

禹王归天
启王杀益
禅让已绝
天下大辟
狐女狐女
夏王所祭

《野之风》

孕于朝，生于暮
衣以云，浴以雾
餐以风，饮以露
生灵为伊作歌：
“那月下的至美
——是逝去的灵狐”

围斗涂山氏

“日出又日落，春去复秋来。一甲子过去了，两甲子过去了……在去如逝水的时间里，我连对那负心人的怨恨也忘了，连骨肉分离的痛苦也忘了。一切本该在遗忘中结束，为何还会记起来？是谁找回了我的记忆？是天？是地？是神？是鬼？还是人？……

“嗯，我记起来了，是九尾，也就是我自己。可笑的九尾啊，竟然因为亲生远死的本能，竟然因为对虚无的恐惧，而去挖掘自己早已尘封的记忆……

“嗯，这个虚弱的少年是谁？为什么他看我的眼神这样复杂？为什么他的气息这样熟悉而亲切？他的身体里，似乎流的是启儿的血……

“嗯，这个晕厥的大胡子又是谁？为何我对他有一种残留的熟悉？哦，记起来了，九尾所占有的身体，是他的妻子……

“咿！这是恨意，还是悲伤？这个疲惫的老人又是谁？

嗯，记起来了，难道是那个弱女子的父亲？他脚下踏着的，不也是像她一样的幻蝶吗？

“我记起来了，全记起来了，但为什么几百年前的记忆，比这几十年的记忆更加清晰？是因为怨恨吗？对，那是难以原谅的背弃。是因为痛苦吗？对，那是无法抚平的创伤。

“我为什么要记起这些来？仅仅是为了继续怨恨下去吗？还是要让天下人都来分担我的痛苦？”

若木呆呆地看着雀池上空那个美得惊心动魄的女子，他知道，她是他血脉的一源。但她本应作为一缕仙魂存在于过去的时空，而不应该作为一个怨灵而在这个世界徘徊。

“师兄，她的神色本来是一抹幽怨，为何会慢慢变得冷酷？”异变发生以后，众人乱成一团：有莘羖败落，桑鏖望也元气大伤；桑谷隽来到以后，双方才渐渐把误会分辨清楚。江离自异变发生以后就一直守在师兄的身旁，虽然对自己的身世还没有若木那么了然，但他也本能地感到涂山氏身上有着吸引自己的气息。

“因为血腥。”若木说，“在没有觉醒为人的时候，九尾的双手沾满了血腥，是那血腥把徘徊在善恶之际的幽怨变成暴戾。”想到自己终究没能救得了桑谷秀，若木不禁心中一阵隐痛。他突然想起了有莘羖，终于理解了这个感动自己的男人为什么会被感情折磨得形销神悴。他突然心中一惊：难道我也已经陷入感情的困扰之中了吗？

一阵妖气袭来，遍体生疼，若木回过神来，知道当务之急是把涂山氏的亡灵送回属于亡灵的地方去。他环顾四周：激战中的有莘羖因感到妖气而知道妻子的噩耗，剧痛中被桑鏖望趁势反击而败落，至今重伤昏迷；桑鏖望虽险胜有莘羖，却早已是强弩之末；季丹洛明和桑季困在天蚕茧中，不知外界情况；眼下还有力一战的只剩下几个年轻人，光凭他们，能够把涂山氏送回去吗？

“江离，我们召唤青龙吧。”

“青龙？”江离道，“只怕我功力未到。”

若木道：“把手给我。”江离递过手去，只觉一股清凉传了过来，大惊道：“师兄，不能这样！你的伤……”

“别多话！看看能不能结召唤手印！”若木说，“她接下来会干什么，我实在很难预料。”

江离不敢再说，默运玄功。

桑麋望站在幻蝶的背上摇摇欲坠。现今最令他疲惫的不是他的身体，而是他的心。光是“误会”两字，并不足以造成这一切。事态发展到今天，根源是在于他对川外人的偏见——正是这偏见，把他和朋友相交数十年所建立起来的信任，一步步地摧毁。

桑麋望突然发现自己真的老了：此时几乎连仇恨也无法激发起他的斗志，丧女之痛和对好友的愧疚把他重重地困扰着。

他脚下一个踉跄，竟在没有受到攻击的情况下从幻蝶上直跌下来。大吃一惊的桑谷隽一跃而起，接住父亲，让他靠着天蚕茧——此刻众人都已经聚在五色丘冢旁边。

幻兽不是这个世界的生物，它们虽然能够在这个世界发挥它们来自天外的强大能力，但却必须依赖召唤者提供生命之源才能在这个世界做短暂的停留。桑麋望晕厥以后，天蚕幻蝶也逐渐萎缩。

桑谷隽安顿好父亲，纵身跳上天蚕幻蝶。此刻幻蝶已经萎缩成二十余丈大小，得到桑谷隽的生命之源，精神一振，风雷双翼一张，虽然气势远不及全盛之时，但也已重现生机。幻蝶上，桑谷隽咬牙切齿，瞪着那还在呆呆出神却已显出暴戾之气的涂山氏。若木知道桑谷隽的敌意只会让情况更加恶化，但若木更知道，以他对姐姐的感情，这仇恨的冲动根本不是理性的言辞所能劝阻。

有莘不破见桑谷隽留住了天蚕幻蝶，而白虎周围的空间正在扭曲，想起巍峒和赤髯消失时的情景，就赶忙冲了过去，跳上了白虎的头顶。

白虎此刻已经缩小了很多，但有莘不破站在它头上，还是没它的耳朵高。

突然始祖幻兽一声虎吼：“你是什么东西！敢站在我头上！”

有莘不破高声叫道：“我是有莘不破！”

白虎讶异道：“有莘氏还有传人？你的血脉气息倒还有点像，只是总觉得有点不对头。啊，不对！你是玄鸟之后！我知道了，你是有莘氏的外孙！”

有莘不破叫道：“管他内孙外孙，咱们先把那头狐狸解决了再说！

上啊！咦，你怎么还在消失啊？”

白虎怒道：“你不是有莘氏的嫡传，没资格和我并肩作战！滚！”

有莘不破哄道：“大爷！这场架打完再闹别扭好不好？”

白虎怒道：“谁跟你闹别扭？你以为你在哄猫吗？”

这时，桑谷隽和天蚕幻蝶已经向涂山氏逼去，但被围绕在她周身的妖气所阻挡，离她还有三十丈，就再难靠近。完全没把他放在眼里的涂山氏冷笑道：“小伙子，你怒气冲冲地想干什么啊？给你姐姐报仇吗？就凭你脚下这条半死不活的小虫？”

桑谷隽咬着牙不说话，远处有莘不破援声叫道：“该死的臭狐狸！我们一个人打不过你，几个人一起压也压死你！”

涂山氏冷笑道：“一条半死不活的软虫，再加上一条半身瘫痪的大虫，也没什么了不起的！”

白虎大怒道：“你这不人不妖的亡灵！说谁是半身瘫痪的大虫！”见涂山氏冷笑不语，它怒火更盛，叫道：“没大没小的小子，把你的生命之源给我！”

有莘不破问道：“怎么给你？”

只听轰的一声，白虎跌了个大跟头：“你真是玄鸟之后？契[①]怎么会有你这样的子孙！”它这句话没说完，便觉得身体消失得更快了，叫道：“体内有什么感觉也不要乱动，既然你不懂得给，那我自己来拿。”

有莘不破只觉一股奇异的牵引力从脚下传来，片刻间触及自己体内一个奇异的所在。这个所在不在胸腹，不在头脑，不在四肢，竟然说不出在什么地方，似乎就隐藏在一个难以言喻的地方——那里既像在自己的身体里，又像不在身体里——难道那里就是人类灵魂的所在吗？如果不是白虎的牵引，自己完全不知体内还有这样一个地方。这个所在似乎储蓄着一种神奇的气息，随着脚下传来的牵引力向白虎流去，同时白虎惊人的力量反传过来，充斥有莘不破的全身。这一刻，有莘不破只觉得自己已经和白虎融为一体，再无彼此。但由于白虎传过来的力量太过强

① 契：商国始祖，曾协助大禹治水十三年，后被封于商（现今河南商丘市）。

大，似非人类的身体所能承载，片刻便把他的身体充得几乎要爆炸。

“小子，难道你完全不懂得怎么掌控天外的力量吗？”白虎周身扭曲的空间波动已经完全消失，它精神抖擞，又恢复了兽王的雄风。但有莘不破却在为体内那太过强大的力量而苦恼。

运用天外的力量？自己学过的神通，有哪一项能发挥这样强沛雄浑的力量呢？有莘不破第一个想起了“大旋风斩”，但现在施展这个仿佛不大适合，像在浪费力气。突然，他想起了季丹洛明教他的‘法天象地’，当下气随法动，法随心转。

“咦！”白虎的声音充满了惊喜，“你居然会‘法天象地’！妙极！这样我可以省下很多事。小子，你好像有柄不错的刀吧，把刀抽出来，我附到你刀上，给你骑着实在不爽！”

有莘不破第一次成功地施展“法天象地”，只觉得一个若虚若实的身体正在不断地膨胀，这种感觉很陌生又很好玩。跟着，他发现脚下的白虎身体正不断地缩小，一开始还以为是自己的身体放大了的相对感觉，但马上就知道不对。原来始祖幻兽都具有令身体大小如意的神通：大时顶天立地，俯瞰群山；小时身如芥子，妙用无碍。此刻白虎缩小，正是逆运“法天象地”所呈现的表象。其实他不知道自己也在变大，只是比白虎变小的速度慢很多而已。

在涂山氏妖气的笼罩下，桑谷隽不但无法逼近，而且连遇险情。

羿令符知道不妙，看雒灵时，只见她蜷缩在天蚕茧旁边，似乎元气尚未恢复；再看江离，却见他和若木手掌相握，似将有为。羿令符再看有莘不破：咦，有莘不破竟然长成一个高逾十丈的巨人！白虎已经不见了，有莘不破的脚下有一摊像是金属融化而成的液体，正迅速地沿着有莘不破的双脚蔓溯上来，在有莘不破身体的表层结成一膜透明的金属光泽。那液体的主体部分更蔓延上有莘不破的右手，渗入越变越大的鬼王刀，刀身的一面渐渐突起，凝成一个硕大的虎头！

涂山氏注意到了有莘不破和江离的异动，收起了轻视之心，一股空前强大的妖气向桑谷隽直逼过来。

“我得为他们几个争取时间！”羿令符左右开弓，连射三箭：这各附特殊灵力的三箭接触了涂山氏周围的妖气，如冰柱入岩浆，飞进不了数步就被消融于无形。羿令符大惊，知道这女妖远非坚甲蛮力的蛊雕可比。难道，只能用那招了吗？

羿令符这三箭没能分散涂山氏的注意力，天蚕幻蝶被涂山氏击中，登时风翼折，雷翼断，软绵绵掉了下来。它宽大的身体落在地面，荡起一阵风沙，把所有人的视线都遮住了。

风渐止，沙渐定。

地面再无幻蝶的背影，只剩下桑谷隽独立在万匹蚕丝之上。妖气再次袭来，蚕丝倒裹，形成一个巨大的蚕茧，挡住了这第二波妖气。

涂山氏冷笑道：“不错呵，百足之虫，死而不僵啊。”

那巨大的天蚕丝团挡住第二波妖气以后，马上迅速旋转，方圆十里内的泥土沙石被这股螺旋吸力引了过去，附在天蚕丝团上，聚拢成一个山一般高大的石球。只听球中桑谷隽喝道：“起！”那巨球便如一颗彗星一般，向浮在半空的涂山氏撞去。但冲到涂山氏身前十尺处终于被一股罡气挡住，顶了回来。

“桑兄！你歇歇，我来！”巨人有莘不破大踏步迈出，每一步都踩得地皮震动，他一跃而起，向涂山氏当头劈下。

涂山氏刚刚挡开天蚕的奋力一击，跟着便觉刀风如针如刃，触体生疼——那护身罡气，竟然完全挡不住白虎附着的鬼王刀，心中一凛，不敢正面和白虎争锋，侧身避开。有莘不破兵器上占了上风，但身体给妖气一冲，登时如在深海遇逆流，被远远地弹了开去。风吹过，飘飘然落下十余根长发。桑谷隽趁着涂山氏一退之势，驱使“彗星”从东边向她冲来，硬撼涂山氏的护身罡气。两股大力一撞，“彗星”倒飞三十丈，把地面划出一道三四尺深的轨痕；涂山氏凌空倒飞，跌入背后的连山密林之中。

有莘不破和桑谷隽一个抢了涂山氏应接不暇的空当，一个借了涂山氏躲避白虎锋锐的退势，却仍然略居下风。羿令符心知以他两人现阶段的功力驾驭天蚕和白虎仍然太过勉强，必须速战速决，持久战只能越拖越不利。

突然，涂山氏所立足的山林沙沙作响，无风自动。涂山氏吃了一惊，跃起避开，凌空俯瞰：只见一十二座连山树木盘动，首尾相接，如同活了一般。

羿令符知道若木和江离终于出手了，回头一看，江离不见踪影，若木脸色惨白，双眼紧闭。再回头时，局势又是一变：江离不知何时竟悬浮在十二连峰上空，飓风猛烈，却吹不散盘绕在他身周的云气；十二座连山的树木连成长龙形状——枝为角，叶作鳞——开始还只是形似而已，渐渐青气氤氲，在万千树木顶梢凝成龙形青气，三弹指间青气具化，朝阳拱服，云霞来觐，东方之至尊、本朝统摄天下的始祖幻兽青龙睁开它的双眼，傲然审视着它刚刚来到的这个世界。

“小江离啊，居然又是你。”青龙的声音回响于天际，威势和它以细长状态出现在“松抱”车厢时完全不可同日而语。这难道就是青龙的完全形态？

青龙扫了一眼全场：天蚕和白虎居然都在，而处于三大始祖幻兽中心的，竟然是数百年前就应该故去了的涂山氏。

有莘不破举起大刀问道：“白虎老大，这条巨龙好像很厉害的样子？你认不认识？”

白虎怒道：“在青龙老大面前，不要乱说话！——糟！怎么学了你小子的贫嘴称呼。”

青龙笑道：“有莘不破，你居然能唤出白虎，大有长进啊。”

有莘不破奇道：“你认得我？”

青龙还没回答，白虎已不悦道：“召唤我！就凭这小子？我只是要借他的生命之源，修理修理这头死狐狸罢了。”

“修理她？”青龙显然有些吃惊，“小江离啊，别跟我说你召唤我出来就是想对付涂山！你知道她是谁吗？”

“不知道，”江离说，“但师兄说了，她不属于这个世界，我们得赶快把她送走。”

“原来如此，那我就明白了，这是若木的主意吗？”青龙道，

“嗯，那应该是他把我召唤出来的吧，我就说嘛，你的功力怎么可能进步那么快。咦！他的气息怎么这么弱？”

“你这条长虫！”涂山氏自从青龙来到，便一直神色古怪地看着它，默默无语，这时突然开口说话，“几百年了，还是改不了这啰唆的臭毛病！”

青龙也不生气，凝视着涂山氏，说：“你看我的眼神为什么这么奇怪啊？是在我身上看见了他的影子吗？几百年了，你还没忘记啊。”

涂山氏狂笑起来，边笑边哭：“忘记？我为什么要忘记？他死了，可他的江山还在！他的子孙还在！我要毁了他的河山，断了他的血脉，让他在黄泉之下也不得安息。”

青龙道：“可是他的子孙，不也是你的子孙吗？”

涂山氏闻言大震：“我的子孙？我的子孙？”

青龙闻言道：“回去吧——回到你该安息的地方。”

“不！”涂山氏嘶声道，“数百年了，才有愚蠢的人类来向我奉献一副肉身，令我的化身觉醒；我的化身数十年来费尽千辛万苦，才让我觉醒！凭你一句话就让我回去？回到那无限的空虚和停滞中去？不！”

青龙说：“你难道没有注意到，你现在的意识，受你的化身这数十年来积下的暴戾影响，已经滑离正轨了吗？你的化身只是你远久记忆中残留的一点兽性罢了，为何要为了它而涂炭天下呢？你不要忘记，你早已经修炼成人了，你早已是享万邦祭祀的国母了，你不是妖了，你是人，不，你是神！如果你能放弃你的执念的话。”

“祭祀？”涂山氏流着泪笑道，“我只是配祀罢了，作为那个男人的陪衬物罢了。”想到那个男人，再加上背后桑谷隽深沉而肃烈的杀气步步逼近，宁折不屈的涂山氏连脸色也变得越发坚毅起来：“废话少说！动手吧，看看是你们把我杀了，还是我把你们送回去！”

白虎吼道：“正合我意！”和它一般烈性的有莘不破受到感应，挥刀劈了过去，大刀发出的刀风恍若有质，横空斩来。

涂山氏的背后陡然生出九条毛茸茸的巨尾，其中一条向有莘不破的刀风迎去，消解了这一刚猛有余、沉稳不足的攻势，但巨尾也被划开了一道口子。另一条尾巴横扫，把桑谷隽“彗星”的撞击也挡在外围。其余七条尾巴聚在胸前，面对青龙。

青龙见天蚕神力疲弱，白虎后劲不足，这时也没时间问它们怎么会变成这样，一张口，把江离给吞了，人龙合一，向涂山氏飞来。突然砰的一声巨响，青龙从天上直跌下来，在地面沙石林木中像一条泥鳅一样左右翻滚，无法腾空。

这一变故，把所有人类看得惊愕万分，把两大神兽看得哭笑不得。涂山氏纵声笑道：“长虫！原来你和这两条大虫软虫一样没出息！”说着九尾齐聚，拧成一条毛茸茸的巨擘，向天顶直冲上去，在百丈高空披散开来，变成一张笼罩数十里的巨毯，跟着便像一个布袋一样罩下来，把青龙、白虎、天蚕连同三个年轻人一起摄了进去。

绝处逢生

“哇——这什么鬼地方啊！”有莘不破大叫着。

被九尾卷进来的这个空间里，上下左右、放眼所见全是火。空中弥漫着燠热的气息，脚下没有任何落脚处——除了一个个火球。有莘不破鬼叫着，因为他的鞋底早就被烧穿了，如果没有从季丹洛明那里学来的护身气甲，现在只怕早已化为灰烬。

“喂，幻兽大哥，白虎老大，你怎么不开口？你老人家活了几千几万年了，知不知道这是什么鬼地方？”

“我当然知道。”白虎的声音懒洋洋的，“这是九尾的幻之火狱，是九尾幻化出来的五行地狱之一。”

“那你知不知道怎么离开这里啊？”有莘不破问。

“知道，”白虎有气没力地说，“只要找到幻之火狱的边缘，一刀劈开，然后……”

“然后怎么样？”

“然后我们就可以到另一个地狱去。”

有莘不破脚下一个踉跄，跌进一个大火球里，虽然挣扎着爬了起来，但头发眉毛却都烧光了：“老大！说点有用的好不好？话说回来，怎么进了这里以后你就一副奄奄一息的小样，那些英雄气魄都被那死狐狸吃了吗？”

白虎叹了一口气说：“没办法啊，‘南火克西金’，再说你小子的生命之源又不够我用，有精神才怪。”

“这死狐狸也真是。”有莘不破对着空气大叫，“死狐狸，出来！有种出来和小爷大战三百回合！”

白虎嗤笑一声：“得了吧你。她肯出来还用得着布下这个幻境？决斗是男人的专利，狡猾是雌性动物的特权。九尾的特长就是搞这些乱七八糟的东西。当面决斗，嘿，她既攻不破天蚕的护身丝甲，更挡不住我的精金之芒。她的爪牙也就是拿来向别人逞逞威，在老子的精金之芒面前，她只能算是这个！”白虎从它附着的鬼王刀里伸出好大的一只老虎脚趾，让有莘不破看清是它的小脚趾，便又缩了回去。“何况还有青龙老大在旁边龙视眈眈——虽然它今天实在丢脸！”

“老大，我知道你厉害，不过，你怎么好像有点软了？”

鬼王刀一挺，白虎怒道：“谁软了！”

“不软就好，不软就好。算了，我看还是先找到江离和桑谷隽再说。”有莘不破道。

“你说什么？”白虎怒吼道。

“我没说什么啊！”

白虎怒冲冲说：“哼！你没说出来，心里在想，你以为我不知道啊！我们现在是合体状态，想什么对方都能感应到！”

“有这种事情？”有莘不破讶异道，“我还以为只是力量共享呢。只是……我怎么就没感应到老大你在想什么啊？难道……”他没说出口，但心里的话还是让白虎感应到了：“难道老大你是那种说话不用大脑的人？”

这次白虎居然也不生气：“嘿！用脑？老子是天上地下第一强者，何必用脑？再说老子也不是不会用脑，只是懒得思考而已。”

羿令符望着那团大蒜形状的妖气，一时束手无策。有莘羖、若木和芈压都昏迷不醒；桑鏖望神情颓靡，似乎也还没有从悲伤和惭愧交加中恢复过来；被有莘不破所鄙视的靖歆和徒弟缩在一旁；季丹洛明和桑季困在“天蚕·作茧自缚”中——羿令符向雒灵望去，两人对望了一眼，却见她也摇了摇头。

“有莘、江离、桑谷隽，你们可别这么容易就在里面死掉啊……”

“我们还是先找青龙老大会合吧。”白虎建议说，“它对这些神神道道的东西懂得比较多。”

“那我们怎么找到它？”

“火克金，金克木。九尾既用幻之火狱困住我，肯定是用幻之金狱困住它。朝西北方向走。”

“西北！”有莘不破的脚已经被火球烧得嗤嗤响了，“拜托！这里哪里分得清东西南北啊！”

“这个……”白虎老着脸皮说，“我也帮不了你了。”

“算了，看来还是靠自己吧。”

“本来我对青龙的气息挺熟的，”白虎说，“可惜这里各个地狱之间都被九尾的幻术隔绝了，感应不到。咦，这是什么感觉？你感应到的这个人是谁？”

“是江离。”有莘不破说。

“江离？和青龙在一起的那小伙子？奇怪，你们之间的感应怎么能穿透九尾的‘幻·绝缘’之术？不会是九尾引诱我们的假象吧？”

“我也不知道，”有莘不破说，“在寿华城，我曾经在他真力耗尽的时候用先天真气帮他川流百脉，好像我们修炼的真气本出同源，当时就有融成一体的感觉。那感觉好爽啊，不像和你，总觉得疙疙瘩瘩。”

白虎板脸道：“你这是什么话？如果不是想教训教训九尾，你以为我想和你合体啊？”

“算了，不和你说这个话题了。”有莘不破说，“后来我被蛊雕吞进肚子里，江离也是利用这种感应给我隔空传送真气的。”

“蛊雕？那家伙没什么了不起的，不过它也懂得内息之术，可以闭绝外力对它内脏的侵袭——你居然能隔着它的肚皮传功！嘿，看来这感应不是假象。”

“糟！怎么消失了？”有莘不破脸色一变，“他不会出事了吧？”

“应该不是，”由于和有莘不破合体，因此白虎也能体验到这感应，“那小子看来比你靠谱得多，多半已经脱离‘幻之金狱’了。”

“那现在我们怎么办？还去金狱吗？”

“人都不在那里了，还去干什么？”白虎说，“去找天蚕吧。”

“怎么找？我可没法感应到桑谷隽的气息。”

刀背上的白虎头像侧了侧，仿佛在思考的样子。

有莘不破叫道：“老大！你可不可以快点？我的脚快熟了！还没办法吗？唉，早知道了，思考这种事情，不适合你老人家……”

白虎怒道：“你鬼叫够了没有？我想到了，九尾要克制天蚕，多半是用‘幻之木狱’。你以感应到江离的地方为西北方向，然后再找到东北方向。”

“这么简单的事情，你居然要想这么久？”有莘不破一边埋怨着，一边举起大刀，踩着一个个火球向东北方向跃去。没多久他才发现，‘幻之火狱’的边缘地带比中心地带恶劣了一百倍。火龙、火鸦、火雀、火箭、火星——一个个向他冲来，大有不烧化他誓不罢休之势。和这里相比，中心地带那沸水般的温度简直就是天堂。

有莘不破一边躲避着这些，一边前进，到后来实在避不开，就用手推开，用脚踢开，用肩头撞开，用脑门顶开。他身上的衣服都已经烧化了，连体毛也被烧得干干净净，仅仅凭着护身真气守住最后一条防线，咬着牙，赤裸裸地跳着、撞着、前进着。最后，他终于被一堵火墙挡住了。离火墙还有五六步，他已经闻到一股焦臭——身上的一些地方，护身真气已经开始被焰火灼穿了。

终于，连白虎也说：“算了，先回火狱中心去再想别的办法。”

“开什么玩笑！都到这里了，死也要闯过去！”

“喂，喂，你要干什么？”发现有莘不破高举大刀，白虎有些不祥的预感。

“劈开它！也许这堵墙背后就是另一个天地了。”

“你要用什么劈？”

“废话！当然是刀！”

“开什么玩笑？你！你干吗？停下！停下！”

“别吵！”有莘不破纵身而上，对着火墙就是一阵乱砍，“开！”

“你停！”

“青龙，不和有莘他们先会合真没问题吗？特别是有莘，他不大懂得五行生克之术，真担心他会乱来。”

“应该不会有什么。有白虎在，除了边缘的那堵火墙，其他焰火应该烧不死他们的。”

有莘不破觉得全身上下都灼痛起来，最后连头脑也热了，他几乎连思维也停顿了，只是靠着一股惯性向前砍、向前冲。

不知过了多久，他睁开了眼睛，眼前再没有一点火焰，天上地下，全笼罩在一片郁郁苍苍之中。

“成功了，我们成功了！”有莘不破兴奋地叫了起来，但一站起来才发现全身的皮肤都已被烤得又焦又烂。

“别乱动！”白虎叫道。

但太迟了，一条长满荆棘的巨藤横扫过来，重重地撞向有莘不破的胸口，把他震得飞了起来，临了一扯，扯下一大块血肉来。人未落地，有莘不破已晕死过去。一个巨大的花苞不知从哪里冒了出来，突然炸开，迸射出一大股浓浓的酸液，向有莘不破洒来。

“完了。”白虎心想没栽在克制自己的火狱，却栽在理应被自己属性克制的木狱，这事要传了出去，非被其他始祖幻兽笑死不可。

“我还是有些担心啊，青龙。”

“我说过，只要他们不乱来，应该没有危险的……你干吗听到‘乱来’两个字就流冷汗？”

有莘不破睁开眼睛，却不知道自己是还活着还是到了死后的世界：只见自己处在一个单调而狭小的空间里，这个空间呈鸡蛋形状，除了自己，空荡荡的一无所有，构筑成这个空间的“墙壁”似乎是柔软单薄的蚕丝。

“蚕丝？”有莘不破心中一动，狂喜道，“小隽！是你吗？”

“别叫得这么恶心。”是白虎的声音。有莘不破低头一看，只见自己全身上下都裹着蚕丝，似乎脸上也是——灼痛的感觉已经消失了，取而代之的是一股清凉。附着白虎的鬼王刀仍然粘在自己的右手上，只是软趴趴的没半点精神。

有莘不破嘘了一口气：“还好没死。”

“差一点点而已。”桑谷隽从墙壁上穿了过来，就像穿过一堵虚有的墙，“还有，小隽是我家人和年纪比我大一点的美女才叫得的，你以后再敢乱叫，小心我把你打下十八层地狱。”

见到同伴，有莘不破跌坐在软软的丝壁上：“这是哪里？”

“还有哪里？幻之木狱。”

“我们还没出去啊。”

“有那么简单就好了。”桑谷隽说，“刚才你也体验过了，要不是我刚好赶到，老兄你就整个人化掉了。”

“嘿！要不是气力都耗尽了，我没那么容易中招。”

桑谷隽说：“话说回来，你是怎么跑到这里来的？”

“白虎老大猜你很可能在木狱，然后我就拿起刀，朝这个方向杀了过来。”

“然后就被火狱边缘的烈火烧成这个样子了？”桑谷隽笑道，“那还真像你的风格啊。”

“你这边呢？”

“我这边？”桑谷隽说，“很麻烦。这个木狱杀机重重。不过暂时还奈何不了我，只是我也出不去。”

有莘不破嘲笑道：“你就是不够大胆，要是像我这么勇敢，这会早闯出去了。”

“是啊，是啊，然后弄得和你一样遍体鳞伤，到了另一个幻之地狱，不是被火烧死，就是被水淹死？哼，还好我从号山上弄来的泠石①还有剩，便宜了你小子，要不然两条焦腿，一身烂肉，就算出去了也得做个老光棍。”

有莘不破奇道：“老光棍？”

“当然得做老光棍。烧成这个鬼样子，还会有女人喜欢你么？只怕连雒灵见了你也要逃。”桑谷隽摸了摸自己光溜溜的脸皮，说，“还好没给弄进火狱。我宁愿在这里给巨木压死，在金狱给铜矛捅死，在水狱给大水淹死，也不去火狱！”

“哈哈哈……”有莘不破笑得肚子疼，“我服了你了，这种环境还有心思想这事！”正说着，突然感到一阵剧震，对面的丝壁凸了进来，看样子像是一根大木头的形状。

有莘不破愣了愣，桑谷隽说：“又来了。我和蚕祖在属性上被克得死死的，功夫施展不开。现在守还守得住，但却没法子出去。”

“嗞嗞嗞……”

“什么声音？”有莘不破问。

桑谷隽侧头听了一会，说：“是蚕祖在和我说话。嗯，它说白虎属金，正好可以克制这个幻境。”

有莘不破抖了抖鬼王刀：“老大，是你再次大展神威的时候了。”

“找别人去！别找我！”

有莘不破说：“你在生气吗？”白虎不答。“别这么小气嘛。我们不是很顺利地闯过来了吗？”白虎还是不答。“赌气是猫的特长，可你是老虎啊老大！”

① 泠石：《山海经》中的一种柔软如泥的石头，可以作药用，对皮肤愈合有神效。据《山海经·西山经》记载：“又百八十里，曰号山……多泠石。”

白虎怒道：“谁有空和你赌气！被你一阵乱搞，我现在半点力气也没有了。你的事我不管了，等九尾收拾了你们几个小子，撤了幻境，我马上回去。乱七八糟！这什么世界？以后再也不来了！”

“你这还不是赌气？”有莘不破说，“但你这样被困在九尾的幻境里毫无办法，要等九尾来撤这幻境才能逃走，岂不是被九尾给比下去了？我们几个的小命是小事，只是你老人家的万世英名可就从此毁了！将来这事传了出去，不但朱雀、玄武要说你的闲话，连赤髯、巍峒这些后辈，还有你的虎子豹孙们都要看低你三分。”

白虎怒道：“还不是你小子害的！你要有有莘羖一半的本事，还用得着这么狼狈么？”

“嗞嗞嗞……”

白虎道：“我教训这小子！你插什么嘴！”

“嗞嗞嗞……”

这次白虎再也不说什么话，似乎在想什么。

“他们在说什么？”有莘不破问桑谷隽。

“蚕祖说最好两人联手，用他的力量加上白虎老大的特长。”

“那还等什么？”有莘不破吃力地举起了刀，“赶快动手。”

“等等，”白虎说，“我先想想。”

有莘不破道：“还想什么啊？老大！我早说过，思考这种事情，不适合你老人家……”

“总之等我想清楚再说！”

“你到底在想什么？”

“除了应对天劫，我从来没和人联手过，再说，我刚刚和它大打出手，现在，这个……”

有莘不破吼道：“这有什么好想？蚕老大，到底要怎样才能让你们联手？”

“嗞嗞嗞……”

有莘不破问：“蚕老大说什么？”

桑谷隽说：“它说只要让它和白虎老大接触就行了。”

“那蚕老大在哪里？”

桑谷隽指了指丝壁说：“上下左右、无处不在。”

“好！”有莘不破手起刀落，将刀往丝壁一插。整个空间突然震动起来。桑谷隽左手捏诀，右手按住丝壁，丝壁登时变成透明。有莘不破清清楚楚地看到了外面的情景，这才知道自己和桑谷隽处身一个蚕蛹当中，蚕蛹外面盘绕着七十二层树根木干、巨藤毒荆，正不断地向自己所在的蚕蛹挤压、撞击。

“衣被天下——吐丝！”

十万八千蚕丝从桑谷隽触手处射了出去。这些蚕丝没有半点软绵绵的感觉，一根根如铁丝，如铜条，蚕丝到处，树木截断，巨藤洞穿，整个大森林转眼间被刺砍劈割得七零八落。蚕丝越吐越多，越积越厚，结成铁柱，变做铜墙，不多时把一个幻之木狱，变成一个金属的殿堂。

“嗞嗞嗞……”

“蚕老大说什么？”

“现在我们已经有力量离开这里了，他问我们往哪个方向去。”

“当然是去找江离，不过他已经不在金狱了，不知去了哪里。”

桑谷隽沉吟了一会，说：“按五行地狱的布阵格局，土在中央，木在东，火在南，金在西。金狱和木狱之间隔着土狱，去不了。”

有莘不破说：“你懂得还挺多的嘛。”

“以前若木哥哥和我讲过这些道理。”桑谷隽继续盘算着，“正西是土狱，但按五行布局，这一面一定走不通。”

有莘不破问道：“为什么？”

桑谷隽道：“木狱便是为了拘囚擅土性的高手而设，哼，若让我进入土狱，那是如鱼得水。东面是异度虚空的大门，去不得。西南……”他看了看全身包扎得像僵尸的有莘不破，摇了摇头说：“火狱太干燥，对皮肤不好，这西南也去不得。所以我们只能往西北方向去。”

他话才落地，蚕蛹裂开，天蚕变成一只巨大的青铜蝴蝶，风雷两翅扇动，背着两个年轻人向西北方向飞去，片刻飞到边缘结界处，拦在面前的是一株万年古木。

白虎道："借蝴蝶的力量，劈开它。"

有莘不破只觉一股柔和的力量从脚下传了上来，入于足太阴脾经，当下依着季丹洛明所教的法门，牵引这股气息，循足而上，转手太阳小肠经，把一股柔力化做一道刚劲，挥刀劈出，"精金之芒"到处，枝叶散落，树干折毁。青铜蝴蝶向前一冲，进入一个洪水滔滔的黑潮境界。

身陷太行山围成的湖

"幻之水狱"出奇的平静。这里没有火狱的烈火，更没有树狱的巨木毒刺，一切都显得那么平静，平静得让有莘不破和桑谷隽有些担心。

"嗞嗞嗞……"

有莘不破说："蚕老大，别老说听不懂的话行不行？"

"嗞嗞嗞……"

"蚕祖刚才说，这里有人进来过，把这个'幻之水狱'破坏得差不多了。所以我们没遇到什么事情，不必担心。"

"有人进来过？"有莘不破沉吟着说，"那还能有谁，肯定就是江离啦。嘿，这小子真牛！我们两个闯过两个幻狱，就已经搞得遍体鳞伤……"

桑谷隽插口道："只是你遍体鳞伤，别扯上我！"

"好好，是我自己遍体鳞伤行了不！总之他一个人破了两个狱，这不是把我们的风头都压下去了吗？白虎老大，你得反省反省。"

白虎奇道："关我什么事？"

"还不关你事？"有莘不破说，"大家的属性都被克制住，你看人家青龙脱离了'幻之金狱'以后还有力气把这水狱也破了，老大你闯过火墙就奄奄一息了，这不是让人家压你一头了吗？"

白虎怒道："你还好意思说！不懂得五行生化之术也就算了，连我的力量和特长也不懂发挥，以金斩火，以己之短碰敌之长！把大家弄成这个样子，居然还有脸来怪我！"

有莘不破脸上一热，又听青铜幻蝶“嗞嗞嗞……”，虽然不知它在说什么，但看桑谷隽那嘲弄的神色，多半也是说了对自己不利的话。

这两大始祖幻兽和两个年轻人在水狱唧唧喳喳地胡扯着，一点不像被困在绝境的样子。

雒灵站了起来，看来精神已经恢复。羿令符指着九尾布下的妖气幻境说：“里面还没什么动静，看来双方多半处于胶着状态。”

雒灵却向若木看了过去，脸上深有忧色。羿令符顺着她的眼光一看，不禁吓了一跳：若木的头发又恢复原先乌黑亮泽的颜色，连精神状态似乎也都已经恢复正常。羿令符却知道若木受了这么重的伤，就算能够挽回性命，也不可能恢复得这么快，唯一的可能就是：这是临终前的回光返照！

“幻之水狱”部分被破坏了，空间状态显得很不稳定：一会儿幻化成南海，一会儿幻化成洞庭。突然又一变，青铜蝴蝶身下出现一条奔腾的大河。

“嗞嗞嗞……”

桑谷隽不等有莘不破问起，直接翻译给他听：“蚕祖说这是真实情况在水狱之境的反射，这条河多半就是大江[①]了。现在我们逆流而上，顺着青龙残留下来的气息，应该就可以找到水土交会的两狱边缘。嘿，这次不用你动刀了，看我的……”还没说完，他突然呆呆地不说话了，眼睛盯着前方，不知是呆了、痴了，还是醉了。

“干吗？”有莘不破向前望去，不禁眉毛跳动，吹了声口哨：世上竟还有这么酷的少女。

这少女跪坐在一片长长的芭蕉叶上，如风如电，迎面飞来：褐衣、短发，脸上的线条就像雕刻出来的一般，眼神锋利如刀，双唇紧闭——那是长年不苟言笑的人才能累积起来的冷酷！江离是个男孩子，但江离

① 大江：就是现在的长江，上古时代的文献中，“江”就特指长江。

还不如这个女孩子来得阳刚；长得还算英俊的血晨自以为很酷，但他若站在这个女孩子面前简直就是在装模作样；雒灵的神色也有些冷，但她就像初春的井水，在冰冷中蕴藏着温柔，但这女孩子却像一柄万古玄冰雕刻成的冰刀，在阳光中尽显刚直而锐利，偏偏又绚丽无比。

这次不用白虎和天蚕提醒，有莘不破也知道那只是一个幻象。但看桑谷隽时，他却显得万分紧张：这个迎面而来的女孩越飞越近，他的神经也越绷越紧。来往的双方都在江心的上空飞行，眼见就要撞上，白虎、天蚕和有莘不破都知道这个幻影会从他们的身体穿过去，但桑谷隽却完全没有这种意识。就在双方交叉而过的一刹那，桑谷隽奋起勇气想拥抱她，但终于不敢，侧了身避开让行，低下头喘息着。

“喂，你没事吧？”有莘不破撞了一下桑谷隽，他才回过神来，“喜欢她？”

桑谷隽怒道：“你闭嘴！”

“对不起，对不起，”有莘不破笑道，“别生气嘛。不过以后遇见她真人的时候，可别像刚才那样。要追人家就得鼓起勇气上！”

桑谷隽喃喃道：“真人……真人……”

突然一阵巨响，眼前凸现一座拦路的大山，山上积雪皑皑。蓦地山崩雪化，洪水从天而下。有莘不破大吃一惊，打了桑谷隽一拳：“先搞定眼前事，那少女飞不了！”

桑谷隽回过神来，轻轻叹了一口气，似乎还有无限缱绻之意，全不把这从天而降、声若轰雷的九天洪水放在眼内。

洪水未到，数十点水带着银河倒挂的威势，打得两人脸上生疼——这九天飞流并非幻影。眼见瀑流压顶，桑谷隽手一举，青铜蝴蝶一个弧形向那高山山脚射去。万丈瀑流一个转折，尾随追来。

“地耸山出，水来土湮。”

九十九脉太行山[1]耸了起来，把洪流挡住，围成一个高原湖。

---

① 太行山：就是现在的太行山。据《山海经·北山经》记载：“北次三山之首，曰太行之山。”

有莘不破看得咬牙结舌：“和你打了几次架了，从不知道你原来这么厉害。”

“这是在九尾的幻境里，主要是得懂牵引这个幻境的契机，加上蚕祖的天外力量。要在现实世界里，我哪可能这么厉害！啊，到了——”

山顶积雪化尽，显出一道裂痕来，青铜蝴蝶双翼翩翩，穿了过去，突然都觉身子一重，直掉下去。先是白虎与天蚕的灵力分离，跟着是白虎和有莘不破、天蚕与桑谷隽分别离开。在坠落的过程中，青铜蝴蝶蜕化成天蚕，跟着化做一张丝绸，轻轻披在桑谷隽身上，桑谷隽落到地面，如入水面，沉了下去。白虎缩成普通老虎大小，四脚如石稳稳落地；有莘不破却结结实实地跌了个七荤八素。

羿令符和雒灵都察觉到涂山氏布下的幻境出现不稳定的波动，知道幻境中双方的对决就要爆发了。

但同时，若木的情况也让他们越来越担心。

有莘不破强撑着爬起来，身体好像重了好几倍。“这个‘幻之土狱’是什么鬼地方啊？身子怎么这么重？难道是我伤得太重了？啊，这是……桑谷隽，快出来，你没那么容易就死掉吧！”

“你不死我怎么会死。”桑谷隽慢慢地从地底浮出，才一上来就大吃一惊：这个‘幻之土狱’既没有任何异样的东西，也似乎没有什么要命的机关，但却挤满了形形色色不下数十个人。再一看，这些人个个都认识：桑鏖望、桑季、有莘羖……连姐姐也在！桑谷隽几乎就要扑上去，但终于忍住了，因为他知道这是“心镜土偶阵”。

“这是怎么回事啊？”有莘不破说，“好像我们认识的人全都在这里，但明显又不是真人。”

“是土偶。”桑谷隽说，“这些土偶本来还带有蛊惑人心的妖力，但似乎也给人破掉了。”那个人，多半就是江离。但饶是如此，这些土偶的真实程度仍让两人惊心动魄。如果这个阵势能完全发挥它的威力，那会是怎么样的局面？

桑谷隽新丧姐姐，看见桑谷秀的模样，看见一家人团聚在那里的情景，不禁眼眶微湿，突然啪的一声，“桑谷秀”粉身碎骨，发出一声令人怜惜的呻吟，随即化做一堆粪土——原来是因为有莘不破挥起了他的鬼王刀。

桑谷隽怒道：“你干什么！”

“你明知道这些土偶上有幻术，居然还一头栽进去！一个大男人居然还对着这土偶哭！”

“那是我姐姐！”

“你姐姐？”有莘不破指着那一堆粪土冷笑。

“就算只是姐姐的肖像，”桑谷隽说，“我也出不了手。”

“那就我来代劳吧。”在劈开木狱边缘后，天蚕注入他体内的灵力还有些许残余，他自行牵引着周流全身，这时已经恢复了少许力量，只是在这土狱里面人比平常重了好几倍，行动很是不便。但有莘不破凭着一股锐气，挥刀七横八纵，片刻就把这个心境土偶阵毁得七零八落。这土偶阵虽然没什么攻击力，但每个土偶中招以后，都会显出和真人极其相称的表情和声音，简直和在现实世界亲手杀死他们没什么区别。

桑谷隽光是在旁边听着这些假人临死前的各种呻吟，就已经难以忍受，偷眼一看，有莘不破居然一脸的沉静。

“你究竟是不是人啊！”

“哼！几个土偶而已，居然弄得你这么紧张。虽说这是土狱，你在这里如鱼得水，但要是你一个人来这里，只怕……嘿嘿嘿！”

“你自己也不见得比我强很多！”桑谷隽冷笑道，“要不然现在剩下的那几个土偶，怎么刚好是你最下不了手的人啊。”

有莘不破冷冷道：“谁说的！”一刀向“羿令符”砍去，“羿令符”脖子中刀，脸上神色在一弹指间变得极其复杂，却不说话，叹息一声倒下去了。这模样看得连有莘不破也不禁手一抖，停了下来。

桑谷隽冷笑道：“怎么样？”

有莘不破忙深深吸一口气，大步跨出，最后的两个“人”出现在自己面前：一个女孩子坐在地上，她有一张略显苍白的脸，和一头飘逸的头发，似乎很无助，又似乎对自己的处境全不在乎——这不正是第一次遇见雒灵时她抬头看见自己那一刻的写照。“雒灵”的脚下不远，一个被挖开了一半的雪堆里，一个年轻人安静地躺着，像一个沉睡的小王子，像一个入定的小神仙，神色平静得让人几乎不忍去打扰他，体态又似乎脆弱得让任何见到他的人不舍得再抛下他——那正是自己见到江离的第一刻。

“动手啊！”桑谷隽冷笑道，“不舍得吗？”

“一个土偶，有什么舍不得的！”有莘不破眼睛一闭，对着“雒灵”就是一拳。“你……你好！”声音很不自然，就像一个太久没有说话的人突然开口。有莘不破吓了一跳，睁开眼来，只见“雒灵”一脸凄然的笑，眼神中并没有对自己的怨恨，只是充满了对难以把控的命运的无奈回应。“雒灵”这“临死”的情景只是一瞬，但在有莘不破眼里竟然如同十年般久远。

“我忘了告诉你，”桑谷隽幸灾乐祸地说，“有一个遥远的传说，说这‘心镜土偶阵’里化身临死前的情况，有一部分会是对本人未来的预告哦。”

有莘不破怒道：“你信口开河！”挥刀就要向“江离”砍去，这一刀竟然在半空停顿了三次。

桑谷隽还想说什么，白虎突然说：“奇怪，怎么有两个江离？小子，且慢动手！”

有莘不破舒了一口气，和桑谷隽顺着白虎所说的方向看去，约数里外的地方有一片粼粼水光。走近前来，水光中细长的青龙盘旋而上，尾接池水，角抵苍穹，一个影子飘浮在他的盘绕之中，正是江离。

“奇怪，”桑谷隽道，“土狱怎么会有这样一片池水呢？”

“喂，江离！”有莘不破向那个影子呼叫道，“我们来啦！”

“别叫了，那不是本人，只是他留下来的影子罢了。”桑谷隽突然叫道，“对了，你们看池底！”

水池映出有莘不破、披着蚕丝的桑谷隽和白虎，却没有青龙和江离的影子。

看见有莘不破不明白，桑谷隽解释说："江离故意在这里辟开一个水池，用'固影成形术'把他和青龙的影子留住，又用'水中捞月'之法把影子提炼出来，看来是想给我们留下一些提示。"

"什么提示？"有莘不破说。桑谷隽还在沉思，天蚕已"嗞嗞"起来了。

"嗯，蚕祖说这个五行地狱还只是表象，我们如果把这个五行地狱毁了，只会跌入作为九尾幻境内核的四象炉里面。"

"什么？"白虎大叫一声，"四象炉？你没搞错吧？"最后一句话却是问天蚕的。天蚕嗞了一声，白虎脸色转归沉重。在火狱的时候，即使面对可以把精金熔化掉的烈火，有莘不破也未看见白虎有这么严肃的神态，忙问道："老大，这四象炉很厉害吗？"

"很厉害吗？"白虎哈了一声，说，"本来这什么五行地狱虽然有些麻烦，但对我来说，最多是把我困住一段时间，但这四象炉——这臭狐狸真毒！"

"嗞嗞嗞……"

桑谷隽说："这四象炉是以太阴、太阳、少阴、少阳四象之气，锻炼万物，归于一清。"

"什么叫做'锻炼万物，归于一清'？"

"浅白一点说，就是任何东西，人也好，神也好，进了四象炉里，都会被炼成一股清气。"

看看白虎郑重的神色，有莘不破知道这个说法并没有夸张："那狐狸这么厉害，岂不是天下无敌了？"接着他想起一事，急道："江离哪儿去了？不会被那四象炉给炼化了吧？"

"嗞嗞嗞……"

"嗯，"桑谷隽边听边说，"只有与天齐位者，才能达到这视万物为一的境界，才能布成一个完整的四象炉。涂山氏还心存怨念与执念，显然不可能达到这个境界。因此我们还有机会。"

"所以我们就要找出它的破绽？"

"对。"桑谷隽说，"九尾是纯阴之体，因此必以太阴为根基，阴极反阳，乃生少阳，阳刚渐长，乃臻于太阳境界，老阳生少阴，少阴臻太阴，便成循环不可破之完局。但蚕祖猜想，天地尚不能完全，这九尾的幻境一定有一节是伪境。只要我们找到这伪境，断了这一环，破坏了四象循流、生生不息的平衡，这‘四象五行幻象’就破了。”

白虎道：“青龙显然是进入其中一象去了。但它显然没有押对宝！否则这幻境早就破了。不过它应该也还没有挂掉，否则这池上的幻影也会随本人的消灭而烟消云散。”

桑谷隽说：“四象有四境，但我们只有三组人马，如果再来一个帮手就好了！可惜他们却被挡在外面，不知道这里的情况。”

白虎说：“不！我们有三组人就够了！太阴是九尾力量之源，不可能是伪境。”

有莘不破大喜道：“那还等什么？我们分头出发吧。”

桑谷隽上下打量着他：“你还有足够的力气？”

有莘不破笑道：“砍死几个人都没问题。”

白虎摇头说：“不可能，虽然是伪境，但要破坏它仍需要很充足的力量，你现在的这点力气，一进去不多久就会被化掉。就算能撑一会儿，也万万没有足够的力量破坏这个伪境！”

桑谷隽苦笑道：“所以我们还是得押宝。”

白虎看了看青龙和江离留下来的影子，盘算道：“子转丑，丑转寅……午未将交……他们是进了太阳境界！嗯，九尾以太阴为根，太阳最弱，如果是我，也很可能会押这一宝。可惜他们错了。剩下的就只有少阳、少阴两境界了。”

有莘不破对白虎说：“老大，我们先出发怎么样？”

桑谷隽奇道：“你们？”

有莘不破说：“如果是你们先走，一旦押错了宝，我们就全完了。但如果是我们先走……老大，我们进了那叫什么什么的境界后，能不能给他们传递个信息什么的？”

白虎说：“如果进了真境，那就什么办法都没有了，要不然青龙他们也不必费事留下这个池影。但如果进了伪境，虽然你我现在残存的力量不足以摧毁它，但如果……嘿！如果奋死一击，还是能让整个空间产生震动！”

“那就好。”有莘不破说，“那我们先进去。”

“那不行！”桑谷隽怒道，“你这是什么意思！要趁机表现你的勇敢来反证我的怯懦吗？”

“不是勇敢，是没办法。”有莘不破说，“你有更好的办法吗？”

桑谷隽想了想，说：“再想想。”

“想？”有莘不破挥了挥刀，“江离进入太阳境界多半很久了，我怕他支持不住。男子汉大丈夫，当断则断！别这么啰唆！”转头向白虎说：“老大，能不能骑你身上？”

“上来吧。”白虎微笑道，“不知道为什么，现在我看你还觉得挺顺眼。”

桑谷隽还想说什么，有莘不破却不理他：“老大，我们到哪个境界去？”

白虎沉吟道：“老阴生少阳，其势方雄；少阳属阴，其性利九尾不利你我——不论真伪都难以抵挡。还是去少阴境吧，少阴属阳，为太阳至极而始生阴，虽然有卷入太阴境界的危险，但我们应该可以支持得久一些。”

“怎么进去？”

“凝神，慧聚刀芒，往辛、酉砍一刀。”

“好。”有莘不破回头对桑谷隽说，“别那样一副死相！你要是能够及时破阵，我还未必就死！我的师父告诉我，我的福气大着呢！”

“好吧！”桑谷隽振作精神，“我们一定会成功的！外面见！”

“哈哈！这才是男人嘛！”有莘不破举刀一挥，白虎纵身一跃，跳进那生死不明的命运之怀。

亡灵归去

雒灵心中一动，羿令符眼皮一跳。

“快了！”两个人同时想。

“白虎老大！白虎老大！”有莘不破想叫，却叫不出来。这是什么地方啊！没有上下左右，没有光明黑暗，甚至连自己也没有！他唯一剩下的，就是那点坚持着不肯散去的意志。

一阵阵的迷茫，一阵阵的恍惚，这是少阴真境呢？还是伪境？如果是伪境，自己如何奋力一击啊？有莘不破发现自己不是没有了力量，而是根本不知如何发力，仿佛整个人只剩下一缕幽幽荡荡的灵魂，这情形比在蛊雕的肚子里时还要糟糕。

他的记忆开始回流，回到刚才杀死“雒灵”的那一刻，回到初见雒灵的那一刻，又回到把江离从雪里挖出来的那一刻。然后，连江离也从他的记忆里消失了。

“不！”他想抓住什么，但用什么去抓呢？没有手，也没有刀。他回到了更早以前，一个老人告诉他：“越过了这大荒原，就不再是商国的势力范围了……”

然后，大荒原的概念也消失了。他想起了他的师父，那个神秘而伟大的男子。他有一身奇奇怪怪的本事，但那时候有莘不破却不想学，师父也没坚持让他学。“等你扎好根基，这些运用法门上手很快的……”师父和祖父更重视的，是他能在德行和大略上有所长进。

所以除了那些实打实的功夫，师父还跟他说了很多大道理。这些大道理真烦！虽然师父说的这些大道理，他在祖父身上看得一清二楚：祖父也是遵从这些道理做人做事的吗？还是他的举动刚好和这些道理相符？也许祖父和师父是伟大的，但是有莘不破却更喜欢待在奶奶身边，听奶奶在他睡觉前给他讲一个个动人的故事。那些故事里最感动有莘不破的，是一个叫做有莘羖的男人。那是一个灭族的故事，那是一个悲壮的故事。如果祖父当初采取更加激烈的行动——直接造反，也许这个故事的结局会有所不同吧。可是他并不清楚在那之前，祖父是否曾有过造反的念头。自从甘之战之后，契的子孙便默默地为大禹王的子孙们守卫着东方，向大夏礼以臣节。

可是那些故事也渐渐远去了。终于，他记起了那个香甜的乳房。那是谁的乳房？母亲的？她在哪里？还有父亲，他在哪里？父母的早逝，给他留下的只是淡淡的、间接从旁人口中得来的回忆，这回忆浅淡得还不如这香甜的乳汁徘徊在口舌间的温馨味道。

然后，连这乳汁也消失了。什么都忘记了，什么都空白了，为什么他还有意识？

鸟！

好美丽、好威武的鸟啊！这是哪里来的记忆？为什么会隐藏得这么深？难道它隐藏的地方是在自己代代相传的骨血之中？难道它是自己灵魂的最终渊源？

震动、震动，一阵大爆炸以后，这个托名有莘不破的少年终于彻底地失去了知觉。

有莘不破睁开眼睛，看见了白虎。

"嘿！好小子，还以为你早化掉了，没想到你居然能支持这么久！"白虎周围的空间正产生扭曲，它的身体也正在消失。

"我还没死！"有莘不破闻到一股逐渐消失的清香，然后他看到了一片越来越淡的青光下，坐着颓靡的江离，"哈！我们成功了！"

"对！"回应他的不是江离，而是另一个声音。有莘不破转过头去：桑谷隽脸上的疲倦和江离不相上下，他身边有一垄土包，正在渐渐平复，土包中发出一声："嗞——"

"蚕祖说，"桑谷隽上气不接下气地说，"以后就靠我们自己了……啊！"三大始祖幻兽一齐消失之后，一股浓烈的妖气向他们逼了过来，此时他们三个已经完全没有还手之力。龙爪秃鹰掠地飞来，一爪一个，抓住了有莘不破和江离。独狢不知从哪里冒了出来，叼起了桑谷隽。当他们三人逃到羿令符背后，这才看清楚那团巨大妖气的全貌：半身人形的涂山氏身下，八股妖气不受统摄四处乱闯。

“没想到……你们居然能把我逼到这个地步。”涂山氏似乎也在喘息，一条尾巴形状的妖气正试图让其他八股妖气恢复秩序。

“她居然还没死！”有莘不破叫道，“看来麻烦啊！”突然，他听见了江离的悲泣声：“师兄！”江离居然流泪了——在大荒原的时候，江离虽曾动用“慈力・牵机引”而流泪，但那并不是因为他动了感情。而现在，他居然为若木而流下了遇见师父以后的第一滴真正的泪水。

若木睁开了眼睛，但似乎没有看见流泪的江离，他的眼光停在五色丘冢上，跟着便微笑着阖上了。一股草木清气弥散开来，飘荡在这个世界上，这是一个刚刚逝世的人发出的气息，但带给所有生灵的却是生生不息的暗示。

五色丘冢飘起点点光华，在阳光下灿灿生辉，聚成一只蝴蝶形状，向七香车飞来。蝴蝶停在若木身上，消散了。微笑的若木慢慢化做青青的桑枝，混迹在七香车的各种草木之中。

当江离最后一滴眼泪落下时，若木已经不在了；当桑谷隽最后一声“姐姐”脱口时，蝴蝶已经消失了；桑鏖望倒了下去，不知是身体失去了力量，还是精神失去了支撑。

七香车上，多了一段连理枝；连理枝上，时而出现蝴蝶的幻影。

那是逝去的人留给还活着的人的最后安慰。

还能保持清醒的羿令符发现：涂山氏的妖气又是一阵巨大的变异。仰头望去，那个幽怨的女人竟然也望着七香车流下两行泪水。“她为什么要流泪？”羿令符能够看破一切假象，却看不破这个女人的内心。

突然，羿令符见身边的雒灵闭起了眼睛，他心念一动，涂山氏唯一还能控制自如的最后那根尾巴也躁动起来。但涂山氏却没有去控制它，相反，她捧着面庞，突然放声大哭，又突然放声大笑，没人知道她在哭什么，也没人知道她在笑什么。

有莘不破不解地看着涂山氏疯狂的举措，目视羿令符，羿令符指了指雒灵。有莘不破心中一动："心宗！"江离说过，雒灵是心宗的高手。虽然心宗究竟是什么样的一个门派有莘不破并不了了，但雒灵显然正趁着涂山氏心灵出现破绽的时候大举进攻。

大股大股的妖气随着涂山氏的举措而进一步失控，向四面八方无序地涌去。其中一股化做毒瘴，向众人冲来。羿令符大吃一惊，踏上一步，拦在众人前方。但他的日月弓擅攻不擅守，自保有余，要护住这么多人却无办法。就在妖气将撞上羿令符的时候，那个裹着季丹洛明和桑季、已经在众人不觉中出现裂缝的天蚕丝球飞了过来，挡在他前面，和妖气一撞，丝球裂开散落，妖气也退避三舍。

桑季全身疲软地掉在地上，季丹洛明却天神般地屹立在最前面，一个气障从他身上张扬开来，笼罩了十丈方圆，把所有人都罩在里面。强大的妖气一碰到这个气障，也马上被弹了开去。地上的桑季见季丹洛明甫脱拘束，居然还这样了得，心中不由暗暗佩服。季丹洛明一眼扫去，有莘羖和桑鏖望两败俱伤，若木不知去向，只剩下几个年轻人在支撑大局："哼！居然演变成这样的局面。"

他也来不及问明缘由了，因为涂山氏虽然已经被乘隙而入的雒灵逼得完全抓狂，但九股妖气却凭直觉向扰乱它们平衡的心力之源冲来。季丹洛明的气障在九股妖气的冲击下慢慢萎缩，季丹洛明也步步后退，气障在缩到三丈方圆的时候终于稳住。

有莘不破叫道："季丹伯伯！光凭防守，不是办法。"

季丹洛明点了点头，右手虚探，掌心上空裂开一个异度空间。在这个极为狭小的空间里，几道不知名的力量互相冲撞，每一次冲撞就是一次看似轻微却隐含无穷力量的爆炸。

"难道这就是若木哥哥所说的'空流爆'？"有莘不破心想。以前他见到季丹洛明施展功夫，一见就能模仿个五六分，再经季丹洛明一指点，马上就学会了。但此时见了这一招却全然捕捉不到其中的奥妙。

季丹看了看涂山氏，又看了看地上眼睛紧闭的有莘羖，犹豫着。

"季丹伯伯，这一招要聚气这么久啊？"

季丹洛明摇了摇头说："受了我这一招，连灰也不会剩下，可那是有莘嫂子的身体啊。"

有莘不破一呆，一时也不知道该如何是好。

羿令符突然踏步走出了气障，说："我试试吧。"

"启儿、启儿……"涂山氏又哭又笑的声音回荡于天地之间。若木是夏启的后裔，也是涂山氏的子孙血脉，若木的逝世引发了涂山氏潜藏的母爱慈心，正是这一点让这个魔化的九尾狐神内心防线出现了破绽而被雒灵利用。

可是涂山氏毕竟太过强大，即便是乘虚而入，对雒灵来说也太过吃力，此刻她脸上红潮涌动，显然也已经到了极限。

羿令符取下落日、落月两弓，将两弓合并，单膝跪地，无箭拉弦。"回去吧。"羿令符雄壮的声音一震：日月弦动，四境一清。这一弦射出的不是羽箭，这一弦发出的不是声音——那是来自远方的呼唤，呼唤一个迷途的魂灵重归于造化的洪流！

"死灵诀！"雒灵大吃一惊，睁开了眼睛，羿令符已经站了起来，妖气正在消散，涂山氏的脸也正在恢复平静。她望向七香车，眼中只剩下一点慈母看着儿子才有的平静。"这个若木应该是她的后代。"曾侵入涂山氏心灵的雒灵想，"隔了这么远的血缘传递，刚才若木的死亡居然还能唤起她对儿子的回忆。"或许正是这爱意，冲淡了她一步步走向偏激的执念。雒灵知道，她正是趁着涂山氏的这个精神波动而侵入她的心灵的。

"再见了……"只有雒灵能听见这个声音，这个可怜而伟大的一国之母，终于归于无悲无喜、无爱无恨。她对那个男人的恨意呢？是否也将随着她的逝去而消逝？

江离默默地看着天际缓缓消失的涂山氏幻象，心中涌起了一阵极淡薄的孺慕之情。他突然想起了乌悬的话："太一宗的嫡传，每一代都是大夏王族的血脉……"

当妻子的尸体出现在半空之中时，这感应居然把重伤的有莘羖唤醒了。他冲了过去，接住了她。

山河破碎，林木凋残。

而逝去的人，也已经永远地离开了这个世界。

“在我还很年轻的时候，我有一个死敌，两个情人。

“那个死敌令我憎恨，又令我钦佩。但他对于我，却没有憎恨，而只有忌妒和讨厌——因为和我一出生就是一国王子相比，出身贫民窟的他是那样卑贱和贫穷。为了得到一点点的食物，为了学到一点点的知识，他必须付出我永远无法想象的努力。和他相比，我的一切都来得太过容易。

“当他玄功有成以后，当他有了和我匹敌的力量以后，他对我的妒忌开始转化为不屑。我们互相厌恶着，并为此大打出手。当我的妻子出事以后，他给我指了一条歪路。但我并没因此而增加对他的仇恨。因为我们是死敌，死敌本来就应该互相打击着，死敌本来就不应该轻信对方——但我那时候已经是病急乱投医了。

“在多年以后，我细细回想当初的一切，慢慢发现我的妻子遭受化石兽的攻击，并不是一个意外，而是一个阴谋。那是一个失意的女人对一个幸福的小女子的打击。她们都曾是我的情人，一个成了我的妻子，另一个却永远地成为我妻子的情敌。我当初为什么没有想到呢？除了她，还有谁能驱使无主无宗的九天幻兽？可惜我知道得太晚了。

“我掉进了旧情人的陷阱，接着我的死敌又把我的不幸推向了最残酷的深渊。我的父亲，我的母亲，我的兄弟，我的族人，我的国家，我的子民……他们全都因我这个不孝的儿子，这个不智的兄弟，这个不值得他们那么爱护的王子而罹难了。或许我们都没想到的是，高高在上的大夏王，天下的共主，什么时候变得这么残暴？

“我困顿于国破家亡当中，我不敢去找我那唯一的亲人——嫁到商国去的姐姐。因为我听说商国也因为我的胡闹而陷入同样的危机。那个时候，或许只有死亡才能让我平静，但我的生命力却还很强盛——这令我痛苦万分！我想在雨中求死，但阴云密布的天空却突然放晴；我想在日下暴毙，但地面却裂开向我喷洒泉水。那是一个叫若木的年轻人，在默默地守护着我。

“祝宗人给了我一个希望，给了我一个活下去的寄托——抓住九尾，寻找毒火雀池。于是我开始寻找九尾——那个窃据了我妻子身体的妖物。一次次的围堵，一次次的功败垂成，几十年就这样过去了。我就这样打发自己的生命，但若木呢？为什么他也要这样浪费他的青春年华？是因为他乐在其中，还是说他不愿意去面对自己的宿命？

“我失去了一切以后，有一天突然想起了她的诅咒——她曾诅咒我将失去这一切！各条线索串起来以后，我终于明白了：是她亲自用她的双手来实现她的诅咒！

“我知道，她希望我去求她，跪在她面前求她！唯有掌控了世界上最强大精神力量的她，才能够做到媲美于朱雀——甚至更加完美的祛除异灵。

“可是她错了，就算我可以抛弃我的骄傲，我的妻子也绝不会抛弃她的骄傲！苏儿，她已经走了，我也要走了，你会寂寞吧？我还是给你留下最后一份礼物吧。小隽，这是虎魄，是我最后的，也是最纯粹的一点杀机。如果你想替你大姐报仇，或许它对你会有些帮助。

“结束了，一切都结束了。桑兄，不要太悲沉了，我们或许不能改变命运，但至少能改变对它的看法。季丹……经历这么多事让我看得更清楚了，那人，其实还在等你。

“不破，你很好，很好，继续走下去，不要因为我这个没用的舅公而消沉，不要被这雀池绊住你的脚步。”

有莘羖挺起笔直的躯干，抱着他的爱妻，一步步向雀池走去。有莘不破和桑谷隽想冲过去，却被季丹洛明一把扯住。

“黄鸟交交……止于桑楚……临其渊陟……万夫之御……乱生不夷……靡国不泯……民靡有黎……具祸以烬……野马尘埃……风雨凄凄……以念苍穹……伊可怀也……”

有莘羖的歌声消失以后，雀池恢复了平静，但却不是以往那荒凉的静，而是一种肃穆的静。

“怎么这么多人？”

空中一个声音打破了雀池的寂静。

桑谷隽抬头一看，怔住了——夕阳下，一股小旋风托着一片芭蕉叶，叶上端坐着一个三九寒风一样冰冷的女孩子——正是在幻之水境里遇见的那个少女。

“喂，我问你，知不知道毒火雀池怎么走？”

桑谷隽呆呆地仰望着她，一句话也说不出来。若在平时，有莘不破一定嘲笑他两句，这会子却没这个心情。

看见桑谷隽这副模样，风中的少女有些不悦：“你是哑巴啊？怎么不说话干瞪眼？”

“这里就是毒火雀池，姑娘有什么事情吗？”回话的是羿令符，从他口中说出来的话，总带着令人信任的重量。

“啊！”风中的少女扬眉喜道，“听说今天是朱雀三十年一现的日子。你们也是来等她出现的吗？”

“姑娘来迟了。朱雀今天早上现身过了。”

“啊！”少女无限失望地叫了一声，“三十年一次，我居然错过了，难道还要让我再等三十年？”她失望了一会儿，终于恢复了冷漠无言的神态。

流连的旋风在毒火雀池上空无奈地打了个转，便向黄昏的西方吹去……

“你又错过机会了。”有莘不破说。

“我现在……”桑谷隽说，“哪里还会有心情！”

“你有什么打算？”

“打算？”桑谷隽说，“我先伺候爹爹和叔父回孟涂。”

“然后呢？”

“没有然后了。在孟涂乖乖做个好儿子。你呢？还不想回家？”

“笑话！”有莘不破说，“我舅公的话你没听见吗？他让我好好走下去，不要被这雀池绊住！我会的！伤一养好，我们就走。”

“要到哪儿去？”

“西边！逆流而上，听说天山[1]就在这茫茫群山后面！”

“天山？那是传说中……”

“传说中血剑宗隐居的地方！”有莘不破替桑谷隽说了出来，“你信不信？我家有一把血剑宗少年时的佩剑。我想我爷爷一定认识他，可惜爷爷无论如何不肯跟我提起关于血剑宗的事情。我问师父，可是他也不肯说。”

“找他干什么？别告诉我你想跟他打架！”

“以前想过的。”有莘不破说，“可见过季丹伯伯以后，我才知道自己和他们的差距有多大！所以暂时不考虑和他们这个层次的人打架了。不过，高人见见总是好的。”

“你不怕他杀了你？”

“有点怕，所以才刺激啊。怎么样？想不想跟我们一块去？”

桑谷隽望着那风中少女远去的方向，摇了摇头。

商国王孙的英雄梦

桑谷隽和父亲、叔父回巴国，羿令符和季丹洛明去为芈压寻找灵药，半路上雒灵突然感应到什么就匆匆别去——归程中的七香车上，只剩下有莘不破和江离两个人。

“雒灵也真是的，出了什么事情也不说一声。”

“不要太担心，她和你这么要好，不会舍得你不回来的。”

“你这话里怎么透着一股酸味。”有莘不破说，“不过也好，说明你的情绪已经平复下来了。”

“是吗？”江离口气很淡，不知在想什么。有莘不破叹了口气。

---

① 天山：现在的新疆天山。《山海经·西山经》云：“又西三百五十里，曰天山，多金玉，有青、雄黄。英水出焉，而西南流注于汤谷。有神鸟，其状如黄囊，赤如丹火，六足四翼，浑敦无面目，是识歌舞，实惟帝江也。”

"干吗叹气？"

"有没有听说商国把葛国给灭了。"

"听说了，怎样？"

有莘不破兴奋地说："那就是说终于要对万恶的大夏王开战了！"

"大概是吧。可是这事有什么好叹气的？"

"我是在想，"有莘不破说，"如果这场战争早开打几十年，那该多好。在大夏王屠杀有莘氏一族之际，东方诸国大旗一举，天下诸侯响应，也许舅公就不用落到国破家亡的境地了。"

江离漠然道："那时天下诸侯为什么要响应商国造反？"

"大夏王这么暴虐，逼得大家都快活不下去了！为什么不造反？"

"你别忘了，虽然孔甲王以后，王政乱德，但那时候还没现在这么严重。最多不过是政乱于朝罢了，还没到大家都活不下去的地步。"

有莘不破不以为然，道："难道一定要等到大家都活不下去了才造反吗？"

"鼎革不可轻举。"江离说，"就算是现在，我还是觉得东方举兵，对这个世界不一定是件好事。"

"夏后氏政弊德乱，搞得民不聊生，你居然还替他们说话！"

"革命必以刀火，"江离说，"或许持刀人原本是想做一件好事的，可是刀染了血腥以后，持刀人的心态也会变的，以暴力得到政权的人会更加容易信任暴力，这对老百姓来说可不是一件好事。火易纵而难收，一开始也许只是想毁掉弊政，但到最后却多半会连传统也一起烧个一干二净。"

"不破旧，怎么立新啊！"

"一物之微，皆有所自。"江离说，"不立足于旧传统，哪来的新！所谓的立新，其实不过是在旧传统上有所增减益损罢了。想把根基全部毁掉然后再凭空建起一座全新的楼阁来，这样的事情我从来没听过有成功的。"

"哼！"有莘不破说，"现在的那个商国国主也就是因为存了你这样的念头，顾忌多多，所以才拖到今时今日。如今戎狄逼迫于西北，干早肆虐于心腹，夏王乱政于上，昆吾作恶于下，整个华夏糜烂到都快灭亡了，革夏命立新朝，根本就是不得不为的事情！”

“几十年来成汤一直不动，也许只是因为他实力还未充足。”江离说，“但不管怎么说，今天成汤成功地掌控了民心，如果他幸而革命成功，又能仁谨治国，那或许可以换来一世的太平。那这第一次革命，或许也可以视之为正义，因为他是挟民意而行鼎革。但鼎革先例一开，后世形势推移，流弊所及，必然有贪欲之徒竞相效仿，明明是为了私欲而自立，却伪托革命的大义！到时不但把这革命最初的正面意义给玷污了，连老百姓也得跟着受无穷无尽的灾难。”

有莘不破冷笑说：“依你说怎么办？”

“政昏误国，那是一世之灾，进之以良谏，未必无救。但如革命一起，开了这个先例，举世熙熙，代代相篡，难有止息——那才是万世之祸啊。”

“尊敬的江离师父，”有莘不破冷笑道，“咱们也别去天山玩儿了，直接到夏都去，你给朝廷多多献言，替夏王多进良谏，救救那些受苦受难的百姓，怎么样？”

江离叹道：“我只是一个修真学道的小子罢了，大夏王高高在上，哪会来听我的话。”

有莘不破狂笑起来：“哈哈！这就对了！不过他也不只是不听你的‘良谏’而已！他谁的话都听不进去！很多栋梁大臣，也不过说了他几声而已，就被英明神武的大夏王给喀嚓掉了！他要是能听得进别人的话，这国政哪里还会昏啊！”

江离默然良久，道：“当代大夏王确实不像话，但是华夏国运的兴灭，也不能仅仅考虑眼前的问题，还要顾及后世的长远。”

“反正你就是希望天下最好不要死人，好的东西能尽可能地保存下来。但天下哪有那么好的事情！”有莘不破说，“我可没那么多细腻的心思。要我说，见到害群之马，一刀杀了！保护好自己的国家，保护好自己的亲人，也就是了。”

“那如果有个难以下手的理由挡在你面前呢？”

有莘不破皱眉道："算了，咱们说这么闷的话题干什么？还是谈谈我们怎么去天山吧。你还记得伯嘉鱼养的那些巨大的水马①吗？"

手，轻轻掠过雀池的毒焰，整个毒火雀池似乎立刻被惊醒，毒焰烈烈，火舌缭绕。

"他还是走了，带着那个女人。"

"宗主……"

"临走前惦记着要报复的人不是无瓠（hù）子，而是我。无瓠子如果知道，不知会是什么表情？"

"宗主，当年真的是你……"

"别叫我宗主。在他面前，我只是一个女人，我只想做一个女人。可即使是这样也不能够。如果当年他能够只把我当做一个女人……"

"宗主，那虎魄究竟是什么东西？"

"虎魄？那是他留下的一点杀机，纯粹的杀机，没有附着任何巫术或精神力，因此也不受任何巫术和精神力控制。"

"不能控制，那么桑家那小子如何驱使？"

"不用驱使。它是他留在这个世界上的一点敌意——对我们的敌意。只要把它放出来，它就会冲着心力之源而来，它并不能对我们的精神造成损害，仅仅是破坏我们的身体而已。"

"什么？"

"也就是说，所有没练成魂游物外的心宗传人，都会被这点杀机肢解而死。"

"但魂游物外，天下只有宗主一人练成！"

"我练成了吗？"

"……那这虎魄岂不成了我们的天敌！"

"天敌？不错。他真是天才，临走还留下这样棘手的东西来。不

① 水马：《山海经》中的一种在水里行走的马，前腿上长着花纹，拖着一条牛尾巴，叫声像人在大声呼喊，十分奇妙。据《山海经·北山经》记载"……其中多水马，其状如马，而文臂牛尾，其音如呼。"

过……唉，我能窥破所有生灵的内心，可是在他面前却全无办法。和这种天命孽缘相比，这点创造又算得了什么？”

“雒灵在那桑小子身边，只怕……”

“对灵儿来说，桑家小子只是一个可有可无的存在，因此掌握在桑家小子手里的虎魄并不可怕。令人担心的，反而是她和那个小有莘之间的未来。咦！那是什么？”

“什么？没什么啊。”

“你没感应到吗？啊！是伊挚（*伊尹*）和祝宗人！”

“什么！伊挚！祝宗人！难道连这两个人也到西南来了？”

“不，是在东方！遥远的东方。他们在干什么？搞出这么大的动静……嗯……他们……哈哈，哈哈哈……他们居然在干那样的蠢事！”

“蠢事？”

“补天！他们竟然企图补天！那是人类干的事情么？哈哈，疯子，太一宗的两个疯子……”

……

“刑鬼，你还没感应到吗？山鬼已经赶过去了。看来她和祝宗人之间的感应还很强啊。毕竟，祝宗人是她的旧上司。”

“可她已经发誓效忠宗主！怎能……”

“别激动，只是给旧主人送终而已，不算背叛我。”

“送终？难道……那两个人都……”

“伊挚好像还有口气……嗯，季丹似乎也发现了，祝宗人的小徒弟却还蒙在鼓里。我们走吧，灵儿已经找来了。这孩子很好，居然能够发现我的行踪。”

“您不见她一面？”

“不见了。有些话，我现在还不知道怎么跟她说。”

“季丹大侠，你怎么了？”

“这两个疯子！”季丹洛明遥望东方，喃喃自语。突然发足，绝尘而去。

“季丹大侠，出了什么事了？”

季丹洛明的声音远远传来：“灵药已经到手，东方有大变故，我就不跟你们一起走了。保重！”

“你怎么了？”

看见江离的脸色突然一片惨白，有莘不破吓了一跳。

“不知道，我不知道。”江离痛苦地说，“只是突然难受得很。也不知道为什么。”

“不会是走火入魔了吧？”

“不，不像。”

有莘不破舒了一口气：“那可能是破九尾幻境的时候真气消耗太过严重了。你别胡思乱想，好好睡一觉。看来这次回到了蜀国，我们这群人只怕得花好长一段时间才能休养过来。啊，雒灵回来了。”

在对付涂山氏的最后关头，最擅长把握机会的靖歆乘机逃走，把收了个把月的徒弟马蹄和他哥哥马尾都弃之不顾。有莘不破等人发觉以后，也没心情处理这两个小混混，就由桑谷隽招来两条小天蚕把两人制住，打发到有穷车队拘禁起来，过了不久这两个人的事情就被众首领搁在了脑后。

有莘不破的头发和眉毛都已经渐渐长出，芈压也已经醒来。伯嘉鱼答应借给有莘不破七十二匹巨大水马，助有穷商队逆流而上。这些水马每匹都身大体健，入水如飞，力大无比。借得了这七十二匹水马以后，有莘不破开始部署有穷众人，趁着几个首领养伤的空隙锯木为舟，劈竹做筏。

不过，有莘不破继续西进的计划却受到了有穷四长老的强烈反对。

“台侯！我们还要西进？这是要去哪里啊！”

“我不知道。谁知道前面还有什么国度什么民族啊？”

“什么！你不知道？难道你没发现这一路来越走越荒凉吗？”

“不会啊，江山壮丽，风景如画。”

“我不是说这个！”苍长老气呼呼地说，“我是说越往西就越没有人烟！蜀国还好，毕竟是西南大国。但再往西，只怕那些个地方从来就没有人去过！”

“那又怎么样？”有莘不破继续装傻。

“我们是商队啊！”苍长老大声抗议道，“可是现在，我们有一个多月没做生意了。如果再往西……我简直不敢想象！”

有莘不破忙安慰他：“别急，别急。名禽所在，必有珍宝，令符兄不是说过吗？越是人迹罕至的地方，越可能发现重宝！我们现在溯江而上，在这大江的源头，还不知道有什么宝贝在等着我们呢。”他压低了声音说：“我听说大江源头，到处都是金沙哦。”

“就算真有宝贝又怎么样！”苍长老一点不受有莘不破的诱惑，“别忘了我们是商队，经商才是我们的行当！”

“你看我这样的人，像是一个会带着你们规规矩矩来回跑、算算计计做生意的人吗？”

苍长老没有说话。

“所以啊，”有莘不破说，“我保证让这个商队的大部分人平安无事地回家，盆满钵满地回国。此外我怎么胡闹你都不要管我。你去问问下面的人，看看他们对我这个保证满意不满意。”

“他们是没什么话说，可是，可是……”

“如果你们实在想坚持什么商队本色……”有莘不破终于想起了对付苍长老的终极法宝，“等商队重新回到羿令符手里再说吧，反正这一天也不会太久。”

苍长老终于不说话了，带着一脸不满意的表情走了出去。

“唉，真烦。”有莘不破实在不想在这些无聊的事情上费心机，有时候真希望这几个迂腐而执拗的老头是羿令符派来的，这样就算是钩心斗角，至少有个对等的敌手。在这个春光明媚的日子，只有傻瓜才会去想这些大煞风景的事情。我那些出类拔萃的朋友……嘿嘿，江离多半在晨睡；桑谷隽多半在想着那个英俊的女孩；芈压肯定待在他的厨房里给自己做疗理汤；至于羿令符，嘿，多半在看着银环蛇发呆。哦，还有她……

想到和雒灵配合得越来越默契的美妙境界，有莘不破心头大动，一阵猴躁。

马蹄、马尾被交到苍长老手上以后，苍长老把他们交给了阿三看管。后来阿三忙碌起来，又把他们交给老不死看管。老不死和马尾倒是相处得不错，一个老，一个肥，彼此都有一个懒惰的理由。

马蹄却活得忐忑不安。这些日子来他多多少少听见阿三对羿令符的夸耀，知道有穷有一头目视千里的龙爪秃鹰，而羿令符则能够和这头龙爪秃鹰通灵。

“嘿！首领能够看到龙爪秃鹰看到的所有东西哦！”

马蹄知道，有那终日盘旋在上空的龙爪秃鹰在，以自己的这点微末功夫，只怕逃不了多远。所以尽管阿三和老不死并没有把他们兄弟俩看得很紧，但马蹄也不敢贸然地逃跑。

“但假如他们根本就不在意我呢？”这当然会让他顺利逃脱的机会大大增加，但马蹄却不肯这样想，因为这样会刺伤他的自尊。在某个突然醒来的深夜，他甚至希望自己能够作为有莘不破、江离或者羿令符的对手而被杀。对等的对手！

商队越来越忙碌了，因为各大首领的伤势已经痊愈，巨型的水马也已经借到了，但舟筏却还没有造好。负责舟筏设计的是旻长老。商国在海外也有一截自己的附属地，航行业和造船技术也远非西方和北方各族可比。不过这次的舟筏在设计上追求简捷：一是保证能够托起一辆铜车和山牛、风马，二是保证舟筏底部不会湿漉以避免车轮生锈和牛马生病，三是排水破浪的功能较好。

“三哥！让我来帮忙吧。”马蹄很是时候地说，这时候阿三正累得直喘气。

“可是……”

“我们相处这么久，你还不知道我这个人吗？其实我只是被误会了，我们兄弟俩并没有做什么对不起有穷的事情。在我们的冤屈澄清以前，你就是赶我走我也不离开。”

“好吧。”听到阿三这句话以后，马蹄就开始卖力地干起活来，那份冲劲连有穷商队的人都觉得感动。

“看看人家那份劲儿！倒像他才是有穷商队的正主，我们只是来帮忙的！”

“不能输给他！”

“对！”

马蹄没有发现，当自己的冲劲上来以后，身上居然也散发出能够激发士气的气质来。他一直就这么力量十足地干着，有一天阿三对他说：“不如你加入我们有穷吧。”

“我？可以吗？”

“当然！”阿三说，“别看我身份不高，但我在有莘台侯面前也是说得上话的人！你这样的人，一个顶俩，这事情至少有九分把握！”

这天晚上，马蹄兴奋得睡不着觉，整晚乐滋滋地听着马尾在那里打呼噜。

第二天起来，他居然没有因为失眠而显得困顿。有穷的众人大半还在做梦，他已经盘算着如何准备这一天的工作了。这时远处一个人沿江走来，却是重伤初愈的芈压出来散步。

“少城主，早！”马蹄忙跑上前去哈腰，但芈压完全没有注意到他的存在，只是礼貌地点了一下头，便不再理他，自顾自地继续散步。

马蹄当场愣住了，在祝融城外，自己也曾小心翼翼地伺候过他一回，可这位少城主完全不记得有他这样一个人的存在。不知怎的，马蹄的心脏突然一紧。

“我在有穷商队，真的能够出人头地吗？”他眼前出现一个瘦削的老头，麻木地给山牛喂草料，这老头身后跟着另外一个又胖又脏的老头，两个老头相依为命地活着，而这个世界再也没有第三个人意识到他们两个人的存在……

“难道我就要这样一辈子地过下去？”他曾想过利用有穷商队作为跳板，跳出自己在祝融城的那个命运的怪圈。可当他有机会进入有穷商队以后，才发现自己不过是陷入另外一个命运的怪圈罢了。

“我该怎么办？我该怎么办——”

“这两个人怎么办？”舟筏已经准备妥当，伯嘉鱼的送别酒也已经喝过。临出发时，苍长老这样问有莘不破。

苍长老的身边是阿三，阿三身后是伛偻着身子的马蹄和马尾——马尾手上没有麦饼，只是呆呆站在那里吮吸着又脏又肥的手指。马蹄却扑通跪下了：“台侯！那靖歆干的事情和我们无关啊，我们是被他骗来的。一路上他逼我们做牛做马，让我们受尽了苦头。可是我们两个根本就不知道发生了什么事情。”

苍长老说：“看来只是两个小本商人，多半是给靖歆那家伙胁持了。”在苍长老面前，阿三也说了不少好话。

羿令符问道：“这两人这些天还老实么？”

“挺老实的，”苍长老说，“乖乖窝在那里，也没打算逃跑。”

旁边阿三插口说：“后来我们忙起来，这小子还主动请求来帮忙抬过木头。其实这人在祝融城的时候曾来应征过我们商队的杂役。”这不是什么正式的场合，所以阿三恰是时候地插了这句话也不算越礼。

马蹄听见这话暗暗感激阿三。偷眼向江离看去，只见他眼皮也没抬一下，显然自己根本就没资格让他记在心上，但他却把江离拒绝他入有穷商队的那几句话刻骨铭心地记在脑中。

“是吗？”有莘不破懒洋洋道，“安排他们上筏，做个杂役吧。”

阿三忙拍拍马蹄的背，低声说：“快谢谢台侯的恩赏！”

“谢谢台侯，谢谢台侯！”马蹄砰砰磕了两个响头，能进有穷商队，这不是他向来的梦想吗？但为什么现在一点也不高兴，反而满腔积郁呢？

“你们出去罢。”苍长老说。

马蹄站起来，却没随着阿三出去，犹豫了一下，终于鼓起勇气直视有莘不破，问道：“你不杀我了，是不是？”

有莘不破皱了皱眉，苍长老喝道：“还在这里啰唆干什么？谢过台侯的恩典，就快干活去！”

在这些举手之间就能决定自己生死的大人物面前，马蹄心中怕得要命，两边太阳穴跳得厉害，听到苍长老的断喝，不禁退了一步，背脊却碰到了不知进退的马尾。靠着背后那堆肥肉，他体内不知从哪儿来的一股气从下往上冲，颤声又问了有莘不破一句：“你不计较我们的冒犯了，是不？”

有莘不破终于大度地点了点头：“没错。你们下去吧，好好干。”

苍长老喝道：“还不谢谢台侯勉励！”

马蹄突然想起透过祝融火巫家的狗洞偷看到的一节礼仪，肃身直立，拱手长揖：“谢谢你的好意，不过，我们兄弟俩臂膀相扶，自己还能活下去。就此告辞。”扯了一下马尾，也不敢停留，步履踉跄地走了。

看着两人远去的身影，不但苍长老和阿三，连有莘不破也呆住了。

舟筏已经妥当，铜车牛马也都上了舟筏，巨形水马下水待发，可在最前锋的铜车“无忧”上，众首领都还不肯下令出发。

苍长老说：“台侯，再不走，就误了吉时了。”

“等一下，再等一下。”

“有莘哥哥，你还在等什么呢？”芈压骑着驺吾，兴致勃勃地在搬到舟筏上的铜车顶跳来跳去，从这驾车顶跳到那驾车顶，看来已经完全恢复了活力。

“桑谷隽，是吧？”说话的是江离。

“桑哥哥？他会来吗？”

“五五之数。”羿令符说。

“十二分把握！”有莘不破高声叫道，“他一定会来的！”

芈压嘟起嘴还想说什么，远处一个声音飘来：“真感动啊！感动得我直起鸡皮疙瘩。”

有莘不破一听几乎跳了起来，得意扬扬地道：“看！我说他一定会来的，不是吗？他怎么会舍得我们，对吧。”

“得了吧你，我只是来给你们送行。”桑谷隽骑着独狢，从岸边的土地上浮了出来，左边是左招财，右边是右进宝。

有莘不破冲他眨眨眼睛：“不是吧，你就算舍得我，难道还舍得那阵风？那阵风可是往西边刮去的呀。”

桑谷隽突然有点腼腆，但随即扬起了头：“就算要找风找雨，我自己也去得。”

江离突然道：“你若不想与我们为伍，为什么还要弄出一辆和我们商队铜车大小相类的车来？”

“车？”有莘不破说，“什么车？我怎么没看见。”

桑谷隽笑道：“因为你眼睛有毛病！”他看了看江离，说：“人家都说羿兄眼睛毒，我看你也不比他差。”说话时桑谷隽等三人渐渐升高，他们脚下浮出一辆石头车来，果然和有穷的铜车一般大小。车由几头面目蠢钝的巨大地鼠托着，看样子这车竟能够穿山入石。

芈压见这辆石车竟然可以潜地如入水，大感兴趣，骑着驺吾跳了过来敲打玩弄。有莘不破说：“我虽然没料到你会带这样一辆车来，不过还是为你准备了一只大筏。”

“用不着。”桑谷隽一跃跳上了“无忧”车，左招财、右进宝驱使石车“无碍”，蓦地穿石而入，消失在江岸边的群山之中，把旁边的芈压吓了一跳。

桑谷隽说：“我们在水上走，我的‘无碍’会在岸边紧紧跟着的，我就怕这舟筏走得太慢了。”

负责轮流拉‘无忧’逆江而上的水马，是伯嘉鱼所借七十二匹水马里最大的两匹。它们是蜀国的两匹通灵兽，听到桑谷隽这话一齐发出像人一样的呼喊。桑谷隽是见过它们的，也不理会它们。有莘不破忙叫道：“出发！起航！”

“出发！起航！”苍长老令旗挥动，拉着“无忧”的水马趁着气势分水破浪，后面的水马虽然略不及它们的神力，但跟在“无忧”后面，阻力较小，也尽可跟得上。左边沿岸，火鸦托着芈压的厨房“一品居”凌空飞行；右边沿岸，桑谷隽的石车“无碍”时或出现在山石阴影间。

蜀国来看热闹的老百姓目送这传奇的商队溯江远去，有的祝福，有的赞叹，有的发愣，有的留恋。

“你出来了，巴国国主怎么办？”羿令符道，“他不担心你？”

“我就是要他担心我。”桑谷隽说，“回家以后，他老人家形若枯槁，国事家事都不理会，如果没有叔父内外主持，真不知道怎么办。我在他老人家面前伺候着，他也不怎么理我。所以我出来的事情，叔父也是赞成的，他认为我出门以后，爹爹会多记挂着我些，就不会老想着姐姐了。”

“切！”有莘不破嗤之以鼻。

桑谷隽捋起双袖：“想打架是不是？”

“打就打！谁怕谁啊！”

两个人就要动手，羿令符掏出有穷之海，当头一罩，把他们俩都收进去了。他轻轻抚摸着这个陶钵，喃喃说：“这东西灵力充足以后得常用用，不然会生锈……”

一阵阵的怒吼和痛骂从有穷之海中传了出来，跟着是两人在里面大打出手的各种气劲相撞的声音。

“我进去看看。”芈压骑着驺吾冲了进去，接着有穷之海开始有阵阵浓烟冒了出来。

“吵死了。”江离不知怎地做出一个葫芦盖来，一下把有穷之海给盖住了。

“他们在里面闷死怎么办？”羿令符说。

“活该！”江离懒懒地打了个哈欠，阖上了眼睛继续他的晨睡。

雒灵无声地微笑着，坐在“无忧”的最前头，听江水唱着常人听不懂的歌。

蘡薁[①]（yīng gǔ）青青，还没完全成熟的季节，正是最无忧无虑的短暂时光。

---

① 蘡薁：就是现在的野葡萄。《山海经·中山经》记载，蘡薁夏季开花，果实黑色，可以酿酒，也可入药。

第三章
黄河河神河伯的滔天愤怒

大夏王的爪牙

飞鹰，流水，花丛，尖叫。

“啊啊啊——你，你别过来！”

“叫吧，叫吧，你尽管叫吧！就算你叫破喉咙也没人理你！”

……

春，三月。

有莘不破起身时，发现雒灵不见了。问了阿三，便向商队最前面的舟筏而来。

铜车“无忧”顶上：江离阖着双眼，似乎在睡觉；桑谷隽望着白云，幻想着那阵风；芈压拿着一壶江离送给他的调料；羿令符呆呆看着银环蛇；雒灵坐在最边缘处听流水声——没人说话，都不知在想什么。

“你们在这里干什么？”没人回答有莘不破的问话，连雒灵也仿佛走神得听不见他的声音。

“你们到底聚在这里干什么？”

“吹吹风。”开口的居然是江离。他倚在一张开满五色花草的藤椅上，清爽得就像当摘未摘的瓜果、含芽待吐的新枝。

春机如春水，坐在“无忧”上，见大江万里迎面而来，两岸山林如画，也确实是个吹吹风的好时光、好地方。

和雒灵一起，有莘不破最享受的是用肉体创造感情；但和江离说说话却又是另一种完全不同的暇逸。他在江离旁边坐了下来，啪啦啪啦地胡扯着；江离眼睛似开似阖，将就地听着。

“前面有个人。”羿令符突然说。

有莘不破嗤之以鼻：“切！有个人有什么奇怪的？”他反对羿令符的话，并没有什么理由，只因为他想和别人抬杠。这日复一日无新鲜事的生活实在太无聊了。

“有个人当然奇怪！”桑谷隽反对有莘不破的话，一样没道理。

“是个女人。”羿令符继续说。

“咦？”两个抬杠的男人都很惊讶。

“是个少女，几百朵荀草[①]花托着她顺江而来。”羿令符补充说。

“漂亮吗？”有莘不破问。桑谷隽瞪了他一眼，他一直以为，雒灵这样一个完美无缺的女孩子跟了这样一个色狼简直是老天无眼。不过尽管他很鄙视有莘不破这个无耻的问题，却仍竖起耳朵关注着答案。

“很柔弱的样子，很配那几百朵被江水打湿了的荀草花。”羿令符没有直接回答，但他的话却引起三个男人浮想联翩，连稚气未脱的芈压也关注这件事情了：“她在哪里？为什么你看到了我看不到？”

“这家伙除了有一双毒辣的鹰眼外，还能通过通感之术看到龙爪秃鹰那头扁毛畜生眼皮底下的所有东西。”有莘不破指着羿令符说，他当初在大荒原迷路就是这样给羿令符的父亲羿之斯发现的。

“她在什么地方？”桑谷隽也有点沉不住气了。

羿令符望着江流的上游，叹息道：“在这样一个地方……真孤独

---

① 荀草：古人的美容药，吃了可以美容，开黄色的花。据《山海经·中山经》中记载：“有草焉，其状如葌（jiān，兰草），而方茎、黄华、赤实，其本如藁（gǎo）本，名曰荀草，服之美人色。

啊……"

一个娇弱的美少女，坐在几百朵荀草花上，孤独地漂流着……四个男人一起遥望上游，连江离也不禁怔怔出神。

"如果这时候她遇到危险，那这个邂逅就太完美了。"有莘不破很没人性地说。桑谷隽愤怒地瞪了他一眼，却听羿令符无动于衷地道："她正受到一条六足鸟尾鲐（hā）鲐鱼[①]的袭击。"他的声音还是那么平静，仿佛在讲一个大鱼吃小鱼的故事。

"什么？"两个男人一齐跳了起来，桑谷隽九分担心中暗藏一分兴奋，而有莘不破则把兴奋全写在了脸上。

"救人！快救人！"芈压是纯粹的担心，他毕竟是个孩子。

"远着呢。"羿令符说。

桑谷隽手一挥，一条天蚕片刻间幻化成蝶。他完全不管有莘不破"带我一起去"的叫声，御蝶而去，不一会飞得不见踪影。

"快！"有莘不破扯着羿令符说，"把你那鸟叫回来送我过去！"

"急什么？"羿令符说，"等它飞回来，桑谷隽早把人救下了。"

有莘不破向江离凑了过去，几乎鼻子贴着鼻子地说："七香车！七香车！借我。"

有莘不破的鼻息都喷到江离脸上了，江离也不介意："今早我让它吸食太阳精华去了，还没回来。就算回来了，这会儿也赶不上桑某某了。"看有莘不破又是失望又是不忿的样子，江离又说："不过，我有一个主意，或许能让你比桑谷隽更快到达……"

"什么？快说！没时间了。"

"你先拿一点芈压手中的调味粉，然后站在那个位置。对，就是银环盘着的那个地方，对，前面一点，往左一点……"江离一边说，有莘不破一边行动，"哦，对了，位置刚刚好，然后把调料粉洒在银环的鼻子上——对了，蛇有没有鼻子？"

---

① 鲐鲐鱼：《山海经》中一种长着六条腿一只鸟尾巴的鱼，常发出哈哈的叫声。据《山海经·东山经》记载："有鱼焉，其状如鲤，而六足鸟尾，名曰鲐鲐之鱼，其鸣自詨。"

江离正思考这个严肃的问题时，有莘不破已经照他的话做了，正在睡觉的银环巨蛇被有莘不破当头撒下的调味粉呛着。眼睛还没睁开，眼泪就流下来了。看着泪眼模糊的银环蛇，有莘不破暗叫不妙，突然，江离说："不破，小心你的后面。"有莘不破才回头，愤怒的银环蛇尾巴突然扬起，呼的一声向有莘不破甩去。

"江离——你阴我！"在渐渐远去的惨叫声中，有莘不破化做一颗可爱的流星。

"那是什么调料？"羿令符皱了皱眉头，问芈压。

"江离哥哥送给我的，说是在东方大洋再过去的大陆上才有这东西，味道又辣又怪，不知叫什么名字。对了，江离哥哥，为什么桑哥哥去救人了有莘哥哥还那么着急？那鲐鲐鱼很厉害吗？他怕桑哥哥应付不来吗？"

羿令符没有回答，回答他的是江离。

"有一种传说中的邂逅，叫做'英雄救美'，"江离悠悠道，"像有莘不破这种男人，做梦都想遇见……"

"还好，赶得及！"

少女闪避着鲐鲐鱼的攻击，她清雅的面貌配上那惊惶无措的神情，足以让十万个正常男人为她热血上冲。"别怕，我来救你！"桑谷隽高呼着冲了过去。

少女听见声音，百忙中抬起头来，却见一件东西砸了下来，刚好砸在鲐鲐鱼的头上，鲐鲐鱼被撞晕了，但这小小的荀草花舟也被这冲力撞散了！

有莘不破一手抓着被他撞晕的鲐鲐鱼冒出水面，还想破口大骂江离，却发现眼前一个水灵灵的女孩子正诧异地看着他。他马上意识到这就是羿令符口中的那个少女了，马上把骂江离的话吞了回去："呵呵，别怕，别怕，有我在，没什么东西能伤害你了！今晚我们炖鱼汤吃。"

被撞散的荀草花又重新聚集在少女的脚下，结成一圈一丈见圆的花舟，有莘不破带着鲐鲐鱼爬上花舟，脸上堆着阳光灿烂的笑容："这位姐姐，你叫什么名字，为什么会在这鸟……鸟不栖息的地方？”

这时桑谷隽也轻轻地降了下来，尽管因为被有莘不破抢先出手，心里十万分失望更加上十万分不服气，但面对这少女的时候，还是一脸的温柔。

那少女面对这两个从天而降的陌生男人，怯怯地说：“你……别叫我姐姐，你年纪好像比我大一点儿。我，我叫采采，我……”突然看见幻蝶渐渐蜕化为天蚕在自己面前掉了下来，看着眼前那蠕蠕而动的丑陋虫子，采采惊叫了一声：“毛、毛毛虫啊……”向有莘不破扑了过去！

少女采采躲在惊喜交加的有莘不破怀里，晕了过去……

有穷商队第十九铜车“白露”。

雒灵看着有莘不破带回来的女孩子，试图阅读她的心灵。但她读到的竟然是自己！

“师父！师父！”雒灵无声地呼唤着，可是毒火雀池却没有师父的踪影。但雒灵知道，师父来过的。刚刚平静下去的雀池，泛荡着一种不一样的触感。但这触感却不肯停留，在雒灵刚要到达的时候便平复了。

“为什么？为什么不见见我？”雒灵有些担忧地跪在地上。师父对她来说，和世俗人眼中的师父完全不同：师父就是父母，是亲人，师门就是家，师父和她的师门，构成了雒灵的一切。

雒灵从小就不知道这个世界还有父亲、母亲、兄弟姐妹、朋友……她以为，每个人都只是有一个师父以及一群死心塌地跟随师父的弟子。在某个夜晚，伺候师父梳洗的时候，她看见面纱下那夜一般凉、风一般淡的脸。那时候她因为这张脸而感到有点伤心——却不知道为什么伤心。那时候她只懂得心灵，只懂得情感，在那张脸上她只看见一点忧伤，而未欣赏到那张脸的凄美。那时候她还不懂得什么叫做美。

美这个词，是有莘不破告诉她的。那个健康的男人对她说，她是一个美丽的女孩子。从那天晚上开始，他们便常常很惬意地享受对方的身体。此后……

停！

雒灵深深呼吸，有些惊恐地停止对少女采采的探视！这些回忆，她竟然是在采采的心灵中看到的，怎么回事？这到底怎么回事？

有莘不破、江离，这些人的心灵她不敢轻易去探视，因为她没有把握成功。她曾经试图探视季丹洛明，但却仿佛遇到一面天衣无缝的墙——

这都是正常的，师父说过，只要对方有足够强大的精神力，就能阻止外界心力的入侵。但这个昏迷中的采采，竟然把自己的心力反弹了回来。这种事情，她不但从没遇见过，甚至从没听说过。

“嗯……”少女轻轻呻吟了一声，慢慢睁开眼睛。

铜车“无忧”，车顶。

“那女孩子怎么回事？”在雒灵扶着少女采采走进铜车“白露”后，有莘不破问。

“没什么，劳累过度，再加上一点惊吓。睡一觉就好。”江离转头又对羿令符说，“这女孩子的来历很怪啊。这里已经是极西！山水荒凉，而这女孩子身上穿的却是上等的丝料，虽然式样有些奇异，但显然来自文明开化之族，不是夷狄之流。”

羿令符还没说话，桑谷隽接口说：“她的口音也有点怪，没有西南口音，倒和阳城官话比较接近，听起来有点古质。”

他们对少女身世的猜测，芈压一点兴趣都没有。他只是盯着有莘不破带回来的那条鲶鲶鱼。

“这条鱼怎么办呢？”芈压说，“要不，今天晚上我们吃鱼汤，怎么样？”

“不！不要！”

芈压讶异地看了看众人：“谁说不要的？”没有人点头。

芈压低头说：“没人反对，那么……”

“我反对！”翻白腹的鲶鲶鱼呼地翻转过来，恶狠狠地盯着芈压。

“哦——原来是你。你原来还没死啊。”芈压说，“反对无效。”

鲶鲶鱼怒道：“开什么玩笑！我乃河伯座下使者！你敢吃我！我还吃

你呢！”它醒了一会了，知道身边这几个人多半不好惹，欺负芈压年纪最小，口一张，变成血盆般大小，就要来吞芈压。

嗤的一声，鲐鲐鱼的半边舌头焦了。它可怜地流着眼泪，不大敢相信眼前这个少年原来这么难惹。

芈压奇道：“原来鱼也会流泪的。”转头问有莘不破：“今晚做汤喝好，还是烤着吃好？”

“烤吧。”有莘不破说。

“我吃不下。”江离摇了摇头，“不过它的皮倒还不错，我的鞋底刚好有点破。”

“记得把鳍翅给我，我刚才跟你说过的。”桑谷隽说，“它的鳍翅真的很奇怪，像一根根的针一样，用来做发饰一定很不错。”

芈压又问羿令符：“羿哥哥你要什么？”

羿令符皱着眉，想了想说：“不用了。嗯，不过龙爪喜欢吃鱼生，你会弄吧？”

可怜的鲐鲐鱼流下两行热泪，趴在地上，吧嗒吧嗒不知道说什么。

有莘不破说：“它说什么？”

“啪嗒啪嗒……”

“鱼话吧。”芈压说。

“啪嗒啪嗒。”

“不管它了，”芈压说，“皮，鳍翅，还有鱼生，记下了，我和有莘哥哥吃烤的，不知道雒灵姐姐和那位采采姐姐吃什么……”

“啪嗒啪嗒……”鲐鲐鱼神色恐怖地以头撞着脚下的车，虽然说不清楚，但众人都知道它是在求饶。突然它好像想起了什么，用鳍翅沾了自己的眼泪在车上写着：“勿杀我，我可告伊之来历。”

“呵呵，真的吗？”有莘不破说，“如果有价值，那还真可以考虑饶了你的小命。”

鲐鲐鱼刚刚难以掩抑地露出一丝狂喜，就听有莘不破对芈压说：“不过，会写字的鱼，是不是比会说话的鱼更好吃些？”

没人有心情在那里看鲐鲐鱼一笔一画地写字，因此江离用赤泽[1]之水给它敷了伤口。虽然灼痛不一时可以消除，但它总算能够结结巴巴地把话说清楚了。

"我，我……"看着有莘不破又想吃烤鱼的神情，鲐鲐鱼忙说，"我原生活在跂踵山[2]下的深泽[3]，后来，门主收服了我，给我起了个名字，叫阿呆。"

"我们门主是镇都四门之一、大名鼎鼎的河伯东郭冯夷老爷。十几年前，门主率我们大举西来，寻找一个叫'无陆'的水族部落。几年前，我们终于找到了一些线索，抓到这一族的几个人，但她们的老巢却一直没有找到。前两天，门主不知怎地抓到了水族的公主，也就是你们救下的那个女娃儿。"

有莘不破大喜道："原来采采还是个公主啊。后来她逃走了，是不是啊？"

"是啊，你怎么知道的？"阿呆说，"水族好像来了很厉害的人，门主匆匆忙忙地去对付她。这女娃子竟然乘机结舟逃跑，我一路追了过来，就遇到你们了。"

有莘不破道："你虽然叫阿呆，可说话还挺清楚的嘛。芈压不要烤它了。"鲐鲐鱼阿呆大喜，却听有莘不破说："清蒸吧。"

"你们怎么可以这样！"阿呆苦着脸说，"我虽然呆一点，但好歹也是一尾会说话的鱼。不要老说吃就吃啊。"

"那好，我问你，"有莘不破说，"你给我老老实实地回答，也许我就不吃你了。"

阿呆点了点头。

---

① 赤泽：《山海经》中古河，今天贵州西北部的赤水。据《山海经·大荒北经》记载："竹南有赤泽水，名曰封渊。"

② ③ 跂踵山：《山海经》中古山，山上没有草木，有大蛇，有很多玉石，山下有一个叫深泽的湖泊。据《山海经·东山经》记载："流沙五百里，有山焉，曰跂踵之山，广员二百里，无草木，有大蛇，其上多玉。有水焉，广员四十里，皆涌，其名曰深泽。"

有莘不破还没说话，芈压问道："镇都四门都是什么东西？喂！你嘴巴张这么大干什么？"

"没，没什么。"鲐鲐鱼阿呆忙说，"我只是没想到公子您没听过镇都四门。"

芈压问有莘不破道："有莘哥哥，镇都四门很有名吗？"

"我听说过，"有莘不破摊手说，"但也不是很清楚。"

"所谓镇都四门，就是夏都四大庭柱门派。"接话的是桑谷隽，"河伯、山鬼、曦和、云中君。你们在蜀界北遇到的那几个人，有几个好像就是镇都四门的门人。"

有莘不破道："你挺清楚的嘛。"

桑谷隽冷笑道："我曾想过去找夏王履癸①的麻烦，他的爪牙自然要打听清楚的。"

鲐鲐鱼阿呆听说这群人居然连大夏王也敢惹，心中更加敬畏。

桑谷隽道："河伯西来多半没什么好事。我问你，他是大夏王派来的，是不是？"

鲐鲐鱼阿呆点了点头："听说是。"

"是就是，不是就不是，什么听说！"

阿呆哭丧着脸说："大爷，不是我不想说得肯定一点，实在是我根本不可能知道那么多。"

羿令符追问道："那你们来找水族干什么？"

阿呆痛苦地说："我……其实……我其实只是一个小卒，这些事情，我真的不知道啊。"

"他们是为了'水之鉴'。"一个少女的声音说。有莘不破和桑谷隽眼前一亮：少女采采在雒灵的陪同下，落落大方地迈了上来。

---

① 履癸：中国历史上第一个暴君夏桀（jié），又名癸，生卒年不详。商汤给他谥号桀（凶猛的意思）。履癸是夏朝第16代君主发之子，在位52年（前1818—前1766）。履癸文武双全，赤手可以把铁钩拉直，但荒淫无度、暴虐无道。商汤在名相伊尹谋划下，起兵伐桀，汤先攻灭了桀的党羽韦国、顾国，击败了昆吾国，然后直逼夏的重镇鸣条（现在的山西省安邑县）。后桀被汤追上俘获，放逐在此饿死。

躲在水里的贼

采采一觉醒来，就见到了雒灵。她问了雒灵几句话，从不开口的雒灵总是笑笑而已。但雒灵身上却有一种让人觉得安心的气质，她虽然不说话，但采采仍然能感到她的善意。

两人相携来到铜车“无忧”的时候，正撞见有莘不破等人在逼审鲐鲐鱼阿呆。

“其实，我们只是一个没落了的部族罢了。公主什么，真是笑话了。”采采望着西方，“在这大江上游的某处，有我的家。但我听我妈妈说，那里并不是我们的故乡。

“我们的故乡在东方，在很遥远的东方。妈妈说，很久很久以前，我们因为某些原因，被迫来到这个苦寒的地方。当年发生了什么事，妈妈没说。十多年前，当我还不懂事的时候，我们族里又发生了一件大事，为了躲避敌人，我们被迫躲到一个更加隐蔽更加荒芜的地方。那里，也正是我从小长大的地方。我们一族在那里一待就是十几年。每一年，除了一些外出寻找食物、用品的姐妹，没有人离开过那里。从我懂事开始，我就一直住在那个狭小的空间里。我以为，那个地方就是全世界了。虽然有年长的姐姐、姨姆跟我说，外面还有很大的世界，我也总以为，那个很大的世界，也不过比我们住的地方大一点点而已，只是我们那个住处的延伸……很可笑，是不是？我也是出来以后，才知道原来外边有这么广阔的天空，这么宽厚的大地，这么高耸的山峰，这么奔放的河流！”

雒灵低下了头，这个女孩子的童年，和自己多么相似啊。

“现在回头想想，我居然能够在那样狭小的地方一住就是十几年，真是不可思议。现在再让我回到那里，一辈子不出来，我想，我会非常痛苦。而妈妈呢？年长的姨姆、姐姐们呢？她们这十几年是怎么熬过来的？我实在很难想象。可是，我们为什么要西迁，来到这个苦寒的地方？十几年前又到底发生了什么大事，要逼我们逃避到那更加偏僻的地方去？这些事情妈妈一直都不肯跟我细说。她总是说，采采，等你再长大些吧。”

有莘不破和江离突然一起叹了口气。两人对望了一眼：“等你再长大些吧……”这是多熟悉的一句话啊。当有莘不破问爷爷有关血剑宗子莫首的事情时，当江离问师父有关师兄若木的事情，他们也总这样说。

“我们的族人躲躲闪闪地生活着。我们不但躲避着别人，甚至躲避着自己。我们这一族有操控水的能力，可为什么我面对这头可怜的鲐鲐鱼时会束手无策呢？因为妈妈总叮嘱着我：不可以动用水族的力量！特别是大水咒！妈妈说，如果动用水族大咒，就会被那个很厉害的敌人发现。那个把我们一族逼得十几年不敢露面的敌人。”

“我们帮你！”有莘不破站了起来，“让我们来帮你对付那个敌人！我们这群人别的不行，打架却拿手！”

“谢谢你，不过……我妈妈不会同意的。”

“为什么？”桑谷隽问。

“妈妈说，这个世界最可怕的事情，就是让我们这一族的人和那个敌人接触。到底为什么，我们也不知道。总之妈妈秉持着这样的念头，一定有她的道理。”

“难道你们打算就这样过着暗无天日的生活！”有莘不破大声说，“就算敌人再可怕，也不能还没战斗就放弃啊！”

“唉，你说的也许有道理吧。我小时候第一次听到这些，也很激愤。不过，这些年来，我们生活得虽然艰苦，但总算还平静，我小时候抗击敌人之类的想法也渐渐冷淡了。直到最近几年，我们出去寻找食物和其他生活用品的族人，开始不断地受到鲐鲐鱼的袭击。嗯，就是它这个样子。”

听到这句话，鲐鲐鱼感到十分恐怖，怕有莘不破又要煮它蒸它，幸而有莘不破等已经把精神全放在采采的故事里，没人有兴致理它。

“有一天，有几个姐妹外出被鲐鲐鱼抓走了，妈妈带着我去救人。

这是我第一次出门。我心里又高兴，又害怕。出来以后，我才知道外面的世界原来这么大，这又让我对不可知的敌人产生敬畏感。妈妈一路千叮咛万嘱咐，不到万不得已，不得使用水族大咒；一旦使用了水族大咒，就不能再自行回归本族，除非有她的答允和接送，否则会给族人带来无穷的后患。

"我很不理解为什么在对付敌人的关头，妈妈还要禁止我使用水族的力量。但我仍然点了点头。我想，妈妈自有她的道理吧。我跟随着妈妈，追踪一尾鲐鲐鱼到了它们的老巢。妈妈出面去引开敌人，让我乘机溜进去救人。妈妈和那个很厉害的老头对峙的时候，我隐约听到那个老头说什么把'水之鉴'交出来之类的话。'水之鉴'，我以前也听老一辈的人提过这个名字，大概是我们一族的宝物吧。但到底是什么样的宝物，我却不很清楚。当时也没机会问。

"妈妈把那个怪老头引开了，一开始还算顺利，但在我用小水咒偷进那洞穴的时候，被那个老头发现了，慌忙间我动用了大水咒，拖住了他。妈妈趁乱救下了我的几个姐妹。但我却被那个老头捉住了。那老头拿我威胁妈妈，但妈妈却不理他，只是看了我一眼，我知道妈妈的意思，点了点头。

"妈妈临走的时候对我说：'不要再动用任何水咒，否则会有更大的危险！'然后就走了，完全不搭理老头的威胁。

"妈妈走了以后，那老头也不敢对我怎么样。他把我抓到他居住的洞穴里。没过多久，洞外突然发出很大的响动！"采采说到这里，突然怔怔出神。

"是你妈妈回来救你了吗？"有莘不破问。

"不是。"采采摇了摇头，"很奇怪啊。那确实很像我们族人的力量，可为什么会这么雄浑、这么刚强？"

"或许是你妈妈的朋友。"芈压说。

"也许吧。"采采说，"那老头赶忙出去，不久整个洞穴都摇动起来，似乎就要塌了。接着有巨大的浪潮涌进洞来，把全洞上下搅得一片大乱。那真像我们水族的力量，可为什么和我所知、所学的又全然不同呢？我趁着混乱结了花舟，顺着潮涌逃出洞来。临出洞的时候，我听见那个老头被逼得哇哇大叫，竟也没空理我。当时风大浪大，我也没有看清楚形势，只是随浪逐流，顺水而下。”

“你为什么不回家呢？”芈压说。

“妈妈说过，动用水族力量以后，就不能自己回去了。我虽然不知道为什么，但却也不敢冒危害族人的危险。”

“你们一族的大敌应该很熟悉你们水族的能力，”羿令符说，“所以一旦你动用了水族的能力，他们就能感应到你的气息。我想你母亲是担心你的气息会被大敌发现，暴露你们现在居住的地方。”

“嗯。”采采点头说，“我想也是这样。”

“而且，”羿令符说，“你说的那个老头很可能就是河伯东郭冯夷。那天把他的洞穴搅得浪涌岩翻的人，或者不是你母亲的朋友，而正是你们一族的大敌。”

“啊？”

有莘不破道：“不错，你母亲不是告诫你不准动用水族力量的吗？既然你已经用了，那就应该会有事情发生才合理。”

采采低下了头，思索着。

“之后呢？”芈压心思没那么复杂，就想听故事。

“后来，我就被这鲐鲐鱼盯住了。我当时疲累交加，连小水咒都使不出来了。接下来的事情，你们都知道了。”

采采的故事讲完了，众人又开始盯着鲐鲐鱼阿呆。

“好像没什么利用价值了啊，这阿呆。”有莘不破的话让阿呆产生大祸临头的感觉。

芈压道：“那到底是要烧烤还是清蒸啊，有莘哥哥？”

“别吓它了，不破哥哥，”看阿呆连求饶的话也说不出来的可怜相，采采说，“这阿呆看起来挺傻，它又没对我怎么样，饶了它吧。”

采采一句“不破哥哥”把有莘不破骨头都叫软了。阿呆更是砰砰地磕头：“采采公主，采采姑娘，以后阿呆做你的坐骑，你让我向东，我不敢向西……”

有莘不破一脚把它踹开："采采姑娘要找坐骑，不会找尾英俊一点的鱼么？要你！"采采咯咯一笑："不破哥哥，你做我的坐骑好不好？"

桑谷隽低声说道："没想到你也这么自来熟啊，跟有莘不破倒是一对。喂，雒灵，你没意见么？咦，雒灵呢？"

"雒灵姐姐刚刚下车去了。"芈压说。

"原来如此。嘿嘿。"

采采有些担心地说："桑大哥，你不喜欢我么？"

桑谷隽看到她楚楚动人的模样，突然发现为了与有莘不破抬杠而疏远这么可爱的女孩子，实在有点得不偿失，忙说："你别，这个，我怎会不喜欢你？我刚才那句话是玩笑来着……总之我是针对那个有莘……这……我的话你懂吧？"

看采采笑着点了点头，桑谷隽这才放心。

芈压在旁说："采采姐姐，别理这几个家伙了。你经历这么多折腾，一定很饿了，我煮点东西给你吃好吗？"

采采摸了摸微积汗渍的皮肤，说："好啊，谢谢。不过，我现在更想的，是洗一个浴。"

只这一句话，让有洁癖的江离大生知音之感。

"别急，"有莘不破说，"松抱里有一个很不错的浴桶，是我在三天子障山缴来的……"

还没说完，桑谷隽叫道："千万别进松抱，有莘不破住过的地方，女孩子最好别靠近！"

有莘不破对他怒目而视，旁边江离笑道："采采姑娘，你先让芈压给你煮碗汤喝吧，沐浴的事情，我安排一下。"

采采微笑着点头，江离忽然说："你为什么要把那么重要的故事说给我们听？"

采采一呆，道："因为你们问起我啊。"

江离又道："你根本不了解我们是什么样的人，是不是？如果我们是坏人，对你的经历有了坏主意，怎么办？难道你母亲没告诉你对陌生人要有一定的戒心吗？"

“戒心？坏人？”采采低下了头，“我不知道什么是坏人啊。从小和我生活的，就只是我的姐妹，我的族人。这个世界上除了那个把我们逼到绝境的敌人以及那个凶巴巴的怪老头，还有很多坏人吗？”

这是什么声音呢？雒灵仿佛听见远处一阵奇异的震动。

“有什么异状吗？”身后，是羿令符沉稳的脚步声。

雒灵点了点头，又摇了摇头。

有莘不破邀请采采暂时住下：“我们一定会让你开开心心地回到家里。只要你母亲不反对，我拍胸口保证，一定让你们离开现在生活的地方，重新回到阳光下。”

对于有莘不破仗义的行为，四长老倒也没什么话说，只是有些担心这个来历奇特的女子会给商队带来什么不测。算了，咱们这几位首领，个个年轻，爱闯祸，但解决祸端的本事也不小。担心不担心都是白搭。四长老唯有如此想了。

春江夜，明月升空，江月如镜。

有穷商队的舟筏下了锚，靠在岸边。

江离在江心一处水流较平缓处布下一圈芦苇，这些芦苇高达丈余，不知为何竟然不畏江水的冲击，在江心稳稳地围成一个露天的浴场。

有莘不破和桑谷隽互相监视着，以防对方生出龌龊的念头干龌龊的事情。

“你们两个就给我放心吧。”江离说，“有那圈芦苇围着，谁想偷看一定会被我揪出来的，除非……”

两人同时问道：“除非怎么样？”

“除非他飞到天上去！”

两人同时看了看空荡荡的天空，一齐叹了口气。

江离皱眉道：“你们俩这声叹气是什么意思？我怎么听起来那么龌龊啊！”

“啊——”一声尖叫把三人惊起，却见七香车载着衣衫不整的采采飞了出来。

“怎么了？”

“有人偷看……”

“什么！”

动用了羿令符的鹰眼，雒灵的心聆，再加上桑谷隽的触感和江离的嗅觉，都没有发现任何踪迹。

“真的有人偷窥？”有莘不破问。

采采不很自信地点了点头。

“那禽兽会不会躲在芦苇丛里？”有莘不破说。

“不可能！”江离斩钉截铁地说。

采采也摇了摇头。

“会不会躲在水里？”有莘不破问。

“我在江底安排了水草。”江离说，“所以如果在水底，我应该也会发现一点踪迹。”

“你当时感到，那……那禽兽从什么方向，那个，偷看的？”有莘不破问。

采采发了会儿呆，又摇了摇头：“我不知道。只是觉得，觉得有人偷看。”

“采采姐姐，”芈压说，“我看是你多心了吧。”

“除非那人躲在天上。”江离说，“隐了身，躲在天上。”

“唉，”采采叹了一口气，说，“可能是我多心了。”

雒灵一抬头，天上一个月亮；一低头，水底一个月亮。

采采的乳房坚挺起来，当她发现自己被偷窥。

这是大江的江心，一圈芦苇绕成一个奇异的浴场。夜风如纱，吹拂着沐浴中的采采。采采有些不安地呼吸着，眼睛四下寻找，想要找出那个偷窥的人……芦苇丛是江离布下的，如果有人藏在里面，一定会被江离发现；天空万里无云，连羿令符也收起了他的秃鹰……这应该是一个绝对安全的浴场，为什么自己还会这么不安？是自己多虑了么？

采采拿起桑谷隽赠送的丝巾，湿润的毛巾摩擦着她的颈项，顺着肩窝，越过右肋，转向平原，小心地触碰那一丛幽草。

来了，又来了。她很清晰地感到他在偷看她……对！就是那种感觉，突起的喉结上下耸动，结实的胸膛不停地起伏，她甚至感到他的手不自觉地向她的下体伸去……火焰烧着那个男人的身体……采采知道，他很年轻，可她为什么会知道？

昨天晚上洗浴的时候，采采就发现了这异状，可几个神通广大的朋友查了很久却没发现什么不妥，问采采到底是发现了什么异状，但她怎能当众说出这种羞耻的感觉？那时，连她自己也以为只是一种幻觉。谁知道，今晚又是这样……

采采抬起头，嫣红的乳头刚好露出水面，月亮变成一面镜子，照着她水上的素颈，水下的肚脐……一定有人！一定！采采曾想把这种感觉和雒灵讲，但还是羞耻得说不出口。

天上一个月亮，水底两个月亮，月亮中，照出一个采采毫无瑕疵的赤体。透过天上那面“镜子”，采采仿佛看见了那双躲在不知何处的眼睛，此刻已经布满了血丝。

多羞耻的事情啊！采采不禁用丝巾挡住隐秘处，双脚紧紧盘着、纠缠着，左手抓住自己的右手，抓得几乎出血痕。她感到那个不知躲在何处的少年开始难以控制地喘息了……对！就像岸边林木间传来的声音：风的声音，鸟的声音，春的声音。

当采采感到那少年越来越热的体温时，她也从心里发出一个越来越强烈的渴望。她闭上了她的眼睛，却更清楚地看见那个少年火热的眼神。左岸，迷蒙的山峰越来越高，越来越大，抵住了月亮，撑破了那一片月纱。月亮变成一朵花，蓦地绽放开来，采采低低地呻吟了一声，吐出一口气，虚脱地沉下水面。

这是江离第三次为采采布设浴场。采采已经很清楚地知道，有人在偷窥。但她没有阻止江离。夜月如镜，采采第三次赤裸裸地暴露在那双眼睛前面。

这次，她可以更清晰地体会到偷看她的那个年轻人的心情和感受了，尽管内心还有几分羞涩，但透过他的感觉来反观自己，那是多微妙的快感！

为什么会这样呢？为什么我会这样清晰地感到他的存在？为什么我能这么清晰地感到他对我的感觉？

江水有点凉，但采采的身体却渐渐热了起来，体内某种欲望不断升腾——那是他的欲望，还是她的欲望？到他和她都分不清楚彼此的时候，她感到他打了一个冷战。

“雒灵，你在干什么？”

雒灵拿起两面镜子，对立着放在一起。

“咦，”有莘不破说，“还真好玩啊。如果这两面镜子是活的，那它们会怎么想呢？从对方的身体中看到自己，然后那个自己里面又有个对方……两面镜子一对，里面竟然有无穷个自己和无穷个对方啊！嗯，雒灵，你以前常常玩这个游戏吗？”

雒灵心中一动，正想出去，突然听外面芈压的声音喊道：“抓到了！抓到了！”

看到被掼在地上的人，有莘不破有些失望，说道：“看起来蛮猥琐的嘛。”

桑谷隽冷冷道：“你还希望偷窥的人像你一样英俊潇洒啊。”

不理这两个男人顶嘴，雒灵慢慢走进那个昏迷着的男人，小心翼翼地试着探视他的内心。“多奇怪的人啊，他的灵魂竟像不在他的身上，却又不像灵魂出窍。不过，”雒灵心想，“偷窥者应该不是他。”

“不是他。”刚刚穿好衣服的采采说。

“不是？”有莘不破奇道，“那怎么把人打成这个样子？”

“我……听见芦苇有响动，看见这人缠在芦苇丛中，吓了一跳，叫出声来。”采采有些怯怯地说，“桑大哥当时就骑着幻蝶冲了过来，把他拿住了。”

有莘不破说：“那肯定是他没错了，等等……”他上上下下地打量桑谷隽：“听我们采采公主的叙述，你怎么去得这么快啊！”

桑谷隽咳嗽一声，假装没听见有莘不破的下半句话，对江离说：“你那芦苇很不错，我才到那里，那人已经被你的芦苇缠得半死。”

“对不起，”江离淡淡道，“我的芦苇没有杀伤力。”

桑谷隽奇道：“那怎么……我也没打他啊。”

“别转移话题！”有莘不破扯住了桑谷隽，“你为什么去得那么快！快说！你当时在干什么？”

“不破！别闹了！”羿令符细细地检查那人的身体，“是很厉害，又很奇怪的伤。这些伤来头很大！这个人到现在还不死，看来也不是等闲之辈！估计他是受了重伤以后，从上游被流水冲下来的。”

采采点了点头，说：“嗯，我看见他的时候，他好像已经晕过去了。而且这人年纪也大了一点。”

躺在地上那人，年纪当在三十以上，眼尾已有皱纹，鬓边十余丝白发，瘦削清瞿，虽然在昏迷当中，但仍有一股脱俗的气质，并不像有莘不破所说的那么猥琐。

有莘不破奇道：“年纪大又有什么问题？”

“那个偷看的坏蛋，应该很年轻才对，也许比我还小点儿。”采采说完，突然意识到什么，顿时满脸通红。有莘不破想说什么，却被雒灵扯了一下。但芈压还是问了出来：“采采姐姐，你怎么知道的？你看见那个人了，是不是？”

采采咬着嘴唇不说话，突然扭头跑掉了。

芈压问羿令符：“羿哥哥，我问错了吗？”

羿令符叹了一口气，说：“有时候对了的话也不应该出口的。”

芈压愣了一会，说：“你们这些老头子的想法真奇怪！”

既然受伤者不是贼人，有穷众人便不强行把他弄醒。苍长老吩咐老不死帮他换下湿漉漉的衣服，又命阿三拿来一条被子。

“长老，他背上有个袋子，里面也不知装了什么，好像会响。”

“别乱动人家的东西！”苍长老叱道，“这人既不是凡俗之辈，上得车来，就算我们的客人，不得乱动人家的东西！”

直到第二日中午，那人才有醒转的迹象，几个首领听到消息再次聚集到铜车“无忧”上。

“这里……是哪里？”那人喝下老不死喂他的半碗米汤，有些吃力地说。

有莘不破道：“你为什么不睁眼看看？”

“睁眼？”那人苦笑了一声，撑开他的两张眼皮。

“啊！你！你是……”

“我是一个瞎子。”

神秘的盲者

盲者阖上了他的眼皮。

“对不起。”

“没什么。我并未感到不便。”

“听你的口音，倒像是华夏人士。你为什么会来到这旷西之地？”桑谷隽说，“是什么人把你伤成这个样子？”

……

“如果你不想说，那也无妨。”有莘不破说，“不过能知道怎么称呼你吗？”

“名字……”盲者叹了一口气，“韶……我叫师韶。”

“师韶……”

突然，远空传来一阵缥缈的哨声。雒灵心中一动，便听师韶问道：

“这是船？”

“算是吧。”有莘不破说。

“快把我放下去！然后你们快走！无论听到什么都不要回头！”

有莘不破奇道：“为什么？”

“快把我丢到岸上去！快！然后你们快走！不然就来不及了！”

采采关切地问道：“是有人在追捕你吗？”联想到自己的遭遇，心中不免戚戚有感。

盲者师韶叫道：“别问了！你们……我，我自己走。”说着就要挣扎起来。

“不许走！”有莘不破把他按住，“你有缘来到这里，就是我的客人。不管是什么人要为难你，都有我替你挡住。”

师韶苦笑道：“挡住？怎么挡？小伙子，这，这是我自己的事情。和你，和你们，和任何人都没有关系，谁也帮不了我。”

“你就放心养伤吧。”桑谷隽说，“是我把你从水里捞上来的，救人半途而废，那我桑谷隽也太窝囊了！”

“桑谷隽！”师韶惊道，“你姓桑？”

桑谷隽奇道：“是啊，你知道我？”

“谷……桑谷馨是你什么人？”

桑谷隽全身大震：“你！你认识我大姐？”他猛地俯身，抓住师韶的肩头狂摇：“你认识我大姐？”

“天啊！我竟然遇见你弟弟……”师韶的声音也颤抖起来，竟没有回答桑谷隽的问题，“你是谷馨的弟弟，我更不能让你因我无端受累。你让我下船吧。”

“你认识我大姐，是不是？”

“桑兄！”羿令符道，“先把那追来的人打发了，再说这事！”

桑谷隽一想也对，放开了师韶。

“你们不要多事！那是我自己的事情，你们让我下船……”

“别理他！”有莘不破命阿三把他扛入车中，“九尾之战以后，我又体悟到新的境界，这次你们别动，让我展展筋骨。”

芈压叫道："不行！我一直都没机会出手，这次我先上！"

桑谷隽冷笑道："不行！这人认识我大姐，这次又是我把他捞上来的，这件事算是我的，谁也别跟我抢！"

江离突然道："你们要对付谁？那人在哪里？是个什么角色？"

三人一愣，江离嘿然说："连对手都没搞清楚，争什么争？"

雒灵仰望云空，朝阳离远山不过数尺，荒山寂寞，空中又是一声悠长的哨响。

桑谷隽大喜，道："空中！"便要召唤幻蝶，却被羿令符按住："别急躁！"

那哨声远远传来，由缥缈而渐真实，由轻扬而渐尖锐。

那哨声越来越近，但东南西北，上下左右却不见半个人影。

羿令符突然想起一件事情说："我听说有人能用声音千里杀人，难道真有这样的事情？"

江离想了想说："用声音杀人虽然听过，但千里杀人，从来只是传言而已……除非是那个人。"

有莘不破道："谁？"

桑谷隽沉吟道："你是说登扶竟那个老家伙？"

芈压问道："登扶竟是谁？"

江离道："大夏当代乐正，唉，如果真是他可就麻烦了。"

雒灵突然取出一个小陶埙[①]，坐了下来，旁若无人地吹了起来。众人只觉得耳际一清，有莘不破心中登时静了下来："她从来不说话，也从来没见她弄乐器，没想到她对音乐如此精通。这曲声，便像她的眼神一般，直接从心里流露出来。"有莘不破突然发现，雒灵的事情自己知道的实在太少了。

空中的哨声渐低渐缓，似与雒灵的埙声唱和，便如两只小鸟，一上飞，一下掠，会合了结伴而游。突然哨声又变尖锐，便如化做一头苍鹰来吞噬雏鸟，雏鸟左右趋避，每每于千钧一发之际脱离险境。埙声越来

① 陶埙：气鸣乐器。古代主要为诱捕猎物所用，是我国最古老的吹奏乐器。

越低，越来越模糊，哨声也似渐渐远去，似乎是小鸟渐渐远飞，把苍鹰引走一般。

天际乐声一变，却是一声骨笛作响，如春雨，如蚕丝，丝丝缕缕，如泣如诉。雒灵埙声一窒，被笛声引得偏了，啵的一声吹出一个破音，再难以为继。

骨笛渐渐柔靡，荡人心魄，不但有穷商队众武士，连山牛、风马、巨凫都开始躁动。羿令符暗叫不好，放声大喝：第一声怒吼，猛烈如山火；第二声恸号，悲壮如秋雷；第三声长啸，雄壮如万马奔腾！把这靡靡之音一扫而空。

天际乐声又是一变，却是一声磬响，承长啸之声的余音，转为古质端雅，引人冥思：如一个老人，在满山的坟墓中走来，又向遍野的坟墓中走去……多少的枯骨，才成就这千万座坟墓？当年华老去，多少痛苦的负担，才会把人的脊梁压得这样伛偻？从死亡的累积中走来，又向积重难返的前途走去，去不到终点，我们能停止么？望不到原点，我们能回头么？多少年就这样孤独地走来，又要多少年地流浪下去……

“啪啪啪……”是谁走路的声音么？不是。是采采跳舞的节拍，这简单而轻快的节拍把陷入冥想的人们拉了回来。铜车“无忧”的车顶是如此狭小，但年轻人轻轻的舞步却就在这有限的空间内无穷地演绎下去，朝阳洒在她身上，灿烂而不灼眼。历史也许永远沉重，但青春却每日常新。哪怕这年轻明日不再了，但只要朝阳再次从东方升起，就会有新的阳光来响应这节拍。

天际的乐声又化做丝韵，跟着少女的节拍变得欢快，如同在为一对年轻男女的初恋助兴，令人心惬。韵律中渐渐有了温柔，渐渐有了幽思，渐渐有了愁绪，渐渐有了痛苦。采采停住了，想起那个没见过面的少年，想起那种难以捕捉的感觉……丝韵越来越凄迷，人却在凄迷中越来越执著。当情义被岁月掩盖，那执著的爱意便变成一把把伤心的刀。

采采轻哭一声倒下了，雒灵赶紧抱住她。有莘不破掣出鬼王刀，凌空虚劈，大怒道：“我管你是什么东西！给我滚出来！”

空中数声鼓响，似是应战，一声响风起，二声响云集，三声响雷动！——一个晴天霹雳猛劈下来！

“乱！”江离一声喝，雷劈偏了，落在江岸边，劈倒了一棵高大的丹木[①]。

有莘不破怒道：“管你是人是鬼，吃我一刀！”引天地之气凝成氤氲，刀罡乱阴阳，水火斗龙虎，一股旋风冲天而起，刮散了云团，风声大作，掩盖了天际一切异响。

“偷偷摸摸的家伙，该出来了吧？”

飓风狂飙中，隐隐一声钟鸣。钟鸣方歇，又是一声鼓震，钟声沉厚，舒缓深远；鼓声震震，威武隆盛——似百万大军出征。

江离一听，不由脸色惨白，问雒灵道：“这是《大韶》[②]，还是《咸池》[③]？”雒灵摇头不语，神色也甚是不安。钟鼓声渐渐由威武而转凄厉，江离大惊道：“不好，是《夔哭》[④]！”

钟鼓声中，浮云蔽日，江浪涌动，那大旋风如疯了一般倒刮回来，竟然全不受有莘不破的控制！

“青山隐隐”——岸边石垄山动，叠起一面百丈的巨墙。

“桃之夭夭”——巨墙上一棵桃树迎风撒种，片刻间林木丛生，布成一片防风林，失控的大旋风被这片山林挡住，渐渐消解。

桑谷隽和雒灵喘息未定，空中风云变幻，如鬼神率领百兽起舞。十六头巨鹤从天而降，巨鹤之后是数百鹰、鹊、雁、枭，铁嘴银翼，怒

---

① 丹木：《山海经》中的神树，据传神仙常用来做神器。据《山海经·西山经》：“峚山，其上多丹木，员叶而赤茎，黄华而赤实，其味如饴，食之不饥。”

② 《大韶》：舜帝的乐曲，上古六大舞乐之一，简称《韶》，也叫《韶箫》《箫韶》《韶虞》《昭虞》或《招》，是上古六乐中最著名的一部，孔子在春秋末年还曾见过。《大韶》的内容是歌颂舜帝继承并发扬光大尧的功德。

③ 《咸池》：咸池，尧帝之乐，相传起源于黄帝时代，到尧帝时代而完备，与《大韶》齐名。

④ 《夔哭》：夔，《山海经》中的独脚神兽，长得像牛，叫声像打雷。据《山海经·大荒经》记载：东海中有流波山，“入海七千里。其上有兽，状如牛，苍身而无角，一足，出入水则必风雨，其光如日月，其声如雷，其名曰夔。”用夔的筋皮做成的夔鼓是上古时期的神器，如果擂鼓者威猛，就会引起地震。同时，夔还是上古一位大乐师的名字。《夔哭》是一曲犹如雷霆般的古乐。

冲而下。

桑谷隽叫道：“这、这算什么！”

江离道：“是‘百鸟来朝’！”

芈压深吸一口气，一张口，喷出无数火鹰、火鹊、火雁、火枭，火龙、拦截冲突，灰烬掉将下来，或落在江中熄灭，或落在铜车舟筏之上，吓得各车长、使者忙指挥有穷人众灭火。火虽熄灭，而乐声却未因此消失。

“这样下去不是办法！”羿令符说，“得把那奏乐人找出来！”

“没有奏乐人。”江离说。

有莘不破惊道：“你说什么？”

“你们听不出来么！这不是现场奏的。是很多首音乐夹杂在一起，我们用什么样的招数，就招来其中一首曲子的反击。”江离说，“这么多首曲子同时存在，而风格又如出自同一个人，一个人不可能同时奏出这么多曲子。只能是那人奏乐以后，留下来的余音！”

桑谷隽骇然道：“余音！你说光是余音就有这样惊天动地的威力！难道……难道真是登扶竟！”

江离道：“除了他，我实在想不出还有谁。天啊，听听！天际游离着的曲子简直包罗万象，他究竟奏了多少曲子啊？”

有莘不破道：“有办法对付他吗？”

江离还没回答，苍长老跳了过来，道：“那个人，那个师韶说，只要让他下船，就能解我们的危难！”

有莘不破怒道：“开什么玩笑？危难未显时夸口救援，临危再把人推下水！我们成什么人了？”

采采软在雒灵怀里，心中一动，说：“他只是一个路人啊。”

“路人又怎么样？”有莘不破指着江离、桑谷隽等人说，“就算我肯！你问问他们肯不肯？”

钟鼓之声越来越沉郁，整个天空都暗了下来。虽在白天，众人却觉得阴风阵阵，无数幻象出现在空中，龙虎翻腾，鬼神怒号。

突然暴雨大至，江流倒涌。

羿令符大惊，忙取出有穷之海，想把商队连舟筏、铜车都装进去，但还是有九辆铜车来不及，翻沉江中。没有被吸入有穷之海的众人撤到岸边，江离布下水草，桑谷隽飞出蚕丝，救援落水的下属。

有莘不破道："靠我身边来，我用气甲试试！"

羿令符道："你现在的功力成么？"

有莘不破道："试试。"

江离说道："没用的。我们现在面对的不是戈矛，不是妖气，而是音乐！"

羿令符突然叫道："啊！不好！"

"怎么了？"

"那人！师韶！他没进有穷之海！"

"什么？"

"在哪里？"芈压眼尖，众人顺着他的手指，果然看见师韶抱着一截断树，浮沉于浪涛之中，突然一个巨浪将他抛了起来，在空中终于抓不住那断树了，天际钟鼓音化做破空响，满天幻象化做三十六把幻剑，一齐朝师韶射去。在众人惊呼声中，三十六把幻剑把把正中师韶心口，师韶大叫一声，江离的巨藤正好延伸到，把他卷了回来。

师韶心口中剑以后，乐声便消失得无影无踪，风平浪止，云开见日。但有莘不破等人心中，却是无比阴郁。

师韶的胸口并没有像众人所担心般血肉模糊，倒像那三十六把剑真的只是幻影一般。他双眼紧闭，人事不知，显然这次劫难仍给他带来巨大的痛苦。知道属下都救了上来，无人伤亡，羿令符这才舒了一口气。有莘不破却在一旁暴跳如雷："这算什么？我们算什么？大言不惭地说会保护他，结果却是这样子！"

"有莘大哥，"采采安慰着，"你别这样，我们已经尽力了，而且师韶先生……师韶先生他也还活着啊。"

正在为师韶号脉的江离没说话，心中却道：虽然活着，但只怕比死更难受。

雒灵坐在一边静静看着这个掀起波澜的陌生男子，为他难以捉摸的奇怪心境而沉思：“刚才只怕是他自己挣扎着趁乱跳出车门的，而且他和那乐声的关系也实在古怪……难道……是自责？”

有穷之海又变成一只破碗。有穷商队的人众也很快恢复了秩序。虽然没有人员伤亡，巨浪袭来时逃开的水马，已经全部游回来了。但是九辆铜车，却沉入大江之中难以寻觅。一想到这一点，不但四长老，连有莘不破也不禁为之气急。

“我下去，把车子扛上来！”

“得了吧你！”桑谷隽说，“这事是用蛮力就能解决的？”

“你有什么好办法？”

“暂时没想到。”

有莘不破怒道：“没主意就不要乱打岔！”

桑谷隽看了看众人士气低沉的模样，也就收了嘴，不和他抬杠了。

眼见有莘不破真的望着大江蠢蠢欲动，江离叫道：“你急什么？难道你真想凭蛮力把车拖上来！先想想主意，或许能有个巧办法。”

“想办法！想办法！你们要真有个章程就赶紧拿出来！谁知道江底有什么样的暗流！要是把铜车冲走被淤泥埋了，可就不好办了。再说，车里的东西，在水里也不能泡得太久。”

采采见有莘不破的模样，有心帮忙，但想到母亲的叮咛，一时踌躇不决。

芈压兴冲冲道：“有莘哥哥，我把这江水给烤干了，然后我们再把车弄出来，好不好？”

有莘不破苦笑道：“芈压哥哥！我知道你的重黎之火厉害，可这是大江！上下万里，千年不绝！就是你老爸来了，只怕也没这么大的‘火气’能把它烘干。啊，对了！”转头对桑谷隽道：“你隆个高坝，把水暂时截住，怎么样？”

桑谷隽摇头说：“我有没有这本事且不说，就算能，这事也不能干！在这大江上游最得谨慎，一个不小心，乱了地形，扰了这华夏水脉，中下游万里山河都得遭灾！”

有莘不破道：“罢了，还是我先潜下去看看吧。”

“有莘大哥。”一直不说话的采采站了起来，仿佛下定了决心，赤脚向江边走去：“我来吧。你就负责想办法把车抬上来。”

众人还没反应过来，采采就已经向大江跳下。但奇怪的是她没有沉入水中，而是像踏在土地上一样稳稳站在江水上。

“呵呵！”有莘不破喜道，“我们采采公主原来还有这本事啊。”

采采一笑，赤脚走向江心。

众人都聚到岸边，看采采如何施为。

江风劲急，采采肩上披着桑谷隽所赠的天蚕丝巾，飘飘然如湘夫人临降。清风与江水，在采采的吟唱中仿佛与她融为一体。

“为君夷犹，谁留中洲？”

噫！以采采两只赤足之间为中线，江面“裂开”了一条水痕，水痕越裂越大，渐渐如同两爿水墙，乖乖地左右分开。

旁观的众人见了这等神迹，无不惊叹。

有穷众士一路而来多见异事，但这一次仍然被这个水神般的少女惊呆了。

眼见江水两分，露出江底的铜车，有莘不破就要跳下去，却见铜车所在的泥土突然隆起，把铜车托了上来，到得与水平线等高，山边飞出数十条巨藤，缠住铜车，将铜车凌空拖到岸边。

阿三咬着手指说不出话来，老不死跌坐在地上喃喃自语：“不是人，不是人，我是和神仙在一起啊。”

采采见桑谷隽和江离取回了铜车，舒了一口气，深感疲倦，就要收了分水诀，蓦地看见光秃秃的江底匍匐着两个人，背影十分熟悉，不由大吃一惊，赶紧救了上来。

救上来的恰是采采的族人。她们已经不知在江中匍匐了多久。经江离诊断，她们虽然伤重昏迷，但暂时没有生命之忧。

那边有莘不破和羿令符等正忙着重新安排舟筏下水，只有桑谷隽仍然守着师韶。自从桑谷馨上了花车，远嫁夏都，姐弟再通讯息，已是天人永隔。大姐姐在夏都的生活到底如何，没人能告诉他。这个师韶，是姐姐在夏都认识的朋友么？

昏迷中的师韶呼吸突然不稳，一阵咳嗽，醒了过来。

“你还好？”桑谷隽问。

师韶沉默了一会，说：“谢谢你们。”

“其实我们没帮到你什么。”

“有这份心，我已经很感激了。”

如果是有莘不破，这时一定会问关于那乐声的事情，但桑谷隽更关心的是一件姐姐的旧事：“你好像认识我姐姐。”

“嗯。”

“你怎么认识她的？”

“我？哈哈，”师韶干笑了一声，“所以我说，你们帮错人了。其实我是一个刽子手。”

桑谷隽奇道：“刽子手？”心中隐隐感到不妥。

“你姐姐……是由我动手的……”师韶木然说。

“什么？”桑谷隽大叫一声，几乎跳了起来。他的声音把几个伙伴都吓了一跳，一齐望了过来。

“我说……”师韶顿了顿，终于开口，“抽丝剥茧，是我动的手……”他话没说完，早被一拳打得飞起，肿了半边脸，落下四五颗牙齿。桑谷隽冲了过去，又是一拳落下，腰里一紧，右拳被人扯住：抱住他腰的是有莘不破，抓住他拳头的是羿令符。

“你们放手！让我宰了他！”

羿令符道：“事情还不明了！弄清楚了再报仇不迟。”

“没什么不明了的。”师韶笑得很凄凉，“她的生命，是在我手上结束的，由她的弟弟来了结我的生命，正好，正好。”

听他这么说，桑谷隽反而呆住了。众人都隐隐感到：这个瞎子并不仅仅是他自己所谓的“刽子手”那么简单。但无论桑谷隽如何呼喝怒骂，羿令符等如何好意相询，师韶都不再多说什么，只是求死。

“好！我，让我成全他！你们放手。”

有莘不破把桑谷隽抱得死紧，对师韶说：“你还是走吧。莫在这里扰乱我兄弟的心情。”

师韶失望地坐在地上，他看不见桑谷隽咬牙切齿的表情，只是聆听着这年轻人愤怒的呼喝声。良久，他终于站了起来，苦笑了一声，似乎想说什么，但终于没有开口，掂了掂他的背囊，一步步沿大江北去。

等到师韶的背影消失了很久，桑谷隽才完全冷静下来。

“要不就什么事都没有，闷得人难受；要不就难事怪事一件接一件，连头绪都理不清。”江离叹道，“这旅途真难捉摸啊。”

夕照抹红了江水，有穷商队的前路，似乎又恢复了平静。

小相柳湖的秘密

“芝姐姐，芝姐姐……”

是采采的声音么？阿芝醒了过来，眼前一个模模糊糊的人影：真是采采。突然胸口一痛，又昏了过去。过了一会儿，一股清凉顺着咽喉滑下，阿芝又恢复了知觉。

“芝姐姐，芝姐姐，你醒醒！”

看着眼前越来越清晰的采采，阿芝蓦地想起晕厥前的种种，失声叫道：“采采，采采！小相柳湖[①]出事了！”

---

① 相柳湖：《山海经》中的神兽相柳居住之湖，就是现在的新疆罗布泊。据《山海经·大荒北经》记载，相柳是上古魔神，同时是共工的宰相，能够化身为一种九头蛇身的巨兽，巨大得能同时在九座山头吃东西。它不断呕吐毒液形成恶臭沼泽，发出的臭味甚至能杀死路过的飞禽走兽。它随同共工发动反对轩辕族的神战，被五帝之一的颛顼帝打败，共工惨遭流放；相柳继承共工遗志，蛰伏多年后再次起兵，却被大禹打败杀死。共工、相柳死后，共工的后代逃生到西南，按照相柳湖的模样建造了大相柳湖、小相柳湖。

“什么？”

“那个河伯，他……”阿芝突然顿住了，因为她发现采采身边围着好几个人：四个青年，或矫健，或威武，或清秀，或隽挺；一个温婉的女孩子；一个嘴上留着胡须的大男孩。一转头，看见萝莎姨姆躺在自己身边的毛毡上，犹未醒转。

“采采，他们，他们是谁？”

“他们都是我的好朋友。芝姐姐，小相柳湖到底怎么了？妈妈她没事吧？姨姆们、姐妹们没事吧？”

阿芝警戒地看了看身边那几个陌生人，犹豫着不说话。

“采采，我们先出去一下。”那个清隽绝俗的年轻人说。

“不！你们别走。”采采又对阿芝说，“芝姐姐，这些都是我的好朋友，我信任他们。”

“可是，族里的事情……水后不准我们……”

“我信任他们！”采采重复道。阿芝突然有些迷茫，在这个看起来娇弱如芙蕖的小公主脸上，她从来没有看见过这样坚毅的神情。“嗯，我们……”

“不能说！”一个有些嘶哑的声音在旁边响起。阿芝一转头，发现萝莎姨姆已经醒转，她的脸色依然那么苍白，但语音却说不出的冷酷：“不能说！我们水族的事情，不能对外人说！”

“萝莎姨姆，”采采跪了下来，脸上的神色异常坚定，“到底为什么，为什么我们长久以来要这么躲躲闪闪？请你告诉我。”

萝莎疲倦地摇了摇头，阿芝说：“水后有旨意，没有她的允许，这件事情知情的人谁也不能对你提起。”

“好，那么远的事我不问了，我只问一句：我妈妈现在在哪里？”

阿芝一声抽搐，眼泪流了下来。

“芝姐姐！到底，到底出什么事了？”

看着采采急得快要哭的样子，阿芝一阵不忍：“别太担心，水后她，她只是让那个河伯给困住了。”

“那小相柳湖呢？”

“小相柳湖也给霸占了，”阿芝看了看萝莎姨姆，垂泪说，“一条鲐鲐鱼误闯小相柳湖，暴露了我们的住处，水后知道那个河伯马上会到，便让我们和几个长老率领族人撤走，她自己断后，结果她来不及退走，被那个河伯困住了。我和萝莎姨姆混乱中和族人失散了，途中又受到鲐鲐鱼的攻击，虽然最后用小水咒摆脱了，但姨姆和我都受了伤，这才用‘水之眠’之法藏在水里疗伤。”

采采道：“难道集合我们全族的力量，还斗不过那个河伯吗？我不信！我不信！”

“根本没有战斗。”阿芝垂下了头，说，“水后到最后也不肯使用大水咒。”

“什么？”采采满是泪水的脸突然愤怒起来，“为什么？我们连家园也被夺走了，为什么还要执著那不知所谓的教条？我们明明有力量，为什么要禁止自己使用？”

阿芝哭道：“采采！你不知道的！你不知道的！”

“那你们就告诉我啊！到底为什么！”

阿芝抽泣着，萝莎闭上了眼睛，都不说话。

“我决定了！”采采说，“我们不要再躲躲闪闪了！无论妈妈是出于什么理由，我再不能容忍我们族人继续这种窝囊的生活！敌人再强大也好！我们至少要有挺身一战的勇气。”

“采采……”阿芝呆呆地看着她，“你变了……”

采采道：“对！出来以后，看见这么广大的天地，看见这么雄伟的山河，我就知道自己再也不可能回到那个阴湿的地方躲一辈子！他们……”采采指着身后的人：“我新结交的朋友，更教会了我什么叫做勇气！萝莎姨姆，阿芝姐姐！无论敌人有多么强大，我宁可战死，也不愿这么窝囊地憋下去。”

“可是，采采！”阿芝踌躇着道，“事情不是你想的那样的……”

一直闭着眼睛的萝莎却突然开口打断阿芝，道：“你说再也不愿意躲闪下去，这句话，是随口说说，还是愿意以水族公主的骄傲，对这句话负责！”

“我愿意负责！”采采说，“无论未来将面临什么样的命运，我都不会后悔。”

阿芝还想说什么，萝莎却突然挣扎着坐了起来：“好！好！我也早受不了了！十六年了！为什么我们要为了和我们全无关系的人这么隐忍！十六年了……”她摸了摸阿芝惊呆了的脸：“可怜的孩子，十六年前，你才十四五岁啊……若再忍下去，难道要你也要像我这样，在那阴冷潮湿的地方数着自己越来越多的白发么？”

采采喜道：“姨姆！你……”

“十六年前到底发生什么事情，等救回水后，你亲自问她。”萝莎布满皱纹的脸上突然绽出一丝复杂的笑容，“只是采采，别忘了你今天说过的话。”

有穷商队主车，鹰眼。

“了不起！了不起！”有莘不破叫道，“好样的，我们的采采公主真是好样的！”

江离却有些忧色，道：“但我却总觉得有些不对劲。十六年前到底发生了什么事情？水后不肯动用大水咒，仅仅是因为软弱吗？”

桑谷隽道：“不管怎么样，这个忙我们是帮定了！再说，那个河伯又不是什么顶天的角色！我一个人就可以搞定他！”

江离道：“你别乱夸海口。在蜀北界，我们和镇都四门的小一辈交过手，确实有过人之处，他们的师长想来还比不上季丹大侠、巴国国主，但多半在我们之上。”

桑谷隽道：“此一时，彼一时！我就不信经历雀池一战后，你一点进步都没有。”

江离道：“我担心的不是河伯。”

桑谷隽道：“你担心水族的那个大敌？”

江离点了点头。

桑谷隽道：“虽然谁也不知道那是个什么样的人物，但你估摸着，这个人会比有莘伯伯、季丹大侠更厉害么？”

江离沉吟道：“只怕世上再厉害的人，跟他们也就在伯仲之间。”

桑谷隽拍手道：“这就得了！这里五……六人联手，就是季丹大侠这样的人物，我们也能斗他一斗！”

芈压白了桑谷隽一眼。

有莘不破道：“说得不错，这场仗就算有些凶险，那大敌也绝不可能强大到我们不可能战胜的地步！羿兄，你怎么说？”

羿令符淡淡道：“见义不为非勇也！”

有莘不破又问芈压，芈压拍案叫道：“那还用说！这一次，我要做前锋！”

江离叹了口气，目视雒灵，雒灵微微一笑，江离会意，道：“也就这样吧。最多我们惹出乱子来，自己收拾摊子。”

有莘不破道：“那好！就这么定了！”

有穷商队客车，白露。

“姨姆。”采采靠在萝莎的肩头上，说，“十六年前，到底发生了什么事？”

“采采，现在最要紧的是救出你妈妈。到时候，你亲自问她。”

“妈妈不会有事吧？”

“放心吧，我的小公主。水后投身于白水晶之中，除非有精金之芒劈开，或者重黎之火烧融，否则谁也伤不了她。只是，你那些朋友真的可靠么？”

采采抬起了头，道：“姨姆！我相信他们，请你和阿芝姐姐也相信他们！”

“好吧，其实，我也看得出来他们都是大有来头的人物。希望我们能够顺利地夺回小相柳湖，救回水后。”

“就是这里了。”阿芝指着那条汇入大江的支流，“沿着这河流而上两百五十里，就是小相柳湖的所在。”

有莘不破问道："你们住在湖边么？"

采采道："不是，我们住在湖里。"

"湖里？船上？"

"准确一点说，是在湖底。"看着有莘不破吃惊的样子，采采笑道，"那是我们族人用碧水石开拓出来的水下空间，你到时就明白了，反正收复小相柳湖以后，我一定要在那里好好招待你们。"

有穷众人见多识广，虽感新奇，也不骇异。

羿令符道："现在铜车在舟筏之上，无论攻防都不适宜。我们若驱舟筏沿河而上，若遇大战，水涌舟翻，只怕又要重蹈前几天的覆辙。"

江离道："不错！而且水族失散在外的人也得赶快召集汇合。我们兵分三路：萝莎前辈与羿兄、雒灵作为一路，搜寻水族人等；阿芝姐姐引桑兄与我为先锋，前往收复小相柳湖；有莘不破、芈压和采采坐镇商队，且把舟筏在岸边停一停，看到我们前方传来大捷的信号，再沿河而行吧。"

他话才说完，芈压登时鼓噪起来，有莘不破满面不快，采采也道："收复家园的大事，我怎能不尽力？请让我代替阿芝姐姐一起去小相柳湖吧。"

江离道："我虽然不知道你们十六年前到底发生了什么事情，但你母亲既然总是谆谆叮嘱，必有道理，如果没有必要，你还是暂时不要再使用水族异能的好。"

见采采不再说话，江离又对有莘不破道："我们这次是要去帮采采夺回家园，小相柳湖虽然没去过，但光听名字便知道是个十分秀美的地方。你和芈压两人出手不知轻重，打起架来山倒浪翻，只怕河伯还没死，小相柳湖倒先毁掉了。"见有莘不破没话说，江离又道："其实我们最大的敌人还不是河伯东郭冯夷！而是那个还不知藏在哪里的敌人。这几天我总觉得有点不对劲，倒像被人盯上了。"说着看了采采一眼。

萝莎心细如发，惊道："你是说有人要不利于我们采采？"

江离道："很有可能。芈压，你不能老看见哪里有架打就往哪里冲啊，保护人比打仗难啊。"

芈压冷笑道："我不上你的当。上次在蜀北界有莘哥哥也是这样骗我！结果……哼！"

采采柔声道："芈压，你不喜欢和我待在一起么？"

芈压一呆，忙道："没有的事！采采姐姐你不知道啦！他们老把我当小孩子，总是护着我！我今年十六了，用不着别人来保护！唉，好啦，看采采姐姐的面子，我再信你们这些家伙一次。"

江离道："既然如此，我们便出发吧。苍长老，靠岸抛锚。"

七香车赶到小相柳湖上空时，天色已黑。天上月如水镜，地上湖如明月。

"小相柳湖……这名字起得多好啊。"江离道，"可惜多了这么多蛇虫鱼蠡。"

阿芝从七香车往下望，只见自己生活了十六年的小相柳湖无论岸边水里都充斥着各种各样古怪丑陋的鱼虫，既感恶心，又觉痛心。

桑谷隽突然说："江离，我想独自斗一斗那个河伯。"

江离道："你有几分把握？"

"不是把握的问题。"桑谷隽道，"夏都的那群浑蛋，我迟早要面对的。我想试试自己的实力和镇都四门相比到底如何。你我联手自然胜算大增，但却试不出我的真功夫。再说，今天连一个东郭冯夷都打不过，明天怎么去面对血祖无瓠子？过不了血祖那一关，我哪里还有希望向那个暴君报仇？"

江离沉吟半晌，道："好吧。但你得把东郭冯夷引出来，在小相柳湖之外打。"

"我去引他出来！"阿芝说，"这是我们的家。我虽然能力卑微，但无论如何希望能出一点力气。"

桑谷隽摆手道："不行！我不能让女孩子去冒险！"

江离却道："或许是个好办法。让阿芝姐姐坐我的七香车去。就算阿芝姐姐失手，我料定东郭冯夷也只会生擒，不会残害。"

"为什么？"

“根据采采的描述推断，那东郭冯夷多半是冲着你们族中之宝‘水之鉴’来的。水后既然预知东郭冯夷来犯，想必这件宝物一定被妥善安排了吧。”

阿芝道：“‘水之鉴’？我也只是听说，却从来不知道是什么样的宝物。我们和水后临别时她也未提起。如果真有这件宝物，那么现在多半在长老们手中。”

江离道：“我敢打赌！东郭冯夷的目的还未得逞，因此才霸占着小相柳湖不走。所以阿芝姐姐若以此为诱饵，顺利则东郭冯夷闻声出巢，就算失手，他也不会轻易加害。”

桑谷隽道：“不行！我说什么也不能让女孩子去冒这不必要的险。我另外想办法引他出来。”

江离道：“引他出来后呢？”

桑谷隽指着注入小相柳湖的一弯小河说：“依这地形看，逆流而上，必然是一片土木潮湿之地，如果是一片沼泽那就更妙了。我先过去看看，如果所料不错就在那里布个阵势，把东郭冯夷引到那里灭了。”

江离道：“那我做什么？”

“你就等着接手小相柳湖吧。”桑谷隽道，“这么漂亮的一个地方被搞得乌烟瘴气，连我也觉得可惜。这清洁的事，没人比你在行了！”

“真不知道你这句话是夸我，还是损我。”

胯下的独狢凶猛狰狞，奔跑如飞，阿芝有些害怕，不由把桑谷隽抱得更紧一些。

“不行！我说什么也不能让女孩子去冒这不必要的险……”

她有十六年没听见这样阳刚气十足的话了。阿芝悄悄把头前倾，闻了闻桑谷隽后颈的汗味，心里突然一阵小鹿乱撞。

由于江离不反对由阿芝去引诱河伯，所以桑谷隽把她带在身边，为的是怕江离被阿芝说动，此外桑谷隽并没有其他的心思。

小河的尽头，独狢脚下所踏，果然是一块理想的沼泽地。

“行了！”桑谷隽有些兴奋地对阿芝说，“我们有六成胜算了！”

这个晚上，采采没有下江沐浴，只是打开窗口，怔怔地望了望天上水底两轮明月。

她失眠了。

“芈压，你这样盯着我干什么？还不快去睡觉！”

“不行！”芈压说，“今晚雒灵姐姐不在，我得替她盯着你点。”

“盯什么？”

“盯着你，不要让你往白露那里钻。”

有莘不破失笑道：“胡说什么啊你！人小鬼大！快回去睡觉吧！”

芈压满怀警戒地说：“如果你心里没鬼，干吗这么着急要赶我走？不行！我今晚一定盯死你！”

有莘不破无奈，摊手道：“算我怕了你啦。你不睡，我睡！”他闭上眼睛，突然想起芈压的话：“刚才我确实想去看看采采的。这样的夜，我会胡闹么……嗯，不行！对她还是没感觉啊。再说，她好像有心上人的样子，要不为什么有时候话说着说着会走神？嗯……会是谁呢？会不会是桑谷隽，或者羿令符？总不会是江离吧……”

芈压盯着有莘不破，没多久便听见他微微的呼噜声，自己也打起了哈欠。

“你先睡吧。”

桑谷隽不知道从哪里召唤来一堆松软干燥的黄土，给阿芝做了个炕。然后他自己又在月色下忙碌起来了。

阿芝失眠了，却假装睡着了，躺在土炕上偷偷看着忙碌的桑谷隽。这个温柔的男人忙碌起来的样子多帅啊。她的记忆回到了十六年前，那时候采采还是个不懂事的小孩子，那时候水族还是一个完整的部落，那时候他们住的地方，不是精致小巧的小相柳湖，而是华丽大气的大相柳湖——那个时候，水族不但有美丽的女子，更有强壮的男人。可是从自己懂事开始，族里就开始发生冲突，终于在那天，水族分裂了。从此她们离开了大相柳湖，离开了她们的另一半，悄悄躲进小相柳湖，一躲就是十六年。

“水之鉴……”

水族的分裂，听说就是为了它。但那到底是什么东西，阿芝也不清楚。萝莎姨姆肯定知道，但她却不肯说。萝莎姨姆答应让外人介入水族的事务，却不肯告诉采采，十六年前到底发生了什么事情。她为什么这么做?

“‘无论敌人有多强大，我宁可战死！’……采采啊！那不是战死不战死的问题啊！我们面对的不是强大的外敌，而是男性的族人啊！”

“哈哈，成了！”桑谷隽的一句话把阿芝拉了回来。她赶紧闭上了自己的眼睛，因为他正向她走过来。

阿芝闻到了一股汗臭，知道桑谷隽到了自己的身边，她把呼吸声控制得很平缓，但却控制不了自己的心跳。

“嗯，睡得挺沉嘛。我也睡一会，天亮了再想想怎么把那该死的河伯引出来。”

水下的逃亡者

桑谷隽一觉醒来，左右不见阿芝，再看到松软的黄土上画了几个字，得知阿芝趁他睡着诱引河伯去了，不由大吃一惊，急忙向小相柳湖的方向跑去。他沿着小溪跑没多远，便见远远一个大浪追着一个小浪涌来，猛地大浪加速狂涌，吞没了小浪，一个女子从浪中被冲了出来，跌在河滩上，正是阿芝。

“哈哈……”笑声中一个老者踏浪而出，踌躇满志地向阿芝逼来。

桑谷隽离得远了，一时赶不上，正在着急，阿芝抬头看见他，大叫道:“快！去通知长老把‘水之鉴’毁了！不能落在他手里！”

桑谷隽一愣，随即会意，转身便逃，背后水声大作，那老者听了阿芝的话果然向他追来。

桑谷隽一脚才踏入沼泽，巨浪冲了过来，一股倒卷的力量几乎把他扯下河去。他忙运气定了定身形，两三个起落，逃入了沼泽的中心。这才回过头来，不由大吃一惊：那宽不过七八步的小河，不知何时涨成数十丈宽的大水，把两岸的林木草石都淹没了。大浪一个接一个地向沼泽地涌来，不一会便把沼泽地漫成一个湖泊，桑谷隽一退再退，终于退到山脚下，不得已攀岩而上。

“哈哈，小子，你逃不掉的！”那老者踏着一股龙卷风形状的水柱，向桑谷隽冲来。桑谷隽爬得多高，那水柱就耸得多高，到桑谷隽爬到崖顶，那水柱已高与山崖齐肩。老者站在水柱上，与桑谷隽对峙着，两人相距不及二十丈。桑谷隽低下头望去，崖底水位还在不断升高。

“哈哈，小子，你逃不掉啦。”老者道，“见水就逃，你不是水族的吧。是那小娘们的相好么？”

桑谷隽冷冷道：“你又是谁？”

“嘿！让你小子知道你爷爷的威名！你爷爷乃是黄河第十六代河伯，大夏王都镇都四门东郭冯夷是也！”

桑谷隽冷笑道：“原来你就是那个被大羿①射瞎左眼的花花公子之后啊，哈哈，夏都的四只乌龟，就来了你一只么？”

河伯东郭冯夷闻言怒道：“小子你找死！”怒喝声中湖泊中射出两股水箭，却不是直射桑谷隽，而是射向桑谷隽的上空，两股水箭激荡在一起，化作满天飞雨，把桑谷隽周围十丈的地方全笼罩住了。

阿芝躲在偏僻处，眼见那水罩溅出来的水滴，指甲大的一小滴也能把拳头大的石头砸得粉碎，知道这水不是普通的水，而是被河伯异化了的重水。没多久桑谷隽所在的山崖就被重水冲击得凌乱剥落——外围尚且如此厉害，“他身处水罩中心，这，这可怎么办？”

“小娘们，担心是吗？”东郭冯夷对着阿芝藏匿的方向冷笑道，

---

① 大羿：上古传说中的射日英雄。黄河河神河伯被其他女神吸引，整天冷落妻子宓妃，宓妃便和大羿偷情，有一次被河伯发现，河伯非常生气，立刻化做狂龙，追上逃跑的大羿，冷笑着挑衅。大羿拿出神弓，射瞎了河伯的左眼。

“不用担心了，我担保你的小相好已经粉身碎骨了！对河伯大人不敬，这就是下场！你乖乖给我带路，还可……”

“还可怎样？”桑谷隽的声音打断了东郭冯夷，倒让河伯着实吃了一惊：“你还没死！”

雨水落尽，却不见桑谷隽的身影，只见山崖之上多了一块巨岩。巨岩一阵耸动，突然爆炸，千百棱角石弹不停地向东郭冯夷暴射过来。东郭冯夷一招“河盘江绕”，一片大水白带一般环绕盘旋，护住了他，石弹碰到水带，无不被流水的冲力带得斜飞出去。一时间湖山对峙，水石激荡，空中重水如乱箭，石弹如流矢，阿芝躲在水底，越躲越远，一直退到一个山坳之中，这才不受波及。

东郭冯夷狂笑道：“小子！刚才算老夫小看了你！不过你要只有这点本事，还是早点束手就擒吧。‘川流不息·蚀山’！”

围住山崖的水突然变成黑色，草木一触便死，甚至连岩石也抵挡不了这些黑水的侵蚀。在黑水不断地腐蚀下，岩石毁，山梁断，桑谷隽所在的山崖渐渐变成一座孤峰。

“小子，你已陷入死地，束手就擒吧！咦！怎么回事？”

东郭冯夷突然发现水力后劲不足，围住孤峰的黑水竟有退潮之势。回头一看，不由大骇：一座大坝在背后悄没声息地隆起，几乎就要破水而出，如果被这大坝隆出水平面，隔断了水源，这个小湖非变成一潭死水不可。

“天一生水·漫！”在河伯的催动下，大坝外河水猛涨，水位迅速抬高。

桑谷隽冷笑一声，道：“太迟了！‘息壤·水来土掩’！”大坝随着水位的升高而继续隆起，和水面保持半尺的距离。

东郭冯夷眼见水涨坝高，虽然这小河直通大江，但水位越高，从大江调水过来也越来越难。正自焦急，却听桑谷隽狂笑道：“老乌龟！还没完呢！看好！‘田字诀·阡陌垄·湖水断’！”

以桑谷隽所在孤峰为轴心，轰隆隆隆起两道“十”字形的大坝，如同井田阡陌般把河伯造出来的湖区隔成四块，做个“田”字。水势被分割以后，河伯所能掌控的水力大减，护在身周的河盘江绕带力道减弱，桑谷隽的石弹流矢趁势攻入，逼得河伯在水柱上左闪右避，狼狈不堪。蓦地噗的一声，河伯一不留神，被一块巨石擦过额头，登时鲜血长流，立足不稳，掉下湖底。

桑谷隽喜道："妙极！"双手作诀唱道："'艮·连山·湮土·黄泉沼'——现！"

一阵地动山摇，大坝隆出水面，后来之水断绝，湖岸山峰泥沙俱下，"田"字湖中湖水渐渐浑浊，白湖水变成黄湖水，黄湖水变成稀泥。阿芝也陷身泥泞之中，但想到终于困住那个河伯了，心中却大喜，正要爬出山坳，突然两边山壁一阵剧烈摇晃，山坳外泥泞倒涌过来，淹向她直至没顶。阿芝挣扎着浮出浑浊的水面，透过山坳的缝隙偷望：不由大吃一惊，"田"字湖不知何时出现一只巨龟，铜甲象牙，一个老者满身烂泥，头顶鲜红，正是河伯东郭冯夷。阿芝暗暗担心，望向小孤峰，桑谷隽脸上既不讶异，也不惊恐，反而笑道："这是旋龟[①]冥灵么？可惜你已经身陷死地，就是把玄武叫出来也没用。"

东郭冯夷怒道："且看谁身陷死地！冥灵！取水！"

冥灵巨喉长嘶，砍木头声震得沼泽涟漪荡荡，群山落石纷纷。随着冥灵的吼声，九道水柱从地底喷出，日影移一分，泥土消融，沼泽变黄水；日影移二分，泥沙沉淀，黄水变清泉；日影移三分，九道水柱由垂直喷涌改为斜射，从九个方向向桑谷隽射来。

桑谷隽大笑道："老乌龟，这就是你压箱底的功夫了吗？"右手张开，贴着地面，喝道："峰峦聚·千山怒！"

就在被水柱击中的那一刻，桑谷隽脚下孤峰产生变态，山石好像活了过来一般不断蠕动，把桑谷隽裹了起来，挡住了巨浪的冲击。水落石出，一头山岳般的独狢在山水幻影中现身。

东郭冯夷惊道："巍峒！"

---

① 旋龟：《山海经》中一种体貌与龟相近，长着鸟头、蛇尾的怪兽。它发出的声音像砍木头，戴着它的甲可以治好耳聋，还可以治脚茧。据《山海经·南山经》记载："其状如龟而鸟首虺尾，其名曰旋龟，其音如判木，佩之不聋，可以为底。"

独狢巍峒身如山崖，面对水柱的冲击丝毫不惧，两眼直逼巨龟冥灵，作势进攻。

桑谷隽上次在巫山巫女峰下和江离相争而召唤出巍峒，当时就像用八百斤力气去举千斤鼎，吃力异常。而这次召出巍峒，却觉全身气息和巍峒合为一体，全无窒滞，举手投足之间，均感行有余力，心中痛快，叫道："东郭冯夷，乖乖伏地认输，小爷就饶你一命！"

东郭冯夷冷笑道："你就算召唤出巍峒，胜负也只是五五之数！"

桑谷隽笑道："实力相捋，形势却于你不利，难道你到现在还看不出这是损位么！我处主势，你处奴势，今日之势，你逃不了了！"

东郭冯夷道："形势相破，顺逆相生，谅你这点年纪，能有多少道行，也来跟老夫谈主势奴势！"说着再催水势，来漫孤峰和巍峒。这地底虽然刚好有一条暗河，但他从地底取水，远比从江河调水吃力得多，水势上升的速度也越来越慢。

桑谷隽笑道："还犟嘴！浸而不亢，限而不溢——窒！"说着把东郭冯夷抽调上来的水柱变成半泥半水。

东郭冯夷口上不肯认输，心中早就暗暗叫苦，眼见九大水柱中泥沙渐多，清泉渐少，"田"字大坝越垒越高，冥灵脚下泥泞越陷越深，知道今日有败无胜。突然听见阿芝叫道："鲐鲐鱼！是鲐鲐鱼！他召唤鲐鲐鱼来助战！小心！"

东郭冯夷心中愕然："那些虾兵蟹将对付这小子哪里有用处？我哪会招来碍手碍脚？"回头一看，无数鱼怪虾蟹逆水而来，攀过大坝，果然是自己的属下。但看它们的狼狈相，哪里是来助战，分明是在逃命："是谁让它们吓成这个样子？难道是那个女人从水晶里跑出来了？咦！这是什么味道？"

随着空气中传来一阵清香，天上一辆马车如风掠来。那车根盘叶结，芬芳阵阵，车上倚着一美少年，凭拭下望，问道："桑兄，还没拿住东郭老儿么？可要帮忙？"

东郭冯夷见了美少年这等气势先吃了一惊，不等桑谷隽应答这少年，大声叫道："小子，你竟然找帮手，爷爷不玩了。"找了这个台阶下，唤个“破”声，冥灵鳞甲崩裂，如万千飞斧向桑谷隽割去。东郭冯夷趁着桑谷隽抵挡的空儿，让冥灵变成一条滑不溜溜的大泥鳅，自己一头钻进了它的肛门。

江离冷笑道：“想逃么？真不要脸！”双手结印，沼泽中长出根根带刺的水草，来缠泥鳅，却听桑谷隽喝道：“不用你插手，我自拿它！”江离叹了口气，收了水草阵。

桑谷隽打落了飞袭而来的鳞甲，催促巍峒向那大泥鳅踩来，泥鳅在烂泥中乱滚，从巍峒的胯下钻了过去，潜入沼泽底部，找到地泥之窍，幸亏这地下刚好有一条地下河，慌忙借地下河逃走了。

江离在空中骂道：“好歹也是镇都四门之一，打不过就算了，逃跑也逃得这么难看！”

桑谷隽说：“本想借这沼泽困住他，谁知道反而因此让他逃了！”

江离道：“他是天下知名高手，你能单独击败他，也足以自豪。”

桑谷隽摇头说：“你不用替我夸口，嘿！镇都四门果然有些门道，如果不是地势不利于他，而我又设下了阵势，哪能赢得那么容易？你那边怎么样了？”

“很好。小相柳湖我已经清理好了。阿芝姐姐呢？”

阿芝听江离问到自己，忙从山坳中游了出来，叫道：“我没事。”

桑谷隽看她全身上下都是泥沙，不由吐舌道：“罪过罪过！乱了阿芝姐姐的容妆。”

阿芝忙道：“不要紧。”

江离指着那些鲶鲶鱼道：“这些家伙怎么办？”

桑谷隽道：“无谓再造杀戮，我把这片沼泽再加改造，困住它们便是了。”双手交胸，巍峒大吼一声钻入拦河坝底下，大坝再度高垄，化做一片断崖，把这泥水参半的湖泊围成一片死沼。江离附声道：“妙哉！看我加点料：崖障——猿鶔（róu）欲渡愁！”断崖峭壁不多时便生出无数苔藓、荆棘，苔藓带毒，荆棘带刺。这一片断崖，满山毒草，把沼泽和小相柳湖隔绝开来。

阿芝抓住七香车垂下来的藤条，越过了断崖，往那逐渐退却的潮水跳下，随风逐浪，向小相柳湖进发。江离驾七香车，桑谷隽乘幻蝶，尾随阿芝那朵浪花，来到小相柳湖上空。桑谷隽上下观望，见湖面平静，岸边芷兰芳郁，没口子地大赞江离：“了不起，和昨天完全不一样！完全看不出这小相柳湖经历过一场浩劫，只不知水底下是何光景。”

江离道：“我也不知道。我只是用水草把鱼怪群逼了出来。看，阿芝迎客来了，下去吧。”

芈压站在铜车“无忧”上，憋了一肚子的气。

前方传来大捷的口信后，有穷商队才起锚前来。芈压内心深处甚至希望江离和桑谷隽受挫，那才有自己大展身手的机会。哪知不但前方收复之事十分顺利，连那“水族潜伏着可能会来寻采采麻烦的大敌”也不见踪影。

“又被他们骗了！”芈压想。

这日黄昏，有穷商队到达小相柳湖，采采见家园无恙，又是高兴，又是悲伤。

芈压道：“采采姐姐，这附近一座房屋都没，都给河伯破坏了？”

采采微笑道：“不是的，我们住在水底。”

芈压奇道：“水底？”

采采还没来得及解释，湖面裂开，两个人踏浪而来，左边是阿芝，右边竟是萝莎。

采采一阵惊喜，道：“萝莎姨姆，你也到了！”

萝莎颔首笑道：“大伙儿暂时避难的地方离小相柳湖其实不远，我们见桑公子、江离公子传来信息，不多时便赶到了。”她听阿芝说起桑谷隽和江离两人的神通，又感念他们出手相助，语气中也客气起来了。

阿芝说：“想来那河伯占据的时日短暂，小水晶宫没怎么被破坏，这半日工夫，族人们都已经把小水晶宫收拾了个大概，就等小公主和有莘公子、芈压公子的大驾了。”

有莘不破道：“江离、雒灵他们呢？”

阿芝道：“正在小水晶宫休息。”

芈压叫道："你们别念念叨叨了！快带路吧，小水晶宫，光名字就听得让人心痒。是不是要潜水下去？这个……我水性可不大行。"

采采笑道："不必。"说着双手结个兰花指，往湖面一指，湖面裂开，有如门户。采采当先飘下，作临门迎客状："有莘公子，芈压公子，各位长老有请！"

有莘不破留旻长老、上长老留守商队，同芈压率领苍昊两位长老、阿三等两使者以及老不死一干从人，随采采等步入湖中。

芈压见身边湖水中偶有鱼虾游过，近在咫尺，却像被一股力量拦住，游不过来，不由看得津津有味。正在纳闷，一条长着鸟翅膀的鳋（huá）鱼[①]闪着金光从他眼前游过，吓了他一跳。

众人一路走到湖底，进了隔水门，蓦觉眼前一宽：脚下花草零落，头顶水光闪动——那水似乎被一股力量挡住了，并不落下。举目前望，前方似有若干轩亭门户，走近前去，门上有珍珠缀成的四个闪闪发亮的字：小水晶宫。

采采笑道："只是几间蜗居，叫个'宫'字，也只是自嘲罢了。"

芈压道："采采姐姐！这么美丽的地方，我就是住上一辈子也不会腻的。"

采采笑道："这里固然很好，但若禁足不能外出，可又是另外一回事了。诸位，请进吧。"

有莘不破领头进门，经过三进门户，门前伺立的都是女子，他虽然看得赏心悦目，却不禁疑惑："怎么这么久了也没见一个男人？"

苍长老一路游目打量，见到处都用黄金、珍珠以及罕见的贝壳、化石等物做装饰，心道：这些东西在他们水族看来属于寻常之物，但拿到外面却都是价值千金的宝贝！心下暗喜，寻思着怎么和水族做生意。

一行人进了有所思殿，一名老妇迎了出来。萝莎和阿芝归列，萝莎

① 鳋鱼：《山海经》中一种长着鸟翅膀的鱼，身上金光闪闪。据《山海经·南山经》中记载："其状如鱼而鸟翼，出入有光。其音如鸳鸯，见则天下大旱。"

站在第二个位置，阿芝站在第七个位置，一行妇人向采采行礼，采采连忙扶住：“萝灆（lán）姨姆，你这是做什么？折杀我了。”

那老妇萝灆仍坚持着向采采行了上下之礼，这才向有莘不破等人行礼道：“水族劫后余生，多亏有穷诸恩人相助。”

有莘不破连忙还礼：“路见不平而拔刀相助，我辈所当为。”

采采一直不见母亲，心中不安：“萝灆姨姆，妈妈呢？她为什么不出来？”

萝灆道：“水后身处碧水水晶之中，江离公子等正在设法救助。”

采采啊了一声，对有莘不破说了一声：“我去看看！”也顾不得礼数，急奔而去。

有莘不破对萝灆道：“长老，可否让小子看看那碧水水晶？或许小子有助力处。”

萝灆向有莘不破道：“正要借助公子神通。”

当下萝灆、萝莎引了有莘不破、芈压前往偏殿，阿芝等安排招待苍长老等事宜。

有莘不破随萝灆走到一个贝壳结成的小屋，屋内一人如松柏般负手而立，正是羿令符。有莘不破劈头就问道：“他们几个呢？”

羿令符往一扇贝壳攒成帘幕的小门一指，反问道：“商队呢？”

“在上边，一切无恙。我进去看看。”

羿令符道：“好。我先上岸，有事情再联络。”

有莘不破不再理会羿令符，和萝灆作别，推帘而入：哇！好迷幻的一个空间啊！空中飘满了各种各样的水晶，如霜如雪，如雨如雾。一进到这里，有莘不破只觉得脚下一轻，几乎就要飘起来，忙沉气站稳，后边芈压一进来却欢快地任由这股浮力托起自己，手舞足蹈，如鱼入水。这个地方竟然能让事物失去重力！

有莘不破才瞥到了江离、雒灵和采采的背影，还来不及开口，眼光便不禁让另一个女人吸引了过去：在屋子中央安放着一块巨大的淡青色水晶，水晶之中，嵌着一个明艳绝伦的妇人。

“好美……”只这一眼，便看得有莘不破呆住了，心想：九尾狐太妖了，桑姐姐太孱弱，而雒灵和采采的年纪毕竟还是小了点，没有这么成熟的风韵……呆呆地向这块碧水水晶走去，不觉撞到桑谷隽，两个人同时醒觉过来，怒目而视。

采采道："萝滥姨姆，萝莎姨姆，为什么会这样？"

萝滥道："水后来不及撤走，因此把自己封闭在碧水水晶之中。别人伤不了她，但她自己也出不来。"

听到这里，有莘不破和桑谷隽同时想到了桑季用来困住季丹洛明的"作茧自缚"之法。

采采急道："那怎么办啊！这碧水水晶这么坚硬，就算用玄铁神兵也划不开一条痕迹来！唉，妈妈是怎么进去的呀？"

萝莎道："小公主，你先别着急，自古相传，有两个办法可以救出水后。"

采采忙问："哪两个办法？"

萝莎道："一是找到白虎之后，用精金之芒劈开；一是找到祝融的传人，用重黎之火烧熔它！"她话音才落，有莘不破和芈压同时叫道："我来！"

江离一直都没有开口，这时忽然道："采采，水族在湖底开出这么大的一片天地，靠的怕正是这碧水水晶的力量吧？"

采采点了点头。

江离又道："那么如果把这水晶毁了，只怕这小水晶宫也就不复存在了吧？"

有莘不破等吃了一惊。采采点了点头，迟疑了一会说："为了救妈妈，这个小水晶宫不要也罢！"

有莘不破道："为了救人，自然什么都不足惜，只是这么好的地方，太可惜了。"

江离向萝滥、萝莎问道："水族既有进去的法门，难道没有出来的法门？"

萝滥和萝莎对望了一眼，萝滥道："出来的法门，确实有的，只是……"

采采忙道："只是怎样？"

萝莎接口道："只是这法门只有水后知道。"

采采顿足道："那可如何是好！妈妈！妈妈，你听到了吗？如果你听到，出来好不好？"

江离目视雒灵，雒灵摇了摇头，便道："没用的，水后进入碧水水晶以后显然便进入休眠的状态，和外界完全隔绝。刚才雒灵费了好大的心力也没法唤醒她。"

采采对有莘不破道："有莘哥哥，你能劈开的是吗？这小水晶宫我不要了，你动手吧。"

萝灆和萝莎大惊道："不可！"

萝灆道："采采，就算要动手，也得先做准备，把族人和典籍要物先撤出去！"

萝莎道："采采你先别着急，我们先查查典籍，或许能找到相关的咒语。"

芈压也安慰说："采采姐姐你放心，如果实在找不到咒语，我担保把这水晶烧熔，将阿姨救出来！"

采采听众人不停地安慰，也知道自己刚才的话说得鲁莽了："采采糊涂了，就请姨姆做主。"

萝灆道："水后待在碧水水晶之内，并不危险。这事不急。采采，贵客远道而来，我们得先好好接待才是。"

采采听姨姆如是说，心中也渐渐安定下来，知道母亲必然无恙，现在不过是看能不能在保全小水晶宫的情况下救出母亲罢了。当下失笑说："看我！为了自家的事情，把大伙都撂在这里了。今晚安排筵席，定要好好谢谢各位。"

桑谷隽笑道："你这么说可就见外了。"

萝莎道："小水晶宫太过狭小，不如暂且上岸摆个芙蕖宴如何？"

当晚，在小相柳湖旁边，篝火耀得小相柳湖犹如白昼。有穷商队除了雒灵，清一色的都是男人；水族则是清一色的女子。酒后欢歌笑语，其乐融融。有莘不破借着醉意，问采采道："有个问题我憋好久了，你们族里怎么一个男人都没有啊？"

采采喝红了脸，道："我不知道！"又问萝莎道："姨姆，为什么我们族里一个男人都没有啊？"萝莎被她问得张口结舌，满脸尴尬。阿芝提着酒瓶摇摇晃晃地站了起来，说："我……我知道……"

滴酒不沾的萝灆一把把她扯到自己身边，冷冷道："你醉了。"

"醉？我没醉。"

"没醉？"萝莎提起一个酒瓶就往阿芝口里塞，"那就多喝点！"

众人哄笑声中，芈压骑着驺吾，跃进篝火中跳起舞来；雒灵软软地倒在有莘不破怀里；桑谷隽醉眼模糊地望着西方；江离仿佛不胜酒力，伏在地上一动不动。

羿令符呢？

有穷商队这个夜晚唯一没喝酒的男人在无人处、寒风中，伴着一条巨蛇看月色。

第四章
水神共工怒触不周山后的千年遗祸

密谋

采采一觉醒来，头痛欲裂。

这是她第一次这么疯狂地喝酒，这也是族人第一次这么尽兴地狂欢。以往在母亲水后的约束下，水族一连十六年来都平静得有些死寂。如果不是有穷商队那几个尽管有些醉却仍能管束属下不得越礼的长老，如果不是有穷商队一向以纪律严明著称，这些寂寞的男人和寂寞的女人只怕会搞出更多难以善后的事情来。

不知什么时候，她和所有醉了的姐妹一起，回了小水晶宫。姐妹们、姨姆们，不是醉倒了就是歇下了，小水晶宫静悄悄的。通往小水晶宫的甬道已经关闭，隔绝了水那边的数百个精力充沛的男人。采采赤着脚，无意识地走着，穿过分水壁，一股凉意把她冻醒了。

她渐渐上浮，渐渐清醒。湖面渐渐近了，透过数尺湖水，她看见湖岸略有红光，那是篝火的余烬吧。

那火光渐渐远去、模糊，一股潜流把她送到湖的对岸。明月如镜，湖水清冷。采采想起了那个偷窥自己的少年，想起了被他偷窥时那种羞耻的快感，心中渐渐热了起来。她闭上了眼睛，幻想着。不久，仿佛真有一双结实的手臂环住了她，有一个宽广的胸膛隔着淡薄的绸衫让她凉飕飕的背脊有所依靠，有一双粗糙的手掌捧住了她的一对酥乳——采采蓦然清醒过来，睁开她的双眼：这不是幻觉！她可以感到背后那股既熟悉又陌生的火热，那股曾经让她又爱又怕的火热。

采采电一般抓住他的双臂，抓得死紧，她发现他手臂上的皮肤很有弹性。颈项一点瘙痒，那是他的胡喳么？耳垂传来一阵微微的疼痛，他正吻着她，由于毫无技巧，不懂得活用舌头和避开牙齿，以至于让她有些疼痛，但她也不讨厌。

“你是谁？”采采终于问了出来，抱着她的男人一阵颤抖，喘息着不说话。

“你是谁？”采采又问了一句。她希望他回答，又怕他回答。

“我……”男人才说了一句话，突然声音一窒，似乎一股力量把他拉离了采采。

采采死死地抓住他的右手不放，在水中一转头，她终于看到了他：好年轻的一个大男孩，容貌很陌生，但却让采采感到似曾相识。

年轻人拼命地踢腿，企图抛离缠在脚上的水草。但他非但没能把这水草抛离，反而惹来更多的水草向他缠来：双手、双脚、肩头、膝盖都缠了个结实。

“水草……是江离布下的！”采采醒悟了过来。

那年轻人被江离的水草缠上，就像一只蜜蜂落入蜘蛛网，越是挣扎，缠得越紧。他似乎也悟到了这个道理，两手虎口张开，抵抗着水草的拉力，慢慢虚抱成圆。

“水镜之遁……”这个借水逃遁的小水咒采采认得的，她明白他要逃走，赶紧伸出右手，插进他的两个虎口之间，把少年凝聚起来的气打乱了——她还不想这么就让他走。少年讶异地看着她，突然呼的一声破水之响，少年被一股力量抛出水面，跌在湖滩上，他抬起头来，月下一袭青衫，衣襟飘飘，如梦幻中人。

“这人不好惹。”少年想着，坟起两臂肌肉，就要把缠满全身的水草挣断，却听采采尖声叫道：“不！”

少年听到她这声音，惊惶得连运气也忘了，先向她望去，只见她望着某处叫道：“别射！别伤他！”顺着她的眼光，少年看到了一双鹰一般的眼睛，一个腰盘巨蛇的男人，一支扣于弦上的羽箭。“她在关心我。”少年心中一阵安慰，耳边嗖的一声响，便再无知觉了。

采采慌忙向他爬来，却不见他身上有丁点伤痕。

“放心吧。”江离说，“他只是晕了过去而已。羿兄出手向来是有分寸的。”

采采才把心放下，又听江离问道：“你认识他？”

采采不觉双靥发热，摇了摇头。幸而江离并没有问她不想回答的问题，只是说：“那你打算怎么处理他？”

“我不知道。”

“我会处理。”这个嘶哑的声音把采采吓了一跳，她回头一看，萝莎姨姆踏水而出，走到岸上，把被水草捆成一团的少年提了起来。

江离道：“这家伙多半是因为觊觎采采才出现的，也算是水族的事情。这里既有长老主持，我等告退。”青衫随风飘远，鹰眼也消失在夜幕之中。

采采叫道：“姨姆……”却不知道说什么好，心中暗暗担忧：刚才的事情，不知道姨姆看见没有……

萝莎手起处，两三下把少年身上的水草扯掉了，拇指按住他的人中。不一会儿，少年幽幽醒转，眼睛一睁开，看到萝莎，挣扎着往后急退，手臂坟起，震断了缠住自己的水草。

“你今年几岁了？”萝莎嘶哑着声音问。

少年不信任地看了看她，又看了看采采，这才说：“十七。”

采采心中一跳：“十七……他比我还小两岁啊。”

“十七……”萝莎闭起眼睛，似乎在盘算什么，突然睁开眼睛说，“你是小涘（sì），还是小方？”

少年讶异地睁大了眼睛，瞪着萝莎说：“你！你怎么知道我和小方的？我从没见过你！”

采采心中又是一跳："小湊……原来他叫小湊。"随即见他昂头道："我是洪湊伯川！小湊是我长辈才叫得的！"

萝莎凄冷一笑，道："洪湊伯川！哈哈！是你爹爹叫你来这里的，是不是？"

少年洪湊伯川道："我为什么要告诉你？"

萝莎微微皱眉，采采劝道："这是我姨姆，她问你话……"

少年却打断她问道："你知道我名字了，你呢？你叫什么名字？"

"你不是一路跟着我的吗？没听我的朋友怎么叫我么？"

"我不敢走近你，"洪湊伯川有些惭愧，"你身边那几个家伙好厉害啊。"

"所以你用了幻月？"

少年点点头："对不起，我一开始并不是故意要……"他看了看萝莎把"偷看"二字吞进肚子里，但采采却明白他在说什么，红着脸说："算了，我，我不怪你。"少年大喜，道，"那……"

"行了！"萝莎打断两人的谈话，又问了一句，"你父亲呢？他是不是在附近？"

洪湊伯川不喜欢眼前这个老女人，但看了采采一眼，终于道："不是。我跟我爹爹分开有一段时间了。"转头又对采采说："那天在那怪老头的洞外，我们看到一团荀草，爹爹让我跟上来看有什么古怪……"

"啊！你是从那时就开始跟着我了啊？"

洪湊伯川道："后来鲐鲐鱼出来的时候，我、我有好几次要出来。"

"那你为什么不出来？"

洪湊伯川低着头不说话，萝莎不耐烦道："你爹到底在不在附近？"

洪湊伯川怒道："你这女人！干吗老来插嘴？"

采采道："小湊，别对姨姆无礼。"

"你还没告诉我名字。你告诉我，我就告诉她。"

"我叫采采。"

"采采，采采，真好听。"

萝莎截口道："别对采采胡思乱想！你们俩不能在一起的！"

洪涘伯川怒道："为什么？"

萝莎道："你问你父亲去。"

"和我父亲又有什么关系？他又不认得采采。"

"谁说他不认识？"

两个年轻人听到这句话都愣了。萝莎道："这件事以后再说。我再问你：你爹爹到底在哪？"

洪涘伯川道："就在这附近不远吧。"

萝莎问道："他知道小相柳湖？"

"小相柳湖？你是说这个湖吗？这名字和我们住的大相柳湖好像啊。不过我们大相柳湖可比这里大多了。不过我想我爹爹应该不知道这里吧。"洪涘伯川转头对采采说，"我一路都给爹爹留了记号，但又不想给他跟上，所以弄了点小窍门。"他狡猾地笑了笑说："所以他找不到我，但我却可以找到他。"

萝莎哼道："尽懂得这点小聪明。我问你，如果让你把他带到小相柳湖，需要多久？"

洪涘伯川向萝莎做了一个鬼脸："我暂时不想见他！再说就算见到他，他也未必肯来。"

萝莎道："见到他以后你就告诉他：采采的母亲被困在碧水水晶里了。他一定会来的。嘿！就算没有这句话，他也会来的。"

洪涘伯川不知道这句话是什么意思，采采却有些激动起来："姨姆！他，小涘的父亲……"

"没错。世上如果还有一个人能够把水后从水晶中安然无恙地救出来，就是他父亲。"

采采挨过来握住洪涘伯川的手，却说不出话来。

洪涘伯川道："你妈妈出事了？"

采采点了点头。

"好，我这就去找我爸爸。"洪涘伯川爽快地说。

采采喜极而泣，萝莎却突然道："等等，你父亲到了以后，让他先到这里见我。记住，我叫萝莎。”

洪涘伯川奇道：“为什么？”

萝莎道：“不必问，你父亲自然知道。”

洪涘伯川道：“我们到了这里以后，怎么通知你？”

萝莎道：“你父亲自然懂的。”

洪涘伯川道：“你这个女人，古古怪怪的。”

萝莎道：“废话少说。就快天明了，你可以出发了。你估计多久可以回来？”

“明天傍晚之前。”洪涘伯川说，他看看采采，却有些不舍。

采采道：“早去，便早回。”

洪涘伯川喜道：“不错。”又深深地看了采采一眼，接着飞身入水，借一道潜流遁去。

“萝莎姨姆，”看着他远去的方向，采采道，“他父亲真能救妈妈出来？为什么萝滥阿姨她们不说？她们不知道吗？”

“别问了，我的小公主。”萝莎道，“你所有的疑问，明天都会知道答案的。不过，在此之前，你要答应我，不能将这件事告诉任何人！包括萝滥姨姆、阿芝，包括你所有的姐妹和姨姆！”

“为什么？”

“你不想救水后了？”

采采沉默了一会，终于说：“好吧。姨姆，我相信你。”

“采采，我的小公主。我不会背叛你的，不会背叛你在‘白露’铜车上许下的心愿。”萝莎望向那渐渐发白的东方，“明天……我们十六年的寂寞，十六年的错误，将一并随这湖底的暗流逝去……这样的日子，希望再也不要回来……”

日上三竿。小水晶宫。

水族的长老执事们共聚一堂。这群人最老的是萝滥，已过花甲之年；而最年轻的阿芝则刚刚年过三十。采采没来，正在酣睡，这让萝滥啰唆了好一会。不过对萝滥来说，这样也好，因为萝滥等人还不打算把水族最大的秘密告诉她，打算让水后以后告诉她。

她们现在正在商议三件事：如何救出水后；如何躲避大敌；如何对待有穷商队。

虽然有穷商会驱逐了河伯，但萝滥仍然对萝莎支持采采借助外力感到不满。而对采采使用过大水咒更是深怀忧虑。“如果水后在此，她一定不会同意这样做的！”萝滥实在不想让水族和外界发生太多的联系，她是水后决策的忠实执行者，尽管有穷商队帮水族收复了家园，萝滥对此却并不十分感激，因为水族并不是没有对抗河伯的力量，她们退却，只是因为水后要求她们克制。因此对有穷商队的礼貌，萝滥更多的是顺应了采采的意愿，而不是真的对有穷怀恩。

“水后就一定是对的吗？”萝莎嘶哑着喉咙说。这句话所造成的震撼，就像一块巨石投进了沉寂一十六年的古井。

“你这是什么话！”萝滥愣了一下。

萝莎道：“我说我们依着水后的旨意在这里忍了十六年，也许根本就是错误的！”

“你！你竟然敢说这样大逆不道的话！”吃惊过度的萝滥几乎咆哮了起来。其他人见两位长老起了争执，也都惊愕得不敢开口。

“在这里的人，都不是小孩子了。十六年前的事，大家都知道，是吗？”面对首席长老的愤怒，萝莎竟然毫不退却。

“水后才被困，你、你就……你想造反吗？”

“造反？”萝莎冷笑道，“现在水后被困，不能出来，采采就是最正统的继承人。”

“水后还在！”

“那采采就是暂时的继承人！”

“那又怎么样？”

萝莎缓缓道：“在水后脱困之前，我会贯彻采采的意志，帮她完成心愿。”

萝滥一愣，问道：“采采的心愿？她有什么心愿？”

萝莎笑了：“阿芝，采采的心愿你知道的。你来说。”

阿芝迟疑着，萝滥催促道："快说啊！采采有什么心愿？"

阿芝鼓起勇气，终于说："采采原话是这样说的：'出来以后，看见这么广大的天地，看见这么雄伟的山河，我就知道自己再也不可能回到那个阴湿的地方躲一辈子！'"

在场所有人一听，都愣住了。

萝莎续道："采采说，无论十六年前发生过什么事情，无论未来会怎么样，她都不愿让我们水族再这么窝囊地活下去！"

萝滥气急败坏道："这！这怎么会？"

"采采一醒，你就可以去问她！"萝莎道，"其实，这不但是她的心愿，更是我们所有人的心愿，不是吗？"

萝滥道："胡说！怎么会是我们所有人的心愿？我们，我们水族……"

"不是我们水族！是我们水族的女人！"萝莎打断她，"昨天晚上那个有莘不破问我们：'你们水族为什么只有女人？'哼哼，这真是一个凄凉的问题，不是吗？十六年了！为什么？我们为什么要为了平原上那些和我们全不相干的人，而背弃我们的男人？"

萝滥气得几乎喘不过气来："你、你……"

萝莎道："难道我说得不对么？"

萝滥道："水后有命，这件事情，不得谈论！否则以叛族罪论！"

"不准谈论？"萝莎凄然笑道，"是为了不让采采等小一辈的人知道吧？可是这里没有小一辈的人，这里全都是经历过十六年前那件事情的活寡妇、老处女！"

听萝莎用了这么难听的词语，萝滥等吓得呆了。

"何况，你看看我们水族的人口！十六年来，只有老死而没有新生！再过几十年，也不用等外敌入侵，我们水族就自己灭亡了！"萝莎的情绪就像决堤的山洪，一发不可收拾，"十六年了。我们在这阴冷狭小的地方忍了十六年！为什么？到底为了什么？我们都是女人啊！这里年纪大一点的，谁没有自己的丈夫？谁没有自己的情人？可是十六年来，我们却得夜夜抱着冷冰冰的枕头忍过去！你们看看阿芝，看看她的眼角，当年她离开大相柳湖时，还不到十六岁，可现在，她也有皱纹了！大长老啊，难道你已老得连夜里那种冰冷空虚的折磨都忘了吗？”

萝滥颤声道：“这，我……可是……可是当年……”

“是的！当年是我们大家都同意的，但那是因为我们根本没想到那些男人为了一段几百年前的仇恨，会执著到这样的地步！我们这些女人更不曾想到：离开了他们，我们付出的代价会这么大！采采她们已经长大了。当年，她才两岁半，很多事情都不懂。但现在，她就快十九岁了！她需要什么，大长老你知道吗？我们这些花开季节的小辈们需要什么，大长老你知道吗？男人！她们需要男人！难道你已经老得连年轻时候的光景也忘记了吗？”

萝滥闭上了双眼，说不出话来，良久才说：“不管怎么样，有我在一天，我就决不容许任何人背叛水后的意愿！”她倏地睁开双眼：“你们难道有谁要背叛水后吗？”

所有人都低下了头，除了萝莎，她的神色依然镇定：“没有人要背叛水后。我只是觉得我们十六年来走的路是错的，但前途到底该怎么样，还是要等水后脱困以后才能决定。”

萝滥道：“好，你知道说这句话，总算还是个人！现在最重要的，就是救出水后。萝莎，你说过有穷商队中有人精通精金之芒和重黎之火，是吗？”

“不错，”萝莎道：“不过我们不一定要找他们。水族或许有更好的办法，不但能救出水后，而且保住小水晶宫。”

“荒谬！”萝滥道，“什么典籍？什么大水咒？那都是一时的托词，用来安慰一下采采的托词罢了。那碧水水晶能进去的只有水后，能出来的……就只有那个人！哼！阿芝，通知你的姐妹，收拾东西。再说，采采使过大水咒，有穷商队的动静又这么大，这小相柳湖已经不再是一个秘密了。无论如何这小水晶宫不能住了。还有，今天这个话题谁也不能再提起。一切等救出水后再说！”

众人听说要离开这个居住了十六年的家园，无不依恋不舍，都向萝莎看去。萝莎道：“大长老说得没错，这个地方，我们迟早要离开的。大家收拾好东西。不过不用像上次那样匆忙，大家可以把有用的东西都带上。这次我们不是逃难，是搬家。”

萝滥道：“也不能太拖拉，限一日内收拾完毕。明天一早我们就去找有穷商队的台首，劈开水晶救人。”

阿芝禀道：“可不可以用我们带着太过累赘的东西，像黄金门、化石家具等和有穷商队交换一些必需用品？”

萝滥皱眉道：“他们要来干什么？”

阿芝道：“苍长老说这些东西他们带到平原很有用处。而且有穷送了我们不少胭脂水粉，他们那里又有不少我们急需的衣物器皿。”

萝滥点头道：“好，你去办。也限今日内把事情做完。”

这一天是半年来苍长老最开心的日子了，因为在这个人烟荒凉的地方，居然也有生意做。水族的女人都不大懂得黄金和珍珠的价值，尽管苍长老三令五申，要求有穷商队的伙计们量值交换，但这些女人们还是半卖半送，商队的人赚得盆满钵满，而水族的女人们也皆大欢喜。

当萝滥提出“迁居、破碧水水晶、救水后”的建议时，采采有些奇怪，她看了萝莎一眼，并没有把昨晚的事情说出来，只是问了一下萝莎的意见。萝莎背着萝滥向采采使了一个眼色，跟着便口头上赞成萝滥的提议。于是事情就这样定下了。采采在小相柳湖主持事务，岸上的事情便由阿芝主管。同时她还托阿芝给有莘不破、桑谷隽等人送来一些珍品作为答谢。

傍晚，羿令符守住小相柳湖下流的河湖界口；江离漫步湖边，于旁人不知不觉中，在小相柳湖下流的河湖界口植下水草；芈压缠着水族的掌勺请教厨艺；至于那个不负责任的台首，则和雒灵一起失踪了；桑谷隽恶意地猜度这两人一定又到哪里风流快活去了。

就在夕阳还剩下茄子大小的时候，两个水泡从下流的小河逆流飘来，进入羿令符的视野后，徘徊了一会，一齐破裂消失了。

羿令符眼角精光一闪，一声轻笑，进了鹰眼。

然而羿令符和江离都不知道，河伯逃走时钻开的那个地泥之窍，开始有黄泥涌了出来。

“公主，一切都已经收拾妥当了。”

“好。”

萝灕、萝莎退了出去。采采抱住碧水水晶，把脸贴在水晶上，轻轻呼唤着：“妈妈，妈妈，明天你就能出来了……”

“采采……”

一个陌生的声音在身后响起。采采吓了一跳，转头看见了一个陌生的男人。只是一眼，采采就被他的眼睛吸引住了。

他是谁？为什么这双眼睛这么熟悉？但我分明没有见过他！

这双眼睛，竟让采采一时间连这个男人左手边的洪涘伯川、右手边的萝莎也没有注意到。

死里逃生

桑谷隽冤枉了有莘不破。因为这几天刚好是雒灵每月一次的不舒服期，所以两个人并没有躲到哪里风流快活。有莘不破失踪，只因为发现雒灵不见了。

“她会到哪里去了呢？”

经过九尾一役，有莘不破早已深知雒灵的本事，她绝不是一个会被人无声无息掳走的人，她在这种情况下不见了，只有一个解释：她自己躲了起来，不想让别人知道。

因此，有莘不破也不想借助江离或者羿令符的能力来寻找雒灵。在商队找不到雒灵以后，他开始向湖西的山坡走去。凭直觉，他认为那里有人。有莘不破的直觉半准半不准，山坡上确实有一个人，但不是雒灵，而是一个男人。一个完全陌生的男人。

桑谷隽的座车“无碍”响起敲门声。

“请进。”

一个女人应声走了进来，桑谷隽一愣，说道：“阿芝姐姐！你怎么来了？”

“不欢迎？”

“不，哪会呢！”桑谷隽忙站了起来，顺手抚平了褶皱的衣领，“请坐。”

“小公主，嗯，采采她让我给你们送一点礼物。”阿芝从怀中掏出两枚珍珠耳坠，“她说，祝你早日找到那个风一般的女孩子。”

桑谷隽礼貌地接了过来，道了谢，又笑骂了有莘不破一句：“这家伙真是多嘴。”心想采采知道这事，肯定是有莘不破在背后嘲笑他！

“其实，我真的很羡慕你们。”阿芝坐了下来，“你们真好，有这么好的朋友、这么好的兄弟，可以四处周游。”

“你和采采也很要好啊，小相柳湖又这么漂亮，是一个生活的好地方啊。”

阿芝苦笑一声，说：“我们有我们的苦处。”

“阿芝姐姐……”

“不要叫我姐姐。好么？”

桑谷隽迟疑了一下，点了点头。阿芝微微一笑，道：“明天，我们可能就要作别了。”

桑谷隽惊道：“为什么？”

“长老已经命我们收拾好东西，明天救出水后，马上就离开，寻找另外一个小相柳湖住下。”

桑谷隽有些黯然，但知道这是她们族内的事务，也不好多说。

阿芝取出一个青石瓶子，道：“这是用蘡薁酿成的浊酒，肯陪我喝两杯么？”

“你好。”有莘不破向那个陌生男子作揖，脑中飞快地转着念头：“这人是谁？”

如果在中原，遇到什么样的人都不奇怪，但在这大西荒，在这小相柳湖畔，本该是人迹罕至才对。突然遇见这样一个气宇轩昂的男人，不免让有莘不破怀疑他是否便是水族那个从未露面的大敌。

“你好。”男子并不起身，依然坐在那块巨岩上，半躬身回礼。这男人并不能说是英俊，也不能算是强壮，但他的身体却找不到一个令人批评的地方，甚至会给人一种完美无缺的感觉。他也算知礼，但有莘不破却对他产生了一种没来由的厌恶。

“我叫有莘不破，不知道先生如何称呼？”

“我叫都雄魁，道友们有时候也称我为无瓠子。”

“都雄魁……无瓠子……”有莘不破心中咀嚼着这两个名字，却没有什么确切的印象。

都雄魁道：“小哥来时左右顾盼，莫非到这里是来找人？”

有莘不破道：“不错，前辈有没有见到一位女子经过这里？”

“女孩子？”都雄魁笑道，“是心宗的那个女娃儿么？”

有莘不破心中一跳，这个都雄魁知道的事情看来比他预料中要多得多，但他至今对这个人一无所知，甚至完全看不出他的深浅。都雄魁并没显出一点逼人的气焰，但有莘不破却惴惴不安。这种情况，只有在遇到季丹洛明的时候才有过，难道眼前这个都雄魁竟然是可以和季丹洛明并肩的大高手？

“你好像有些不安。”都雄魁微笑着，仿佛有莘不破里里外外都被他看得透彻，“我并没有透露出任何气息，你小小年纪，居然就能察觉危险，伊挚有个好徒弟啊。”

“前辈是家师的朋友？”

都雄魁道：“认识是认识，朋友却谈不上。”

“此处荒凉旷莽、人迹罕至，前辈是居住在这里的么？”

都雄魁微微一笑道：“你不必用言语试探了。我明白告诉你：我是冲水族来的。”

有莘不破心中一跳，口中说：“听说水族有件宝物，前辈是为那个而来的？”心中却忖道：不知他的真实本领如何，找个时机试试他。如果真的那么厉害，就引他下山，汇合江离他们再和他斗。

都雄魁哈哈一笑，道："也是，也不是。"

有莘不破听他说得模棱两可，微微皱眉，心中牵挂着雒灵，于是又补问了一句："方才晚辈向前辈打听的那个少女，听前辈的语气，似乎曾经见过。"

都雄魁道："见过是见过，不过那是十几年前的事情了。"

有莘不破听他说得漫无边际，心中不快，偏偏一直摸不透他的深浅，当下道："既如此，晚辈寻人心切，告辞了。"

都雄魁笑道："你到了这里，还想走么？"

有莘不破忖度对方的深浅，心想这人多半不是夸口，自己孤身在此，未必斗得过他。此刻若是江离在此，一定先试探出这男人的渊源；若是桑谷隽在此，多半是一边胡说八道，一边安排陷阱；若是羿令符在此，要么离开，要么干脆就动手，根本就不会有那么多的话。有莘不破却道："此刻狭路相逢，难道前辈想拿晚辈开刀？"

都雄魁淡淡道："我万里西来，有两件事情，一件就是为你。不过竟然遇到独苏儿，而她居然回护你，倒也是一件奇事。"

都雄魁这几句话让有莘不破听得稀里糊涂。独苏儿是谁，他更不认识了。

都雄魁却没有向他解释的意思，自顾自道："你若一直待在有穷商队，我碍着独苏儿，也不好冲进去把你做了。不过你居然独自一人跑到我跟前来，嘿！肉在俎上，不割不快！"

都雄魁眼睛精光暴射，有莘不破只觉得喉咙的肌肉一紧，竟有些呼吸不畅，心中大是恐怖，抽出了鬼王刀，凝神待敌。

都雄魁还没有出手，只是一股杀气散发开来，就逼得有莘不破用尽全身的力量才勉强站稳。

"我能挡得住他吗？"到此境地，有莘不破已经知道这人绝不是虚张声势，"必须要撑到江离他们过来。"

阿芝那个酒瓶却是一件宝贝，虽然只有手掌般大小，那酒却怎么也倒不完。阿芝说，里面可以储上两斗酒水。桑谷隽对一个温柔女子的劝酒根本就无法拒绝，他的酒量却也一般，不多时便觉得眼前的人影有些模糊了。两人放开了话头，天南地北地胡扯。

“桑公子……我叫你小隽好吗？”

“嗯，阿芝姐姐。”

“别叫我姐姐，叫我阿芝。”

“嗯，阿芝。”

“嗯，热……”

阿芝把外衣脱了下来，卸了发簪，只剩下一件小衣，有些歪斜的桑谷隽也没有在意。

看着醉眼蒙眬的桑谷隽，阿芝慢慢地挨了过去。十六年了，萝莎姨姆说得对，她们寂寞得太久了。

“小隽……”只穿着小衣的阿芝，把手慢慢向桑谷隽的衣扣伸去，她的手，在颤抖。

桑谷隽没什么反应，只是醉醺醺地和阿芝靠在一起。

“小隽……”阿芝贴着他火热的脸皮，樱唇慢慢地靠近。

“啊！”桑谷隽突然像被针扎到一样跳了起来，闪电一般冲了出去。

阿芝愣了好一会，这突然的变化让她完全醒了过来。她呆住了，两行眼泪垂了下来，趴在地毯上，屈辱地哭了起来。

“为什么？为什么？我就这样不堪么？”

桑谷隽的举措，并不像阿芝所想象的那样，刺激他的是西山坡上传来的杀气，可怕的杀气！

是谁有这么强横的力量？还有有莘，他的气息也正从西山坡传了过来，但和那股杀气一比，有莘不破的气息在桑谷隽看来便如同千钧巨石下一颗岌岌可危的鸡蛋。

“姓有莘的笨蛋！无论如何千万要坚持住啊！”

在都雄魁即将出手的那一刻，有莘不破几乎已经陷入绝望：这股可怕的杀气让他知道，对方决不会容他拖延时间，一旦出手，就是一击必杀的绝手！

“算了！拼个同归于尽吧！”

就在这一触即发之际，石罄轻响，一人踏歌而近，如同一阵细雨打湿了这个黄昏。都雄魁皱了皱眉头，原本布满天地的杀气也被这歌声冲淡了。

一株古木之后，一人转了出来，却正是几天前他们救起的盲者师韶。有莘不破愕然，不知他为什么会在这里出现。师韶也不说话，也不招呼，歌声不断，拉起有莘不破就走。都雄魁竟然也不追来。

两人走出不知多远，待背后都雄魁的杀气已经消散得一干二净，师韶这才止步歇歌，松了一口气。

“谢谢。”有莘不破说。他虽然对都雄魁为什么不追来有些不解，但隐约也猜到是因为师韶自己才得以无恙。难道这个师韶竟然是个深藏不露的高手？

师韶说：“你怎么会惹上这个人？”

有莘不破苦笑道：“我自己也不知道。”

师韶道：“他居然忍住了不出手，嗯，多半这附近还有什么令他忌惮的人，而他又没有将我们一击必杀的把握。”

有莘不破道：“好像这附近有个叫什么独苏儿的人。”

师韶惊道：“独苏儿！”

有莘不破道：“你认识他？”

师韶叹道：“不认识，只是听说过。”

“他是什么人？”

师韶道：“独苏儿就是当代心宗宗主的名字！”

有莘不破惊道：“心宗？四大宗师中的心宿？”心道：心宿多半就是雒灵的师父，如果真是心宿到了……嗯，是了，那都雄魁不是说“独苏儿居然回护你”吗？看来多半是她老人家因为雒灵的原因，推爱回护我了。由于雒灵的缘故，有莘不破对这个被世俗中人呼为“心魔”的心宗宗主并无恶感。

他正在想着，却听师韶道："真是奇怪，两大宗师齐聚这荒芜之地，到底是为了什么？"

有莘不破奇道："两大宗师？"

师韶还没有回答，突然听桑谷隽的声音顺风传来："有莘不破，你在哪里？死了没有？"

有莘不破心中一宽，高声应道："我在这里！"

师韶道："你朋友来了，我先告辞了。"

有莘不破扯住他道："你到底要躲到什么时候？"

师韶道："你又不让他杀我，我就这么待在他身边不尴不尬……"

"我不是说你躲避桑谷隽，"有莘不破道，"你真正逃避的，是你自己，对吧！"

师韶呆住了。就在这时，山峦一声鹰鸣，左右林木沙沙响动，跟着桑谷隽从地底冒了出来。有莘不破看了看天上的羿令符、树上的江离，再看看眼前的桑谷隽，心头一热。

桑谷隽一拳揍了过来："小子你没事吧？你到底惹了什么麻烦？那发出杀气的家伙呢？咦？"他将师韶上下打量："你怎么在这里？刚才那杀气，不是你的吧？"

师韶苦笑一声，摇了摇头。桑谷隽道："我看也不像你。"

有莘不破道："你别这样。大姐姐的事情我看多半另有内情。"

桑谷隽冷笑道："我自然知道另有内情，否则早把他宰了。不过他再这么闭口不提，我什么时候忍不住也一样宰了他。"

有莘不破道："别这样好不好。好歹他救了我，你看在我面子上客气一点点。"

桑谷隽奇道："他救了你？"

有莘不破道："我们先回商队再说吧。"突然想起一件事情来："雒灵和芈压呢？"

江离道："雒灵不知道，芈压见机较慢，但也赶来了。喏，看见没有，来了！"

有莘不破向山下望去，这时天色已经全黑，一头驺吾驮着一团火光，踩着树梢飞跃而来。

“还好，大家都没事。”有莘不破心中记挂着雒灵，但想她有师父在附近，多半没什么大碍，当下众人结伴下山，到了山脚，一个窈窕的人影扑了上来，钻进有莘不破怀里，正是雒灵。两人胸膛相贴，有莘不破只觉得她心脏跳得厉害，安慰道：“别担心！我没事。”

江离悠悠望向别处，桑谷隽嘲笑道：“喂！你们两个当我们都是死人啊！要亲热回‘松抱’去！”

都雄魁望着有穷商队所在的方向，眼神闪烁不定。

“你失信了。”月光中，一块巨石后面披下一条若有若无的人影。

“这个小子我迟早是要宰的。我只是答应你暂时不动他。”都雄魁冷笑道，“但他居然自己送上门来，嘿……倒是你，把大徒弟送到大夏王身边，又让小徒弟跟了这小子，哼！首鼠两端，未必会有好结果！”

岩石后面的人笑了，道：“她们两个和意中人相遇，我事先都不知道。她们坠入爱河，我也干涉不了。不过，做师父的偶尔帮帮徒弟，不应该么？”

都雄魁哼了一声。岩石后面的人道：“这次的事就算了吧。不过希望没有下一次，否则我们的约定就此中止。”

“师韶的歌声，刚才你听见没有？”都雄魁显然也不想在那个话题上继续纠缠。

“没有。怎地？”

都雄魁道：“那歌声居然让我有无懈可击的感觉。”

“哦？比登扶竟如何？”

都雄魁沉吟了一会，道：“还差一点。”

“一点？那是多少？”

都雄魁道：“如果他突然悟透了，那我就真的对他没把握了。”

岩石后面的人惊道：“他居然达到如此境界了？”

都雄魁道：“这也没什么好奇怪的。登扶竟已经老得快走不动了。新一代的乐正，想来也该出来了。嘿，有他在这里，再加上那几个小辈，应该能应付得了，不如这件事情就交给他们去干，你我作壁上观，乐得清闲，如何？”

“只要不误了我们的事，怎么样都行。”

“那好，”都雄魁笑了，“就这样定了。”

铜车，鹰眼。

都雄魁的杀气并没有造成很大的骚动，因为要感受到这股杀气的可怕，需要相当高的修为。四长老隐隐感觉到了，经羿令符安抚，也各自安心去了。

“都雄魁……”听完有莘不破的叙述，桑谷隽喃喃自语，“好像没听过。那家伙真恐怖。如果我和你易地而处，实在没把握能挡得住他三招两式！只是他既然动了杀意，为什么又放过你？难道真是因为这个家伙？”说着往师韶瞄了一眼，又道：“独苏儿又是谁？”

雒灵听见这个名字，眼皮一跳。

有莘不破又把师韶的话重复了一遍，众人听说心宿来了，无不骇然，一时都把眼光聚集在雒灵身上。

芈压问道：“雒灵姐姐，那……是你师父来了吗？”雒灵垂下眼光，点了点头。

江离突然叹息道：“我知道都雄魁是谁了。无瓠子……唉，师父提过的，我刚才竟然一时没有想到这个号！”

桑谷隽道：“是谁？像这样厉害的人，听过就不应该忘记的！”

江离道：“那只是因为他另一个外号太有名了。”

有莘不破道：“另一个外号？”

羿令符道：“莫非是夏都那个……”

“不错。”江离道，“就是桑兄要报仇的那个最大障碍。”

桑谷隽听得几乎跳了起来：“是他？”

芈压不悦道：“你们打什么哑谜？”

桑谷隽道：“血、血……”

芈压惊道：“血魔？”这个名字说出口，不禁打了个冷战——小时候他母亲就是用这个名字来吓他睡觉的。

羿令符道："这个名字大家知道就好，以后不要再提了。"

有莘不破心道：怪不得师韶刚才要说两大宗师。嗯，此刻车内坐的个个是名门子弟，江离和雒灵的师父更和那个都雄魁齐名，不可能不知道无瓠子，想来是血魔的同辈高手对他的名字也不愿轻易提起。又想起师韶对心宿和血祖的底细好像知道得比江离还要清楚，料定他的来头也不小。

这个念头才闪过，就发现江离正打量着师韶，而桑谷隽更直接问了出来："心宿前辈我们只是听过她的号，你却连她的名字也知道！还有那个血、那个无瓠子！好像你也认识。你到底是什么人？"

杀人的音乐

桑谷隽喝问道："你到底是什么人？"

师韶苦涩地笑了笑，说："我是一个瞎子。"

桑谷隽一听，抡起拳头就想揍他，却听有莘不破喝道："你到底要逃避到什么时候！"

师韶道："逃避？我？"

"难道不是吗？"

"我在逃避谁？"

"你自己！"有莘不破大声道，"你逃避的就是你自己！"

师韶默然半晌，喃喃自语，突然似乎想到什么事情，解下了背囊，取出一具弦器来，那弦器长八尺一寸。师韶的背囊看来又瘪又窄，竟然取出这样一件大物！但有莘不破等见怪不怪，心知这背囊多半附有内里乾坤的方术。

芈压久在南荒，但祝融城与中原广通声气，因此年纪虽小，见识也颇广，道："这是瑟么？怎么这么长？而且这弦也太多了吧。我家里那个只有五尺半二十五弦。"

师韶拨弄丝弦，调校宫商，顺口道："这是古瑟。伏羲氏[①]作瑟，本有五十弦。轩辕氏[②]曾命素女[③]鼓之，闻者哀不自胜，乃破为二十五弦。瑟长五尺半，不是正器。"师韶自顾自地说着，似乎是在回答芈压的问题，却又不管对方是否听得懂。弦声渐渐流畅，师韶的神情慢慢沉醉，回到了一开始的话题："我真的在逃避自己么？一个瞎子……"

音韵飘散，如烟如雾。

"为什么我注定要失去光明？我不懂。看！那就是我——那个孤单单的小男孩，在寒夜中不知在寻觅什么。这个时候，我很勇敢啊！赤着脚，就敢摸着看不见的世界到处走！人家说天上有一轮月亮，会陪伴每一个在夜里孤独的人，我看不见它，只能靠着幻想：人家说月是圆形的，圆形是什么？是不是滑溜滑溜的那种感觉？人家说月是白色的，白色是什么？是不是冰冰凉凉的那种感觉？人家说月是遥远的，遥远我懂得——那是一种玄虚寂寞的声音……"

弦声突破了听觉，让在场的人产生幻视，看见了一个什么也看不见的人心里的想象。

"其实在我心里，那个月亮不是白色的，而是冷冷的——虽然我看不见它，可是能够听到……"

幻视又转为幻听，众人果然听见月亮冷然之声。

"我苦苦流浪，直到那天遇见了另一个人——他看不见，可他听到的东西，比任何人看到的更多！他说他的名字，叫做登扶竟！"

江离和雒灵对望了一眼，心想："果然！"

"他收我做了徒弟，因为他从我的脚步声中听出了我对音乐的禀赋——当时他是这么说的。"

---

① 伏羲氏：中华民族人文始祖，是我国古籍中记载的最早的王，所处时代约为新石器时代早期，他根据天地万物的变化，发明创造了八卦，成了中国古文字的发端，也结束了结绳记事的历史。

② 轩辕氏：相传黄帝姓公孙，出生于轩辕之丘，故号轩辕氏。

③ 素女：中国古典音乐的开山鼻祖和性爱女神，性感妩媚，仪态万方。传说素女以琴瑟之声滋润造福万物生灵，并向黄帝传授房中术。其传世的《素女经》似为西汉到魏晋间人士托名所作，名扬中外。

乐音一变，由苍凉凄冷转为繁华雄劲。

“我跟随着他，到了夏都。那时候，正是夏都最繁荣鼎盛的时候。当时我不明白，在这样的盛世，师父的钟磬为何却传出那样不安的声音！直到很多年后我才知道：那时我能听到的，只是声音的表象，并不能听到那盛世之音下面的隐患。我到夏都以后不久，东方传来一个消息：大夏王的精锐在空桑城全军覆没。从那时候开始，本来已经难以维持的平衡因势而破，汇聚在夏都的祥云开始离散。当然，那时候我还不懂这意味着什么。”

在瑟幻中，有莘不破看见伊挚终于下定决心离开夏都，再度回到东方；江离看见祝宗人封闭了九鼎宫出走；羿令符看见有穷饶乌乘机逃离这个对其充满猜忌的朝廷；雒灵看见山鬼脱离镇都四门，投入心宗……

“我倾听着大夏王都乱糟糟的声音，却理不出头绪来。师父说：‘耳之情欲声，心不乐则五音弗听。’我可听不出夏都当时有什么可乐的地方啊，但到处还是歌舞升平。

“但这些对当时的我来说不是什么重要的事情，因为那时候我还是一个小孩子啊。对我来说，最重要的是能吃饱穿暖，有得玩，而夏都满足了我的这一切需求：我在那个地方不但可以喂饱自己的肚子，还可以把玩各种各样的乐器。

“我玩了五年，终于把夏都所有的乐器都玩通了。接着又花了五年的时间，穷究八大方霸、六百诸侯的乐曲。再接着，师父开始传授我帝王之乐：伏羲之《扶来》、神农之《下谋》、少昊之《大渊》、黄帝之《咸池》、颛顼之《六茎》、喾之《五英》、尧之《大章》、舜之《大韶》，以及本朝之《大夏》。

“穷一十三年之力，我终于穷贯古今八域之乐章，自以为和师父差不多了。师父听完我的弹奏，却不说话，只用石磬敲了几下俗调——那竟不像石头里发出来的声音，它让我仿佛看到一个妓女在我面前舞蹈！

“跟着，师父又吹了几声石埙，却如声激石窍，纯出自然。只这几下子，我听得懵了。师父说：‘你的耳朵让乐理蒙住了，所以奏不出真正的音乐！你现在奏出来的乐曲，在我听来还不如你未学乐理前随口哼哼的民谣。’我问师父怎么办，师父却说：‘我知道我当初是怎么过来的，但却不知道你该怎么走下去。因为你要学的是你的音乐，不是我的音乐。’我听了这句话，若有所悟，于是背起了师父所赠的背囊，周游诸国，一路乞食而行，走过旷野、走过都邑，走过酷暑、走过寒冬。一路上听见生欢，听见病苦，听见老恨，听见死亡。

“我偶遇祝宗人，通过他我听见了天外天之恒寂；我误入洞内洞，藐姑射（yè）的叹息让我知道什么叫做命运的无奈；在天山，上代血祖的重生让我体验到人类毁灭性的欲望；在幽谷，独苏儿让我听到了我自己的心。”

所有人都听得怔住了。有莘不破想：原来他有过如此精彩的旅程！然而并不是所有人都会这样体味这个充满艰辛的旅途。江离想：师韶知道的秘密也太多了。上代血祖重生……这可是不得了的大事！然而并不是所有人都会注意到这些细节。

“我找到了子莫首留下的影子，我看不见那个影子，却用触觉感受到了血剑宗留下的剑鸣。我遇见了季丹洛明，把藐姑射的叹息弹给他听，他却听了一半就逃跑了——那天我不知道他正要和有穷饶乌比试，不知道那一声叹息是否影响了他们之间的胜负。”

羿令符心中一紧：“不知那场比试的结局到底如何？”

“周游天下一周以后，我到了亳都，遇见了伊挚，他回到东方以后，再次当了成汤的尹。当时我觉得自己已经大成了。但伊挚听了我的弹奏后不置与否，却亲自为我调羹。我品尝后发现他居然忘了放盐！于是我对他说：‘你忘了放盐。’但话一出口我马上醒悟过来：那正是伊挚对我的评价！”

“放盐？”芈压心想：难道乐理和味道也是相通的吗？

“我在东海之滨苦思了三天三夜，直到我被一个声音叫醒——对！就是那个声音！那就是我音乐的盐！可是我再没有听见那个声音了，既不知道这个声音的来历，也无法把它演绎出来！我苦苦地在海边到处追寻着，可再也找不到那个声音！

“我落魄地回到夏都。这一圈周游，连我自己也不知道经过了多少年。只知道在我离开的第二年，夏王发[①]就驾崩了，新的大夏王履癸刚刚继位。”

桑谷隽心中火气上涌：害死大姐的就是这个家伙！

“新的大夏王更喜欢杀人，也更喜欢艺术。他很喜欢我的音乐。他常常对我说，登扶竟已经老了，老得连钟磬都敲不响。他赏赐了很多东西，任我出入宫殿。我很感激大夏王对我的赏识，但同时对他的威严和斧钺也充满了畏惧。龙逄[②]死的时候，我就在他的身边。我闻着他死亡的味道，战栗不知何以自处，大夏王却笑着让我奏乐！当我违心地摆弄起钟鼓的时候，我突然发现自己的音乐不但缺乏盐，而且连勇气也丢失了——当我还是个孩童的时候，这勇气让我敢于赤足去踏荆棘；可现在一段惨祸就在面前，我却没勇气去演绎它！大夏王宫里飘荡着大夏王的笑声，而龙逄的血腥，则被我所弹奏的盛世之音所掩盖。”

桑谷隽听得咬牙切齿，几乎就要骂他“无耻”！就在这时，一直持续不断的弦声突然断了。师韶脸上的神色呈现出一种紊乱的状态，他不再是回忆，而是深深地陷进了自己的过去。古瑟五十弦一根根地崩断：“那天，就在我离开大殿一路出宫的时候，我听见了一个人的低语。在那个人的声音里，我看到了一只蝴蝶……”

“蝴蝶！”这两个字让桑谷隽压住了自己的怒火。

“嘣！”古瑟最后一根弦终于也断了，师韶空手虚挥虚挑，但乐音非但未曾中断，反而更加婉转！

众人无不心中赞叹：“神乎其技！”但处于回忆旋涡中的师韶却全没有顾及旁人的想法，甚至没有顾及他凭虚弹奏的音乐，他记得的只有那个女子：“那个人的声音在我脑中产生了蝴蝶的幻象，这幻象触及了我内心深处的神秘所在！我从没有过这种感觉，也不知道我为什么会有这种感觉。我待在那里，不知过了多久，我听见了在东海之滨听到的那个

---

① 夏王发：在位11年，他在位时，各方诸侯已经不来朝贺了，夏王室内政不修，外患不断，阶级矛盾日趋尖锐。夏朝进一步衰落。

② 龙逄：夏桀时大臣，因忠谏而被夏桀所杀。这是中国历史上有记载的以死进谏的第一人。

声音——对！就是那个把我从冥想中叫醒而我却再也找不到的声音！我吃了一惊，醒觉过来，才发现自己不知什么时候坐在地上，膝盖上放着一把瑟，而那声音，正是我所弹奏的曲子！我很高兴，我终于把那个声音演绎出来了！

"'是《凤鸣昆冈》么？'发出那声低语的人说。

"《凤鸣昆冈》？啊！原来我那天在东海听见的是玄鸟凤凰的鸣叫啊！我被自己弹奏出来的乐音感动着，迟迟不能说话。不知过了多久，周围再也没有声音，我这才失神地离开那里！"

乐声开始变得缠绵悱恻，令人缱绻无已。

"从那天开始，我每天经过那里的时候，都会在那里演奏一首自己最得意、最贴心的曲子。周围没有声音，但我知道她在听。她再也没有说过一句话，但我知道，她在的！"

桑谷隽心脏几乎就要冲出喉腔：是大姐！他遇见的一定是大姐！

"这样的生活，我多希望能够无尽地过下去啊！虽然这个时代充满了恐怖的血腥，虽然那个地方充斥着粉饰过的污秽！但至少有一个知心的人在听我真心真意的曲子。但是，一切结束得那么快，正如它来得那么突然！那天，在妺（mò）喜娘娘[①]的寝宫里，大王向我下令，让我秘密对一个人使用《催魂》！我不敢反抗，也不敢多问，被侍卫带到一个阴湿的地方。当我到达那里的时候，我听见一个声音对我说：'是你！'我当时几乎崩溃了！是她！是她！为什么是她！"

瑟音戛然而断，整个世界由乐音弥漫突然变成一片死寂！师韶仿佛被什么噎着，脸憋得通红，突然哇的一声吐出一口血来，喷在那五十弦断尽的古瑟上！几个年轻人大吃一惊，江离还来不及上前照看他，瑟音

① 妺喜娘娘：夏朝第十七位君主夏桀的王妃。她是一个创造了中国历史上诸多"第一"的女人：千古第一狐狸精、中国有历史记载以来的第一个亡国皇后、中国第一位女间谍、第一个献物、第一个淫妇。妺喜与妲己、褒姒、骊姬并称为中国古代四大妖姬。妺喜有三个癖好：一是笑看人们在规模大到可以划船的酒池里饮酒；二是笑听撕裂绢帛的声音；三是喜欢穿戴男人的官帽。在她的蛊惑下，夏桀不理朝政，夏朝走向灭亡。

却又重新响起。这次师韶连手都没有动，但众人分明听到一声声很微弱的弦震在耳边轻响。

“我该怎么办？”师韶继续他的述说，“顺从大夏王的命令对她使用《催魂》？还是违抗大夏王的命令和她一起死？听！听！那就是我那时的心跳声！那个怯懦的心跳声！”

但众人听到的不是他的怯懦，而是他的悔恨。

“‘来吧，由你来动手，我很高兴！’她的声音里带着呻吟，但还是那样好听，好听得让人心碎！我像着了魔一样，弹奏起了《催魂》！弹到一半，五十弦全断了！这时，一缕细丝落在我脸上，我轻轻拈下来，换了旧弦，用那细丝做新弦用！”

桑谷隽心中又是一痛，仔细看那把古瑟的断弦，果然是天蚕丝！但不知为什么他突然不恨眼前这个师韶了，或许是因为他发现师韶痛得比他更深！

数十根天蚕丝凌空飞起，在师韶面前搭成一个罗网，师韶手指挥动，拨弄丝弦，流动着的幻乐汇聚成真声。

“‘我叫桑谷馨，很高兴有你陪我走完我最后一段路。’这是她最后的声音！她用这声音告诉我她的名字。这声音，还有这名字，永远永远地留在这弦上了。哈哈，哈哈！”

师韶笑一声，吐一口血，连吐三口血，把天蚕丝弦都染红了。江离有些担忧他的身体，却不知道该不该阻止他，望了有莘不破一眼，有莘不破摇了摇头。

“那天以后，我离开了夏都。在离开之前，我去辞别师父。师父说：‘身为大夏乐正第十六代继承人，不能因为个人的私事而坏了家国大义！’哈！家国大义！我问师父：‘在龙逄的尸体边弹奏《桃青青》，这算不算家国大义？’师父没有说话，因为他无话可说！事实上，自从大夏王屠戮有莘氏以后，师父的音乐便常含悲厌，因此为大夏王所不喜。但他仍坚持留在夏都，希望等到王道有变，大夏再兴。我却已经完全绝望了！不但对这个王朝绝望，更对自己绝望！

“离开夏都那天，我在师父跟前演奏所有他传授我的音乐，一项项地演奏、一项项地忘记、一项项地还给他。我演奏的那些音乐在屋宇、在石窍、在云间——在所有能藏住声音的地方盘旋着。直到我把管吹破了，把钟撞缺了，把弦弹断了，把喉唱哑了——我终于脑中一片空白地离开了师父，离开了夏都。”

师韶停下了手，但空中却传来奇怪的声响。对这声响有莘不破等并不陌生：那是他们在大江上与之战斗的乐声！

“来了！来了！它们又来了！”师韶微笑着站起身来，说道，“这些，都是我在师父跟前弹奏的曲子！它们为什么不肯止息？为什么要盘绕在这个世界上不肯离去？这一定是上天要惩罚我！用我自己的音乐来惩罚我！”

“原来这些乐曲竟然是他自己弹的！”江离心道，“之前我们的猜测全错了！”

“上天？”雒灵心道：惩罚他的不是上天，而是他自己！我说他的心声里怎么会有魂不附体的征兆，看来这些音乐蕴藏着他的精、神、魂、魄、意，音乐不散，这些意念回不来，他的心灵就不完整！

师韶仰天面对天际形成的幻剑，呼喊道：“来吧！来吧！你们追杀了我千万里了！来吧！朝我的心脏刺下去啊！把我刺死，免得我再受这无穷无尽的痛苦！”

三十六把幻剑飞射而下，刺向师韶的心脏！

师韶脸含微笑，突然一人身形一晃，挡在他前面，正是有莘不破！幻剑触到有莘不破，化做百十道光华，却没有对他造成伤害。跟着光华在半空中又重新凝聚成幻剑。

师韶怒道：“你干什么？这是我自己的事，不用你管！”

有莘不破皱了皱眉，却不知怎么劝他好。

桑谷隽突然道：“《凤鸣昆冈》。”

师韶一愣，“什么？”

桑谷隽道：“我姐姐去的时候，你有没有弹奏《凤鸣昆冈》？”

师韶黯然道：“没有。那《凤鸣昆冈》，我只演绎过一次，就再也不能了。”

“我想，”桑谷隽说，“姐姐或许很想再听听凤凰的神籁。”

师韶怔了：“凤鸣么……”

天空中的声音仍然不稳，有穷商队的武士已经开始警戒，但小相柳湖却平静如故。羿令符疑心一动：“以采采和水族长老的修为，不可能感应不到这上面的大动静，为什么至今没有派人上来察看？”

几声嘈乱的响动打断了羿令符的思绪。师韶胡乱地拨着布在自己身周的天蚕丝弦，发出全无韵律的声音。

“不行！”师韶颓然道，“我根本无法捕捉住玄鸟的声线！”

“玄鸟”！再次听到这个称谓有莘不破心中一动，想起那次在九尾布下的五行幻狱里面，自己闯进了少阴真境，被少阴真气一步步地剥夺自己的生命和记忆，直到生命印记的最深处——在比母亲的乳汁更遥远的灵魂里，他看见了那华丽而威武的神鸟！那就是玄鸟么？

雒灵心中一颤，她忽然听见有莘不破敞开的心扉内传来一声轻赞：“宅殷土茫茫……”

“啊！那……我听见了！”师韶仿佛听见了间接从雒灵那里传来的心律波动，“对！就是它！”

他的神情突然变得无比平静，手指轻挥——银河为之脉脉，月光为之漠漠，山林为之幽幽，湖水为之莹莹——玄鸟在弦震中冲天而起，人们是听见了它的鸣叫，还是看见了它的羽翼？或是想象到了它的雄姿？

天云间的乱音被这一声荡尽了，一切平静下来以后，连那连绵不绝的山川也仿佛感受到了这份欢喜。天蚕丝弦也被这一声凤鸣所洗化，化做一只若有若无、若隐若现的幻彩蝴蝶，消散在夜空中。

“大姐……”桑谷隽默默地垂下了眼泪，知道大姐终于解脱了。

“谷馨……”师韶是否也能感受到那幻化的蝶彩？没有人知道。别人只知道：和他相识以来，这是第一次见到他真正的笑容。

“他居然悟了！”这声叹息，仿佛来自黑暗中的虚无。

都雄魁眼光闪烁，道：“悟了，却和登扶竟完全不同！和大夏历代乐正都完全不同！”

黑暗中的声音咯咯一笑："那或许意味着一个全新的时代即将到来！音乐，很多时候总是作为新一代道统的征兆出现，不是么？"

都雄魁冷笑道："你高兴什么！就算世道要变，也未必是心宗独秀的局面！"

"或许吧，但至少我们都不会再让五百年前太一宗独大的格局再度出现，对么？"黑暗中的声音顿了顿，继续说，"五百年前太一宗与大夏王族结合，把其他诸道斥为邪端。如今革命若兴，首先要对付的就是它！更何况祝宗人已经不存在了！你呢？这两代血宗和夏都走得这么近，天地大变之际，你当如何？投奔新主，还是另外谋立王者？"

都雄魁冷笑道："纵然有天地巨变，是走向一个新的盛世还是走向持续的分崩离析，还难说得很！"

"刚才那一声凤鸣，决非衰败之兆！"

都雄魁道："征兆而已，大局未定，现在说这些都还太早！眼下的形势，先化解了共工遗恨这个劫数再说吧！师韶弄出这么大的动静，水族那些人居然一点反应都没有！"

"谁说没反应的？他们瞒得过有穷那群小子，瞒不过我。水族的两个头头，此刻已经碰面了。"

都雄魁道："哦？"

"那是夫妻久别重逢才会有的心声，唉，你这种有性没爱的人是不会懂的！"

水族政变

当有莘不破在小相柳湖旁的山坡上遭遇有生以来最大的危机时，小相柳湖底也发生了巨大的变故。

小相柳湖外的动静，采采根本没有注意到，因为她此刻完全被那个男人的眼神吸引了！他是谁？他是谁？为什么这样亲切，又这样陌生？

"采采！"男人一步步走过来，就要把她拥入怀中，突然一声断喝阻止了他："站住！"

采采回过神来，门口赫然是去而复返的萝滥姨姆！这时，她才发现那陌生男人身后站着两人：热切望着自己的洪涘伯川，和冷冷盯着萝滥的水族次席长老萝莎！"他是萝莎姨姆带来的，那么他是小涘的父亲啦。我为什么会觉得他这样亲切？是因为小涘吗？可他刚才望着我的眼神，好奇怪啊。"

"你！你！是你，怎么是你！"萝滥对着那男人声嘶力竭的怪叫打乱了采采的思绪，她开始暗暗担心起来：这个男人和小涘是在她的允许下，由萝莎带进来的，虽然目的是为了救出妈妈，但被萝滥姨姆责骂只怕是少不了的了。采采不安地看了萝莎一眼，却发现她一点担忧害怕也没有，一脸的平静，似乎一切已经胜券在握。"萝滥姨姆那样威严，平时大家都那么怕她，萝莎姨姆却这样镇定。真是奇怪。"

采采跨出一步，说："萝滥姨姆，他是……"

话没说完，萝滥猛地冲了过来，拦在采采和那个男人中间，高声道："采采！别信他！什么也别信他！"

采采一怔："他又没有对我说什么，萝滥姨姆干吗这么紧张？难道这人对我水族不怀好意？可他是萝莎姨姆带来的呀，而且小涘……"

"你为什么要挡在我前面？"看着萝滥，男人的神色冷了下来，"又凭什么来拦我？"

看着挡在自己身前的萝滥姨姆颤抖着，采采又惊又怕：萝滥姨姆为什么这么激动，这么害怕？她开始怀疑这个男人的来历，难道他真是坏人？难道萝莎姨姆会引狼入室？采采头一昂，铿锵有力地道："这位前辈，你是小涘的父亲吗？"

男人听到采采的话，转头向她看来，冷漠的神色如春雪融化："不错。不错。"

采采道："前辈，家母被困水晶之中，采采听说您有莫大神通，能够拯救家母，因此请小涘向您求助。如果您肯援手，水族上下感激不尽，但若想乘机对我水族有所图谋，我水族上下，纵然沥血小相柳湖也决不屈服！"说完走上一步，搂住萝滥颤抖着的肩膀，安慰道："姨姆，您别怕，采采永远和您在一起！”看那男人时，他并没有被采采这几句话激怒，反而微笑道：“好孩子，好孩子……”

采采对这男人和萝滥的反应大惑不解，看萝莎时，萝莎依然面无表情；看洪涘伯川，他也是一脸茫然！

采采忖道：不管怎么样，先把长老执事们召进来，若有变故也有实力应付。当下暗暗发出水波传密。萝滥蓦地一震，跳了起来，转身喝道：“采采！你！你干什么？”

那男人向萝滥喝道：“放肆！对小公主是这么说话的么！”

采采一愣，道：“姨姆和我说话，是我们水族内部的事情，不用你管！”她已经暗暗觉得这件事情大非寻常，再联想到萝莎一直以来说话吞吞吐吐的模样，心中疑心更甚，对这男人也就不那么客气了，但那男人被她这样顶撞，居然也不生气。

采采低声对萝滥道：“姨姆，不管他是来救妈妈，还是来为难咱们，都是水族的大事！所以刚才我才发令把大家招来！不管出什么事情，咱们水族都会团结一致来应付的！”这两句话，一半是向萝滥解释，一半则是向小涘的父亲示威，哪知萝滥却只是摇头：“不行的，不行的……”

一直没有开口的萝莎突然道：“号令已经传出去了，就像日月之往西山飞驰，无可扭转！其实，打从我们踏入小相柳湖，一切就已经不可改变！大长老，这一点你比谁都清楚！”

采采道：“萝莎姨姆！到底是怎么回事？你不会背叛水族吧？”

“背叛？”萝莎凄然道：“我怎么会背叛水族？采采你别急，很快你就明白了。”

“你没有背叛，那……萝滥姨姆为什么……”

“哈哈！”萝莎笑道，“她在害怕，害怕你见到他！害怕大家见到他！因为她知道只要大家一见到他，这个小相柳湖就会被全部解放！”

采采被萝莎连续几个“他”“她”绕糊涂了，而萝滥的嘴唇却颤抖得说不出话来——她是害怕，还是愤怒？

终于，全副武装的水族长老和执事鱼贯而入，但当她们看见那个男人——小湊的父亲以后，并没有像采采预想中那样警惕着、疑惧着，而是集体地呆住了，仿佛看到了一个做梦也想不到会再见到的人！

水族的长老和执事几乎是同时因惊骇而屏住了呼吸，水晶小筑内一片死寂，只剩下萝灆沉重的喘息声。采采心中的疑云越来越重了：他到底是什么人？他到底是什么人？

萝莎突然大声喝道："水王在此，你们还不施礼！"这一声断喝把采采惊得不知所措。当的一声，一位长老手中的珍珠盾跌落地面，腿一软，跪倒在地！跟着一个、两个，一眨眼间除了萝灆、萝莎以外，所有长老和执事都向那男子跪倒行礼。

采采一片茫然，道："水、水王？"

洪湊伯川得意扬扬道："是啊！采采，我父亲就是共工氏之后！水族的王者！水王溯流伯川！"

萝莎道："不错！采采，他就是我们的王！水后娘娘的夫君！也就是你的父亲！"

洪湊伯川脸上的笑容突然僵住了，他转头面向萝莎，颤声道："你说什么？"

萝莎一字一字说道："采采是我王的长女，本族的公主！也是你的亲姐姐！"

洪湊伯川怒吼道："你说谎！"转身扯住了父亲，道："爹爹！她胡说八道！对吗？"

水王的反应却令洪湊伯川近乎绝望——他抚摸了一下儿子的头发，柔声道："孩子，你萝莎姨姆说的都是实话。你不是从小就一直追问妈妈在哪里吗？喏，就在这里了，就在那块碧水水晶里面！爹爹很快就会把妈妈救出来，让她好好疼你。"

洪湊伯川茫然地望向碧水水晶，那里面嵌着一个长得和采采很像却更加成熟的女子，神态安详，仿佛睡着了。"妈妈……那是我妈妈……"他胸口一热，涌起一股孺慕之意，但转眼一看到采采，又难以接受地狂吼起来，"不！不是！"

水王喝道："小湊！"

“不！”洪涘伯川狂叫一声，冲了出去。

采采心中一阵迷糊，突然之间，萝莎告诉她面前这个男人是自己的父亲。确实，在她某种模糊到不可捕捉的记忆中，她有一个父亲，但每次向妈妈问起，她总说：“采采，等你长大以后……”眼前这个男子，他是这样威武！对自己又是这样亲切！萝莎姨姆应该没有说谎，否则长老执事们不会无端给他下跪。可是，他是小涘的父亲啊！昨天夜里自己刚刚触摸到的这个少年，转眼间变成自己的弟弟！

洪涘伯川的狂吼让采采回过神来，她想去抓住他，却被水王坚实有力的手臂拉住并拥入怀中：“采采，先别担心小涘，我们先把妈妈救出来，好吗？”

妈妈！这个意念迅速把其他的想法压了下来。

水王按了按采采的肩膀，那厚实的手掌让采采感到无比可靠：父亲！这是自己的父亲！虽然采采还有很多的疑惑，可是这时她却完全相信他可以救出妈妈！

水王从软倒在地的萝滥身旁跨了过去，一眼也不看她，走近碧水水晶，张开了他的双手，两只手掌虚托着两道白光，那光芒粼粼有如水纹荡漾。

“啊！”采采心中赞叹，“多浑厚的力量啊！”她突然想起了被河伯擒住以后那股来袭的力量：“对！那时候就是这样的一股力量冲击着东郭冯夷的洞穴！当时一定是我使用了大水咒以后被爹爹感应到了！妈妈一直不让我使用大水咒，是要躲着爹爹么？那又是为什么？”

突然，水王顿住了。

同时，采采、萝莎和几个功力较深的长老也都感到湖外传来一阵强烈的杀气，这杀气离得这么远，却仍让这些人感到战栗！

萝莎惊道：“水王！这……”

“应该是平原上的人！”水王道，“你马上带几个长老去把小涘拿回来，无论用什么手段！”萝莎应命，点了几名长老匆匆而去。水王又道：“萝蓤（mò）！”一个老妇应声出列。水王道：“马上召集水族人等，待我救出水后，全族马上迁徙！”老妇萝蓤领命，带着余下的长老、执事快步离去。

霎时间，整个水晶小筑里只剩下水王、采采和萝滥三人。气氛静得令人不安。采采道："湖外……"

"采采别怕！"水王道，"你妈妈出来以后，世上再没有人能阻挡我族的步伐！"

洪涘伯川冲出了小水晶宫，沿途惊动了水族的一些妇女，她们看见一个陌生少男突然从水晶小筑的方向冲出，无不骇异，一时间议论纷纷。跟着萝莎长老带着几个长老也从水晶小筑里冲出，问明那个少年的去向，匆匆追去。水族的妇女们还没搞清楚怎么回事，萝菠长老传出号令，收拾好行装，随时准备出发！一个个的变化来得让人应接不暇，幸而搬家的事情从昨天就开始准备，早已就绪，倒也不甚忙乱。

洪涘伯川冲出湖面，突然感应到西坡正爆发一股强烈的杀气，这个杀气恐怖得令他在水中也不禁一阵颤抖！"那是怪兽吗？似乎比商队那几个人厉害得多！"

但这杀气的出现也只是占据了他脑海那么一瞬，很快他又被那个难以接受的事实压得难以呼吸。他虽然告诉自己那是一个谎话，可内心却早已相信：采采是自己的姐姐，这是个不可改变的事实！

"为什么！为什么！"

正在他自暴自弃之际，湖水传来一阵旁人难以察觉的暖意，让他仿佛回到了婴儿时代，回到了母亲的怀抱之中："这是怎么了？难道？"他隐隐猜到：父亲很可能已经救出了母亲！这股暖意激发了心中的孺慕，他似乎听见了母亲在召唤他回去。可是，在自己日思夜想的妈妈身边，此刻还有另一个令他刻骨铭心的人——那个让他动情的女孩，偏偏又是他的姐姐！

"我该怎么办？我该怎么办？"

或许，比"该怎么办"更重要的，是他"想怎么样"！

"妈妈！"

碧水水晶的内部荡开一个涟漪，那固体物质仿佛变成了液体一般。水后睁开眼睛，缓缓地步出碧水水晶，就像步出一个小池塘。她出来以后，碧水水晶又恢复了原状。

“妈妈！”采采抽泣着扑了过去，水后抱住了女儿，轻轻摩挲着她的头发和背脊，但她的双眼却看着水王。

和水族的长老们不同，看见水王的水后显得如此平静，似乎早料到会是这个局面：“你终于还是找来了。”

采采抬起头来，看到妈妈那难以言喻的眼神，她终于完全相信了：身边这个男人，的确是自己的父亲！

“这些年吃了不少苦吧？”听见水王的这句话，采采心道：“爹爹为什么有些愤然的样子？是在生妈妈的气吗？”

“苦？”水后一笑，笑声很复杂，似乎隐藏着无穷的失望与苦楚，“因为我没想到你们这些男人会这样执著！”

“那当然！”水王道，“共工祖神的大仇，就算持续千秋万代，我们也一定要报！”

采采道：“仇？什么仇啊？爹爹、妈妈，究竟当年发生了什么事？我已经长大了，你们就告诉我吧！”

这是采采第一次叫“爹爹”，水王一听不由脸色大和，从水后怀里把女儿拥过来，说：“采采，你要知道什么，爹爹都会告诉你！不过眼前第一要务是搬家，这个地方品流太复杂了！等回到大相柳湖，我们再慢慢聊。”

“大相柳湖？”

“是啊！”水王道，“那里是我们真正的家，是你出生的地方。好了，采采，这些话到了大相柳湖再说吧。刚才湖外的那股杀气着实令人不安！”

那边水后正把伏倒在地的萝滥扶了起来。萝滥老泪纵横：“娘娘！我……”

水后还没说什么，一位执事快步进来，见到水后，大喜道：“娘娘！您！您无恙！”

水后点了点头，水王道：“事情办得怎么样了？”

那执事道：“几位长老把少主绑回来了，全族人众也都在前殿候齐。只有执事阿芝在湖外未回。”

水王颔首道：“好，下去等着，待我和王后施展水遁大挪移，这就走。”

采采惊道：“现在？那阿芝姐姐呢？”

水王道：“我和你妈妈要做一件大事！按现在的情况看，这里耽搁不得！等大事完成再回来找她吧。”

“可我还没和岸上的朋友们告别呢！”

“岸上的朋友？”水王厉声道，“是那些来自平原的家伙么？”

采采被父亲喝得一怯，点了点头。

水王怒道：“你是水族的公主！怎可和平原那些下贱种族交往！”

“可，可是他们……”采采还想说什么，但见父亲盛怒，一时嗫嚅着说不出话来。

师韶悟透乐道之至理，有莘不破等无不替他高兴，连桑谷隽也因大姐的解脱而消除了对他的仇视。

芈压道：“今天是个大喜的日子，咱们也别睡觉了，我去弄几个小菜，就这样赏月到天亮。”有莘不破和桑谷隽都叫好。

突然小相柳湖水平面一陷，从湖中外流的支河水流倒涌，把有穷商队没有锚实的几艘舟筏冲进了小相柳湖。羿令符鹰眼一闪，道：“看！那个浪花！”众人随着他的手指望去：只见一个浪花朝着注入小相柳湖的小河涌去，一个影子一晃，江离驾着七香车追过去了。

有莘不破道：“可能是小水晶宫出事了，我下去看看！”闭气往水里一跳，潜入湖底，不由吓了一跳——湖底那个隔水空间竟然消失了！鱼虾在原本一片干燥的水下空间若无其事地穿梭着，如果不是那被湖水淹没的房屋瓦宇，他几乎要怀疑小水晶宫究竟是存在过，还是仅仅出于自己的幻想。

淹没在湖底的一切静悄悄的，每个房屋都空荡荡的一个人也没有。

有莘不破寻遍所有的殿宇，才在“水晶小筑”见到阿芝——她正呆呆地望着那个本该安放碧水水晶的空位，连有莘不破游近自己也不知道。

有莘不破向阿芝比画手势，她却视而不见，甚至有莘不破把她拉出了湖面，阿芝仍然没有知觉。

这时江离也回来了，对众人道：“那个浪花逆流而上，桑兄隆起来的那个断崖被人钻出一孔小瀑布接入小河，那个浪花就逆着瀑布进了那个沼泽。我到沼泽上空的时候，只来得及看到东郭冯夷钻破的那个地泥之窍冒出几个水泡！看来她们是利用水族的咒法从那个地方离开的。”

桑谷隽道：“你看她们是往哪里去了？”

江离摇了摇头道：“不清楚，猜不出来。论起这水中的勾当，我对水族实在是甘拜下风。只是不明白她们为什么要走得这么着急。就算不想让我们知道去向，至少可以打个招呼啊。”

“那是因为她们对我们存着忌心！”羿令符道，“确切一点说，她们应该是对外族的人都存着很重的疑忌。这个民族一定有过一段被他族伤害的过去！”说着看了阿芝一眼，心中一阵怜悯：“她只怕是被族人抛弃了。”

阿芝不知道在外面失魂落魄地游荡了多久，这才习惯性地潜回湖底，来到小水晶宫门口，本来迷迷糊糊的她突然惊醒过来，就如被人用冰水灌顶淋下：小相柳湖内，族人走得一干二净！水族能带走的东西都已经带走了——连同那块巨大的碧水水晶！

阿芝发了疯似地在被淹没的小水晶宫乱转，可是她什么也没有找到！族人没有给她留下任何路标指引，也没有留下任何言语文字！

“我被抛弃了……”她乱了心神，连避水诀也散了，湖水四面八方地向她涌了过来，把她淹没！

就在刚才，她被一个男子拒绝！现在，又被自己的族人抛弃！“为什么会这样？为什么会这样！”她如今剩下的，只有她自己了——这个自己或许只有这具皮囊本身，因为她的心在这半日之间已经被命运撕裂成了碎片！

不知过了多久，她似乎感到有人把她带出水面，但直到芈压一声“阿芝姐姐你怎么啦”，才把她完全唤醒。阿芝环顾四周，眼光在桑谷隽脸上停了停，又羞辱地低下了头。

“阿芝姐姐，”芈压问，“小水晶宫出了什么事情？”

阿芝几乎哭了出来：“我不知道！”

有莘不破道：“不管出了什么事情，你先跟我们一道吧。我们一起去找采采。”

阿芝瞥了一眼神色如常的桑谷隽，摇了摇头，突然站起身来，跳入水中。

有莘不破一愣，问桑谷隽道：“她怎么了？”

桑谷隽耸肩道：“我怎么知道！遇上这种事，大概要静一静吧。”

阿芝顺着潮流不知漂了多久，进了大江。她开始感到很饿。头上一片白光，看来现在是白天，但江水却有点冷，渗透了她的衣服，刺激着她的皮肤。这种冰冷的感觉让她没来由地感到害怕，于是她畏缩地向岸边靠去，任由江流将自己向下游冲去。可是那水，还是那么冷。

突然，一股暖意当头灌下来，让她的身体产生一种莫名的颤抖。她一用力，浮出了水面，看见一个身形挺拔的男人立在江边一块高高的石头上，向自己这个方向射尿。江水已经把阿芝冲开了半步，所以那淡黄色的水柱并没有对着她当头而下，仅仅落在她右肩附近的水面上，有力地把江面冲得恁响。

“他很强壮。”阿芝想。这个孤独的女人，此刻居然忘记了羞耻。

那个射尿的男人显然被阿芝的突然出现吓了一跳。他已经是一个很有身份、很有地位的大人物了，本不该再做出这种大失体统的事情，只是刚才忽然想起童年的旧事，一时忘情，竟然放肆起来，玩得高兴，竟然也没有发现阿芝的靠近。

“要不要杀了她呢？”男人想着，收起了水枪。

阿芝爬上江岸，怔怔地望着岩石上的那个男人：他的身体比桑谷隽成熟得多，看起来也结实得多。有莘不破的身体和他相比，只能算是一块未经锻造的铜胚；江离的身体相形之下简直就是一个花瓶——而这个男人的身体，绝对是一柄经过千锤百炼的宝剑！

男人本来盯着阿芝的咽喉，正想使个“破空刀影”切下去，突然发现她咽喉紧了一紧，经验极其丰富的他马上察觉到这女人不对劲。眼光下移：阿芝全身湿漉漉的，把一个完全成熟的女性身段无遮掩地暴露着。“还不错。”男人想，眼光上移，两人交换了一下眼神，一前一后向巨石后面走去。

石头后面传出了阿芝的呻吟声，当阳光移位投射进去，但见阿芝已经全身赤裸，软绵绵地匍匐在男人身上，整个人都显得很迷离。

“你叫什么名字？”男人问。

“阿芝。你呢？”

“都雄魁。”男人想了想，说，“你跟我欢好的时候，可以叫我葫芦，不过在人前不许提这个名字，否则我就杀了你！”

共工遗恨

都雄魁把阿芝带到自己临时的落脚处，取出了酒食。两人酒足饭饱以后，又缠绵了一回。

都雄魁忽然问道：“你是水族的，是不是？”

阿芝一怔，点了点头。

“看你的年纪和功力，在族里地位应该不低。共工的传说你知道么？”

阿芝警惕起来，盯着都雄魁，这个男人却毫不理会她的逼视。

阿芝道：“我们只是萍水相逢，你不用指望在我这里打听出我族的秘密！”

都雄魁一听，嗤之以鼻：“秘密？你们的秘密我知道得比你还多！我只是问你知道不知道。”

“知道又怎么样？”

都雄魁又道："十六年前水族分裂的始末，你应该也经历过吧？"

阿芝一阵害怕，惊道："你、你怎么知道的！"

"我问你的话，你还没回答呢！"都雄魁问。

"那时候我十六岁……你到底是谁？为什么知道我族这么多的事情？啊——"

都雄魁突然拉开她的双脚，进入她。两人一阵乱叫乱动，又各流了一身的汗。阿芝彻底软了下来，伏在都雄魁身上，蜷曲如同小猫。都雄魁的呼吸频率和说话语调却一如往常："你都知道，那就很好。"从他的声音里阿芝可以感到这个男人精力依然充沛，天啊！他刚刚干了她两次，却像什么事也没发生过——这个男人是铁做的么？阿芝反而有些喘息："好什么？"

都雄魁道："你认识有穷商队那群人是不是？"

"嗯。"

"好，明天你就去见他们，把十六年前的事一五一十跟他们说。"

"什么！"阿芝抓住都雄魁的两臂，撑起身来，"你说什么！"

都雄魁冷冷道："我的话不喜欢说第二遍。"

这男人刚才正和自己亲热，但现在脸色一变，一股杀气向阿芝逼来，让她打了一个寒战。"我，我不能说！那是我们水族最大的秘密。如果泄漏出去，那……那……"

都雄魁笑道："秘密？哈！那根本不是什么秘密。"

"不是秘密？"

都雄魁冷笑道："共工遗祸，各大门派的典籍上都记载得明明白白，见识稍广的人谁不知道！哼！干这么大的事情还妄想能瞒住天下人的耳目，当真愚蠢之极！十六年前，溯流伯川才发动水月大阵，我们就都知道了。"

阿芝骇然道："你们？"

"嘿！你们水族自以为躲得隐秘，其实是因为几百年来我们不想动你们。但你们想水漫天下，这事我们就不能不管了！本来天下间死多少人与我无关，但如果全世界都变成一片汪洋，我岂不少了许多乐趣？"

阿芝又是一阵颤抖，伏在都雄魁胸膛上，心道：他知道的！他真的都知道！忍不住问道："你刚才说'我们'，那么知道这件事的除了你以外还有其他人了？"

都雄魁漫不经心地答道："嗯。祝宗人、藐姑射，还有独苏儿。"这几个名字若是见闻广博如桑季、靖歆等人听了，那当真是如雷贯耳！但阿芝僻处西域，却是一个也没有听过。

都雄魁继续道："溯流伯川以为自己做得隐秘，却不知道他正要召唤'水之鉴'的时候，我们几个正在旁边看着呢。但不知为什么后来他突然停住了。你知道原因么？"

阿芝道："因为水后不同意。"

"哦。"都雄魁笑道，"这个女人倒有点见识。"

阿芝道："如果当初我王真的把'水之鉴'召唤出来，你们又会怎么样？"

"怎么样？"都雄魁淡然道，"还能怎样？自然是宰了他。"这句话说得轻描淡写，显得容易。

发现阿芝在发颤，都雄魁问道："你是冷，还是害怕？"

阿芝道："我害怕。"

都雄魁抬起她的下巴，笑道："放心吧。让我觉得爽的女人，只要不触我逆鳞，我一定不会亏待的。"

阿芝道："你会一辈子对我好么？"

"不会。"

没有女人在这种情况下听到这种话会高兴，阿芝也不例外。眼前这个男人，连谎话也不屑说！

"别哭着脸！"都雄魁不悦道，"我不喜欢哭着脸的女人！"

阿芝忍住了眼泪，道："你说你们能杀水王，为什么还要我去跟有莘不破他们说水族的事情？"

都雄魁笑道："'水之鉴'奈何不了我，但要收拾那对公婆还是很麻烦的。如果有那几个喜欢多管闲事的小子代我们动手，岂不省了我许多手脚？"

阿芝犹豫了一会，道："你能不能让我看看你的本事？"

"嗯？"

"你露一手，如果真有能够杀死我王的实力，我就听你的话，把事情告诉有莘不破他们。否则……"阿芝话没说完，突然不由自主地站了起来，啪啪啪连扇了自己十几个耳光——两只手不知被什么力量控制了，竟不像是自己的一部分！

都雄魁冷笑道："疼，是不是？我让你记牢了！你没有资格跟我做交易！"

阿芝两颊红肿，赤裸裸地站着，又是尴尬，又是羞辱。都雄魁脸色一缓，道："不过我今天心情好，就当你刚才只是好奇。来！让我快活快活，我让你开开眼界！来啊！"

"嗯，不错，不错！"都雄魁在地面的影子逐渐拉长、变大，和附近一座高山的影子连成一片。

"喔——"都雄魁身子一震，大山的影子突然倒卷上来，把山河都笼罩住了。

水族的人不告而别，苍长老等人不免有些不悦。有莘不破却连连为采采辩护："她们一定是出了什么事情啦！一定有苦衷！"

水族已经迁走，小相柳湖再无可恋，有穷商队再次起锚出发，继续逆江而上。这日有莘不破正和伙伴谈论水族的事情，突然东南方传来一阵天崩地裂般的巨响，吓得有穷武士刀剑出鞘，慌忙警备。几匹水马被那突变所惊，乱了阵形，羿令符忙跳过去想法稳住舟筏。

所有人都望向东南，但见烟尘蔽天，不知发生了什么事情。

江离道："难道是山崩？看样子又不大像。"

有莘不破一拍脑袋，道："我知道出什么事情了！"

江离奇道："哦？"

有莘不破兴奋地说："雒灵的师父和那个血魔打了起来！一定是这样的！"

江离道："原来是乱猜，不过也有几分道理。"

雒灵却皱了眉摇头。

桑谷隽道："我去看看！"接着招来幻蝶，迎风而去。"我也去！"驺吾一跳，驮着芈压横过十几丈的江面，也向东南奔去。

江离道："我去照应照应！"说着上了七香车。

有莘不破也要上车。羿令符这时已经安抚住水马回来，把他拦住道："个个都去了，这里怎么办？别忘了你是商队的台首！"有莘不破忍了忍，叹了口气道："也罢。"

师韶道："无瓠子委实非同小可！他既有心为难你，我们便一刻也不能掉以轻心！江离和桑谷隽机智灵敏，两人互相照应，就算遭遇大敌，当能全身而退。芈压年纪还小，你刚才应该拦住他的！"

有莘不破笑道："放心吧！这小子福气大得很！而且最近功力好像进步不少。你不知道！我们刚刚上筏出发时候，和桑谷隽三个人在有穷之海里面乱打一通，芈压那小子的重黎之火好厉害！连我的鬼王刀也差点被他烧软了！"

有莘不破和羿令符、师韶说着话，雒灵仍像平时一样，在旁边静静听着，既好像这"无忧"车顶没有她这个人的存在，又像她已经和整个环境融为一体。

说了半日的话，有莘不破开始担心。羿令符指着有莘不破脚下道："看。"

有莘不破眼睛一亮："多春苗的种子？嘿，肯定是江离留下的。"

羿令符道："江离心思细密，如果有事，一定会示警的。"才说着，东南两个黑点渐渐靠近，有莘不破看清是幻蝶和七香车，松了口气。而地面上，驺吾在山林间跳跃如飞，来势竟不亚于空中飞驰着的幻蝶和七香车！桑谷隽和江离还没降下来，它已经横江跳上了舟筏。芈压笑嘻嘻对桑谷隽道："嘿！还是我快了一步！"

江离走下七香车，车上赫然还有一个昏迷的阿芝！

有莘不破问道："到底出了什么事？"

桑谷隽道："东南一片乱石，看样子倒像是一座山被什么东西压塌了！我们去的时候，只看见她一个人躺在那里。"

有莘不破道："她没事吧？"

"没事。"江离道，"只是晕厥而已，身体没有什么不对劲的。"

羿令符道："看出是什么人干的么？"

江离道："看不出来。"

有莘不破道："会不会是什么幻兽？"

"不像。"江离道，"那儿到这里的路程，如果有人招出这么强大的幻兽，我们应该可以提前感应到。"

桑谷隽叹道："看来一切只能等她醒来再说了。"

阿芝醒来已是子夜。在都雄魁达到高潮的那一刻，她亲眼见识到都雄魁那反手间摧毁山峦的可怕力量！她刚刚从震惊中回过神来，却觉都雄魁往她头上一指，便人事不知了。醒来后还未睁开眼睛，先听到了几个熟悉的声音，原来是有穷商队的人！她不知道是怎么来的，但却也猜到了七八成——多半是都雄魁的安排。而且阿芝也马上想起都雄魁让她做的事情——如果她真的这么做，那就意味着叛族！可是如果不这么做，除了会惹怒都雄魁以外，也不见得能够以自己的牺牲换来水族的平安——都雄魁的力量实在太可怕了，水族上下根本难以抗拒。何况那个秘密都雄魁早就知道，即使自己不说，他仍然有办法通过另外的渠道知会有穷商队。

"你醒了吗？"是江离的声音。

阿芝睁开眼，第一个就看到了桑谷隽。心中七情翻滚，别过头去。

桑谷隽心中大是奇怪：她对我的态度好像有点怪怪的……也许是我多心了。

别人却没有注意到这个细节，有莘不破和江离好言追问山峦崩摧的事情，阿芝却不肯开口，只是摇头。

"算了，"江离道，"让她休息吧。"说着众人就要退出去。阿芝突然道："等等！"她慢慢坐了起来，又犹豫了一会，这才道："山峰坍塌的事情，我不能说。但小水晶宫、小水晶宫……"

有莘不破急道："小水晶宫怎么了？采采出事了吗？"

阿芝道："我下去的时候，他们已经走了。有莘，你不是问过我们为什么水族没有男人么？"

有莘不破道："是问过。这和采采失踪有关系么？"

"我不知道。或许有些关系。"阿芝停了停，终于下定决心，道，"这本来是我们水族的秘密，最大的秘密……"想到这个秘密终于要从自己口中泄漏出去，想到这些话一出口，自己将永远不能回归本族，阿芝不禁一阵难过。

"我们水族的来历，你们知道么？"见众人均摇头，阿芝道，"你们平原的事情，我知道得不多。不过不知道你们有没有听过关于共工大神的传说？"

"啊！"有莘不破惊道："水族、水族，难道你们……"

"不错！"阿芝道，"我们就是共工大神的后人！"

"昔者共工与颛顼争为帝，不胜，怒而触不周之山，天柱折，地维绝。天倾西北，故日月星辰移焉；地不满东南，故水潦尘埃归焉……"

那个强横冠绝古今的叛逆者，一怒而遗祸天下——这是有莘不破等人在旧籍上读到的历史，但阿芝所知道的历史呢？

"族老们说，很久很久以前，我们是居住在平原的。那里有肥沃的土地，有丰饶的物产。"水族的记忆到此被腰斩了。在对土地和王权的争夺中，"我们被打败了，共工祖神用他的生命推倒了不周山，阻住了追兵，我们族人得以退入西北、西南，从此开始了在这片荒芜的大地上流浪，直到在大相柳湖建立我们的新家园。"

有莘不破奇道："大相柳湖？"

"不错，"阿芝道，"大相柳湖。那是一片大泽，水草丰饶，我们在那里，一过就是十一代！当年的战败慢慢变成一个传说，过了这么几百年，仇恨早已不再被族人们挂在嘴边，我们生活得很平静，没有历史的包袱，也失去了振作的野心，直到几十年前……"

那是三十年前，还是四十年前？阿芝也说不清楚，那时候她好像还没有出世。但就在那几年间，水族的几个去过天山的少年才俊突然拥有了惊人的力量！族中长老参考残存的典籍，知道他们所拥有的神奇力量和当年共工祖神所拥有的力量十分类似。

“那是一次觉醒，力量的觉醒，同时也是野心和仇恨的觉醒。不知为什么，随着力量的日益强大，男人们开始对平原的人——那些把我们驱赶到这苦寒之地的民族产生彻骨的仇恨。”

这仇恨不仅是野心，不仅是妒忌，还有留在血里的刻骨深仇！只是水族的人不知道为什么这种埋藏在骨血深处的仇恨会在这一代爆发！

“‘是共工祖神在引导我们！是我们复仇的时候了！’这个答案被大多数人接受，一位英勇的男人把大家鼓动了起来。不单是族里的勇士愿意追随他，女人和小孩更把他视为部落的英雄。当时大家都相信他将带领我们洗刷数百年前的屈辱，带领我们回到本应属于我们的平原。那个男人，成了这一代无陆一族的王——水王溯流伯川！”阿芝眼中露出无限憧憬的色彩，“他是那么英俊！那么威武！即使离开大相柳湖的时候我还很小，即使我没见他已经十六年了，但我至今仍然记得当年崇拜他的那种快感！他是我们所有人的偶像！也只有他，才配得上我族最美丽、最善良、最聪明的女子——这一代无陆一族的后！”

有莘不破等心中一动：“看来，这个水王就是采采的父亲了。只是为什么如今水族没有一个男丁？难道因为什么原因尽数罹难了么？”

“共工的力量本来已经消失于天地之间，三十年前为什么会突然出现？你有没有想过这个问题？”

都雄魁沉吟着。独苏儿的这个问题，正是他这些年来最大的困惑之一。十六年来他耐住性子不动水族，这也是其中一个重要原因。祝宗人非不得已不愿多造杀孽，藐姑射生性疏懒，独苏儿厌倦人间世事，因此都雄魁不牵头，大家竟然把这件事情给遗忘了，这才让水族又多了十几年的生机。

“应该是隔代血继。”都雄魁道，“共工临死前的诅咒把仇恨和力量一起藏在血脉的最深处，直到有适合的传人才爆发出来！”

“可是即使是有适合的子孙，一般也需要一个引子。”

都雄魁道：“那你的意思是……”

“我没有什么意思。虽然说唤醒隔代血继是你们血宗最拿手的本事，可我知道那不是你。”

都雄魁冷笑道：“你到底要说什么！”

“我想把我们的约定修改一下。如果你同意的话，我或许有一个你感兴趣的消息。”

都雄魁冷冷道：“我很久没和人做交易了！”

“我没资格和你做交易？”

都雄魁沉默半晌，道：“也罢，先说说你要干什么！”

“我要‘小水之鉴’。”

“咦？”

“我也不会独吞。我只要雌镜就行，雄镜归你。”

“嘿！我要这玩意儿来干什么？”都雄魁冷笑一声，又不禁奇道，“你都已经达到心魂神化、不滞于物的境界了，还要这东西干什么？”

“你想知道？”

都雄魁道：“你会说？”

“不会。”

沉浸在往事中的阿芝继续叙述着：那一年，年幼的她还不懂事，意气风发的年轻水王率领水族精英越过高山大河，沿着大山南道的沙漠之径，向东方进发。

他们要复仇，同时也是为了给族人争取更大的生存空间。

“可是，可是……”阿芝的语音颤抖起来，“在那里——那个后来被称为‘剑道’的荒径上，我们遇到了那个人——不！他是魔鬼！天上地下最可怕的魔鬼！”

阿芝恐惧的眼睛中噙着泪水。有莘不破等不禁好奇：看来水族在那个人手下吃了大亏，所以后来没有发生水族入侵中原的事情来。究竟是什么样的人，竟能以一人之力让一个鼓起侵略心的民族知难而退？

“当时随行的队伍中唯一的女子，也就是我们后来的水后描述说：那个夜晚，离绿洲不远的荒道上，一个白衣人很寂寞地走来——他只有一个人，一把剑。”

有水族的人迎了上去问话。男人只是一个过客，没人知道他要去哪里，也许连他自己也不知道。他说的话不多，但水族终于从他寥寥的言语中知道他来自平原，来自那些被水族憎恨着的民族。有一个骄傲的水族勇士上前挑衅，剑光一闪，那个勇士在血光中倒下了，冲突开始。

阿芝脸上两行眼泪不绝如缕，描述着她从旁人那里听来的夜战：“那个晚上是用血染成的——用我们族人的血！我们的勇士一个接一个倒在那男人的脚下。没有人挡得住他的一剑！共工祖神赋予我族勇士的神奇力量，在那神魔般的血色剑光下变得那般无用！”

有莘不破的瞳孔突然收缩，“神魔般的血色剑光”！江离、羿令符、桑谷隽……所有人都为水族的勇士们担心，但却不禁对那柄剑悠然神往。

众人隐隐猜到那个白衣剑客是谁了！

“东征的勇士们在那一役几乎尽数死难。我王挡了那个魔鬼三剑，身受重伤。水后没有动手，绝望地坐在尸体中束手待死——在那把魔剑前面，人类的力量根本没有抵抗的余地！可那魔鬼却没有动手的意思，只是踏着我族勇士的尸体，继续向西走去。他到底要到哪里去？追寻夸父[①]的足迹一直走到日落之山么？”

天山……剑道……有莘不破眼中呈现那个荒芜的沙漠，那条用尸体堆砌起来的道路！他连呼吸也开始变得急促起来。

风姿绝代的男人，天下无敌的剑！

是他！一定是他！

---

① 夸父：古代神话人物，是我国古代神话中一个善于长跑的人。《山海经》记载：夸父立志要追赶太阳，赶上太阳后，热得焦渴难耐，于是饮于黄河、渭河。但喝干黄、渭两河的水，仍不能解渴，又想去北方喝大泽的水，结果没有到达大泽就渴死了。

第五章
水漫大陆：4000年前的世界末日

复仇之路

天山剑道，那个冷漠的人影踏着风沙逐渐远去。

冷月之下，只留下一堆逐渐冷却的尸体，一个心死如灰的女人。

“水后把重伤垂死的水王从死人堆里挖出来。本来已经生机断绝的水王最终竟然活了下来。这里面似乎还有隐情，可是这事水后对谁都不肯说。”

溯流伯川回到水族以后，他的声望跌到了最低点。但水族的男人们依然誓死跟随着他，而且他们对东方人的仇恨也更深了。不久，水族开始启动了另一项复仇计划！

阿芝犹豫了很久，终于一字字道：“我们的计划就是——灭世！”

江离一怔，摇头道：“灭世？不可能有这样的力量。”

阿芝道：“为什么？”

江离道：“你知道么？在东方还有几位人物，实力与和你们族人冲突的那个剑客相当！”阿芝心中一紧，想起了都雄魁。而有莘不破听江离提起那个剑客，知道江离心中的猜测果然和自己一致：那个白衣剑客，一定是他！

只听江离继续道：“光是那柄剑，你们以举族之力也无法相抗，又怎么有可能对抗整个东方世界？所以我敢断定：水族不可能存在灭世的力量。”

有莘不破和羿令符蓦地想起桑鏖望与有莘羖大战的场面。那一战真称得上惊天动地。“我们之间不是战斗，而是战争！”有莘羖这句话犹在耳际。可即使是这等力量，诚如江离所言，依然不足以灭世！

阿芝叹道：“不错，当年水后也是这个意见。她说平原上也许还有其他像那个魔鬼一样厉害的人，正是这样，我们才别寻蹊径啊！”

师韶道：“所以你们想到了召唤‘水之鉴’？”

众人心中一震。遇到采采以后，已经不止一次听到这件宝物的名号了，可它到底是什么样的宝物呢？如果真的有那么强大的力量，天山剑道上为什么不用？

阿芝黯然道：“其实我也是最近才知道，原来我们许多水族自以为是的不传之秘，竟然有那么多人知道！唉，不错。水王的意思是利用水月相射、阴阳和合的秘咒，召唤出‘水之鉴’，来改变水的冰点。”

芈压奇道：“什么叫水的冰点？”

阿芝道：“就是水结冰的冷热度。”

芈压还没听懂，江离已经悚然动容：“你是说把水的结冰点大大地降低？”

阿芝道：“不错。”

江离喃喃道：“你们是共工之后，确实有可能做到这一点……可是，可是……”他突然暴怒道：“这怎么能够！这会扰乱整个世界的平衡！这，这……你们太过分了！”

有莘不破见一向温文尔雅的江离骤然间失态，不禁有些奇怪，道：“水结冰的冷热度大大降低又怎么了？”

江离怒道：“你呆子啊！那意味着水很难结冰，而冰雪很容易化成水啊！到时候……”

有莘不破皱了皱眉，羿令符却先一步猜到了，往车窗外一指，却是远处若干雪峰！有莘不破心中一动，惊道："如果那样，那，那这整个西原的雪山……"

桑谷隽沉声道："融化！然后是漫天的大水！据说极北之处还有更广袤的冰山！如果你们真的成功，那只怕，只怕会演变成比远古的水患更大的灾难，甚至人类的文明都有覆灭的可能！"想到首当其冲的正是地势如盆的巴国，全身不寒而栗。

羿令符道："这样虽然能对平原各国造成近乎毁灭性的灾难，但对你们又有什么好处？"

阿芝道："'水之鉴'的威力只能维持这冰点一百八十天左右……"半年以后，冰点恢复正常，平原上不但人类，只怕连其他生物也会灭亡殆尽。那时候地形也许和现在大不一样，但洪水退却、陆地重出的可能性仍然很大。水族就能趁势而下，重新夺、夺取平原了……"她对这个计划本来叙述得很流畅，但到后来却有些说不下去了，因为她发现有穷众人的眼神中开始出现不安，甚至蕴含敌意。

这也难怪，有莘不破等对水族本来很有好感，但一听到这个计划，马上对这个近乎疯狂的民族警惕起来：这真是采采的族人吗？打算毁灭人类文明的那个男人，真是采采的父亲吗？有莘不破离家出走，并不意味着他不牵挂那些此刻正生活在平原上的亲人与族人的安危！

江离道："你这个计划听来不像是杜撰的。只是这样重大的秘密，你为什么要说出来？你要知道，这个秘密的泄漏可能会给你们带来灭族的灾难！"

江离这句话问出了大家心中的疑虑。平原上的民族，无论他们之间有什么样的罅隙，但只要听闻这个消息，一定会对水族群起而攻之。

阿芝默然良久，道："如果在三天以前，打死我也不会把这个秘密泄漏给外族的人。"

"现在呢？"

阿芝低着头，看着桑谷隽投在地板上的影子，痛苦地道："不久前我才知道，原来这个秘密早有平原的人知道了。甚至在当年，水王启动水月大阵的时候，就有几个平原人在一旁窥视！"阿芝抬起头，继续道："那几个名字我都没听说过，不知你们知道不？"

江离问道："哪几个人？"

"祝宗人、藐姑射、独苏儿……还有葫……都雄魁。"

四野平静，但江离等人耳边却如同响了四次霹雳！

祝宗人、藐姑射、独苏儿、都雄魁！

天底下最强大也最神秘的四个人——四大宗派的宗主！有莘不破和江离等都没听过"藐姑射"这个名字，但却马上意识到他是谁——洞天派掌门人！四大宗师中最神秘、最美丽也最飘忽的天魔，也只有他才有资格和其他三人并驾齐驱。

有穷众人出神良久，这才一起长长叹了口气。这四个人当年真的曾为了水族而齐聚大相柳湖么？那将是怎么样一个令人神往的场面！一想到这里，有莘不破不由热血上冲："难道这次他们也都来了吗？"

阿芝摇头道："我不知道。我只是见到了其中一位。如果不是他，我也不会对你们说这些话。"

羿令符道："你见到的是哪一位？"

阿芝摇了摇头，众人也不知她是不知道、不想说，还是不能说，但也都不再追问。

采采坐在大相柳湖畔。这里真是自己出生的地方么？

小相柳湖的美是精致的，而这里却是这样雄伟！

"公主，你怎么了？"旁边的鲶鲶鱼阿呆说。

"没什么。"

"那你为什么要叹气呢？"

听到阿呆这句话，采采不禁又叹了一口气。这几天发生的事情实在太多。突然多出来一个迷恋自己的弟弟，突然多出一个野心勃勃的父亲，甚至连最亲近的母亲原来也隐藏了这么多自己不知道的过去！此刻陪伴在自己身边、能令自己感到安心的居然是曾经袭击过自己的鲶鲶鱼！命运啊，你也太任性了。

“是这四位前辈阻止了你们的灭世行动么？”有莘不破问道。

阿芝摇了摇头，道：“不是。我们根本不知道这四个人的存在。我刚才说过，我也是不久前才听到这四个人的。他们……很厉害吗？”

“厉害？”桑谷隽失笑道，“他们四位根本不是用厉害这个词能够形容的！”

羿令符道：“你说你们水族并不知道这四位前辈窥伺在旁，莫非当年他们只是暗中阻止？”

阿芝道：“不是。阻止这个计划的不是外人，是我们水后！”

“啊！”

在众人惊叹声中，阿芝继续道：“自从天山剑道一役，男人们越来越疯狂，报仇心越演越烈。但水后却越来越冷静。她对我们说，就算我们布下水月大阵，把传说中的‘水之鉴’召唤出来，也不一定能够实现灭世，只能把族人推向毁灭的深渊，而且我们不想再死人了！大相柳湖已经是一个很好的地方了，在这里我们可以很快乐地生活下去。”

江离道：“最后水后说服了你们族人，是不是？”

阿芝叹道：“水后说服了我们，可是说服不了那些男人！他们一个个都疯狂了！不但为了世仇新恨，更为了野心！他们需要更广阔的空间去释放他们的热血！”终于，水族分成了两派。

有莘不破道：“后来你们因此而反目成仇了？”

阿芝苦笑道：“怎么会？他们是我们的父亲、我们的丈夫、我们的兄弟、我们的儿子；而我们是他们的母亲、他们的妻子、他们的姐妹、他们的女儿！”

有莘不破奇道：“那后来你们是怎么阻止他们的？”

“我们是女人。”阿芝说，“我们选择了最软性的方法。”

“最软性的方法？”

阿芝说了句令人意想不到的话：“水后带着我们集体离家出走。”

芈压大是惊奇：“集体离家出走？”

其实想到小相柳湖清一色的全是女人，江离等已经隐隐猜到了，但亲耳听到水后这个方法后还是觉得有些匪夷所思，随即暗暗佩服水后的智慧。

“那天，”阿芝说，“在水后的安排下，男人们集体出猎。我们就在那个时候开展我们的计划。水后留了话：只要水月大阵一天不撤，我们就决不会回来！”

桑谷隽叹道：“你们就这样坚持了十六年？”想到不知多少女子因此而独守空闺十六年，他不禁心生怜惜。

羿令符道：“那水月大阵撤不撤，你们又如何知道呢？”

阿芝道：“我们，特别是水后一定会有感应的！正如水后和采采一旦发动大水咒，水王有可能感应到一样！”

江离道：“如果你们走了以后，水王一意孤行，仍然要召唤出‘水之鉴’呢？”

阿芝摇头道：“没有水后的力量，不行的……”她顿了顿说：“我已经和你们说了太多话了，关于‘水之鉴’的事情，你们别问了，我也不会再说。那人还要我告诉你们一句话：水族两脉已经复合了，而且水月大阵也已经重新发动。那人是谁，你们别问了，我不会说的！”

有莘不破道：“你以后怎么办？回大相柳湖么？”

阿芝眼睛一红，泪珠滚动：“回去？回哪儿去？我被族人抛弃了，我又已经背叛了族人！我哪里还有脸回去？我，我要到东方去。”

有莘不破奇道：“东方？”

“是的。到东方去，到平原去。”阿芝说，“有一个男人说他会养我。如果你们成功了，我会在那里度过剩下来的生命；如果你们失败了，就让族人发动的大水把我淹死！”

阿芝站了起来，打开车门，苦笑一声，投入大江，一个浪花顺流而下。没有人阻止她，也没有人挽留她，因为大家想不到一个阻止和挽留她的理由。

月光下，一个被抛弃的背叛者永远地离开了她的根。

阿芝离去以后，有穷众人默然相对了许久。铜车内的气氛，竟是少有的压抑。

桑谷隽首先打破了沉默："大家以为怎样？"

师韶道："她说的事情有一些我在夏都略有耳闻，这大荒之西确实存在这样一个隐患，只是以前没心思关注它，因此也没去把这件事情搞清楚。但就我所知的那一部分，她都没有说谎。"

江离道："阿芝说的话基本是可信的。虽然她说的是她族内的事情，但她其实只是个传话人罢了。"

芈压奇道："传话人？"

羿令符道："不错，传话人。应该是四宗师中的一位，为了让我们知道这件事情而布局让她来说了这一席话！"

有莘不破道："不错！当初血……那个家伙也说来这里是为了两件事情。其中一件似乎是要来杀我，另一件事情多半就是为了水族的这个隐患！现在我们可以确定至少有两位宗师已经到了附近！或者他们四位全到了也说不定。"说到这里，他几乎难以抑制自己的兴奋：四大宗师齐聚，一想起这个场面就令人热血沸腾！

桑谷隽道："只是四位宗师为什么不直接来跟我们说这件事情？若由他们中的一位前来说明，岂不是省了我们许多莫须有的揣度？"

他话音方落，众人一齐向雒灵望去：她很可能已经见过她师父了，也是这里唯一可能知道事情真相的人。

雒灵向江离看去，两人眼神相交，江离点了点头，道："她才和师父见面，还来不及说什么，有莘那边就出事了。"

羿令符道："这四位前辈间关系之复杂，只怕我们这些人都理不清楚。或者因为互相牵制，而有穷商队的身份又太过敏感……"

说到这里他望了有莘不破一眼，众人都知道他所谓的身份敏感指的其实是有莘不破："他们互相牵制着，反而都不好出面了。因此才设法由阿芝来传讯。"

桑谷隽点了点头，道："多半如此。"

江离闻言不由一阵怅惘："师父也来了吗？如果他来了，为什么不见我？难道是因为羿令符所说的那样受到其他人的牵制？那为什么雒灵又见到了她的师父？"

“那个女人是你派去的？”

都雄魁道：“不错。”

“你是怎么让她顺从的？她看起来并不像一具被你控制住身体的行尸走肉。”

“哈哈！哈哈！……控制？”都雄魁道，“我不是控制了她，而是征服了她！”

“哦？是吗？”

都雄魁笑道：“也许因为她和我一样，是身体决定思维的人吧。”

“什么叫身体决定思维？”

“这是你所达不到的境界。”都雄魁颇为得意地道，“像我们这样的人，拥有永恒的肉体快感就够了！你们心宗追求的那些乱七八糟的心灵啊、灵魂啊什么的，我们根本就不需要！”

“是吗？但在我看来，那个女人的样子怎么像是伤透了心才故意作践自己身体啊！”

都雄魁脸色一沉。

“咯咯，你说你们是一样的人，莫非你也曾……”

都雄魁怒道：“住嘴！”

“怎么，要和我打上一架吗？”

都雄魁眼中的怒色只是一闪而过：“你不必激怒我！哼，就算你搞得我心神大乱，也赢不了我的。”

“唉，不错。你确实达到了超越前人的境界。又有谁会想到当初最不起眼的那个小子，今天竟然成为血宗历代以降最了不起的传人？”

“不用你来拍我的马屁！”虽然这么说，都雄魁还是难以掩抑心中的得意，他微微一笑，转换了话题，“你觉得这些小辈会怎么办？”

“如果是你那几个不成材的徒弟，也许会等着看我们怎么收拾水族吧。至于他们……”

都雄魁道：“如何？”

“他们一定会抢在我们前面动手！换做我们，如果当年发生这样的事情，我们也一定会抢在那些老头子前面干的！因为他们都是有野心的年轻人！他们要向我们这些已经成为老家伙的师尊们证明他们的实力！证明他们已经长大了！”

都雄魁笑道：“不错！”

“所以我就奇怪了。”

“奇怪？”都雄魁道，“有什么好奇怪的？”

“我奇怪你的传人怎么这么没出息！你所有的徒弟加起来，只怕还打不过现在的江离。”

都雄魁淡淡道：“那又有什么所谓！反正我已经练成不死不灭之身！有我在，血宗便在！徒弟没出息也无所谓。”

“原来如此。”

都雄魁道：“什么原来如此？”

“原来你还是怕了那个诅咒！”

都雄魁脸色再次阴沉下来。

“第一代血祖为第二代血祖所弑，临终前下了绝大诅咒：血宗世世代代，必然死于传人的篡弑！至今为止，这个诅咒都没有失灵，我说的对么？”

都雄魁的脸色越来越难看，突然狂笑道：“无论是什么诅咒，都将到我这一代为止！难道你以为就凭我那几个脓包徒弟，能把我杀了？”

“嘿！你果然是因为这个原因才留了一手。”

“不是留了一手。”都雄魁道，“他们根本不算我的传人！不过是几个供我使唤的奴才仆役罢了！我连传人都没有，谁来篡弑我？”

“是吗？那我先恭喜你不死不灭、万古长生！不过……”

都雄魁道：“不过怎样？”

“咯咯，不过你还是活得仔细一点好！说不定你真正的传人此刻正在某个地方等着和你相遇呢！那些天杀的宗派始祖！他们的诅咒灵着呢！藐姑射与世隔绝，谁曾想到季丹洛明会无端闯进洞内洞去？我明知道前面是个火坑，结果还不是不顾一切地跳了进去？”

杀与不杀的分歧

“接下来，我们该怎么办？”

“还能怎么办？”有莘不破一锤定音，“到大相柳湖去，把那个什么水月大阵毁了！”

羿令符道：“按照阿芝透露出来的信息，水月大阵要重新启动，离不开水后的力量。也就是说，水后很可能已经妥协了。”

有莘不破道：“那又怎么样？”

羿令符道：“一群宁肯忍受自己女人十六年的背离，仍然不肯放弃报仇的男人，你可以想象是怎么样的一群男人！一群忍受了十六年空虚寂寞的女人，一旦回到她们的男人身边，你可以想象她们会怎样！”

有莘不破皱了皱眉。羿令符继续道：“我们面对的是一群不达目的誓不罢休的男人，而他们的背后还有一群和他们切肉不离皮的女人！”

芈压道：“也许水族的阿姨姐姐们只是被他们劫持了。”

“不！”羿令符道，“女性水族也绝不是一群弱不禁风的小女子！她们对河伯退让不是因为她们力量不足，而是她们不想暴露自己的实力！那天通过我和江离的监视网潜入小相柳湖的男性水族人数不可能很多。就算其中有水王在，也不可能无声无息地把水族合族掠走。你忘了阿芝在谈到水王时候那无限向往的神情了？十六年前她们愿意追随水后，或是由于她们尊敬水后更甚于水王，但这十六年的寂寞也许会改变她们的想法。甚至连水后都可能已经改变了主意！”

桑谷隽道：“采采的母亲怎么看都觉得是一个慈爱的妇人，她怎么有可能会同意干这种伤天害理的事情？”

羿令符冷冷道：“慈爱？她是否慈爱我不知道，但在整件事情上我只看到她的精明！”

桑谷隽道：“精明？”

“不错。”羿令符道，“她反对启动灭世计划的动机，未必是因为对我们这些平原人的关爱和友好——别忘了当年水族东侵，她也是其中一员。我只能说她是个很厉害的女人，比丈夫更敏锐地察觉到灭世计划可能给水族带来的大危机！所以她带领水族女性集体出走，目的不是为了保护我们这些平原人，而是为了保护水族本身。她是希望通过这样的方法来胁迫丈夫和他的追随者们放弃计划，也只有这样的动机，才能说服全族女性。”说到这里羿令符叹了口气，道：“不过她的心思，水族的男人显然没有领会。”

有莘不破道：“或许更因为他们根本不相信这个计划会带来覆灭的危机！天山剑道上的挫折，看来没让他们疼到骨子里去！真是好了伤疤忘了疼。”

羿令符道：“也许正因为遭遇到那样的危险之后居然还大难不死，更让水王坚信上天没有放弃他！”

“你真的还要召唤‘水之鉴’？”水后的脸看起来还是那么平静，似乎永远也不会掀起波澜。

“十六年前，在干那件荒唐事情的前晚，你也是这样问我！”水王的脸坚毅得像亘古的石刻，“那我今天也像十六年前那样再回答你一次：会！”

“其实这十六年来，水族的女性中已经开始出现分裂了！”羿令符道，“你们还记得和阿芝一起被救上来的那个长老萝莎吗？还记得她对采采说的话吗？”

有莘不破耸肩摆手，他对那个老女人根本没兴趣。

江离道：“我记得，她说她早就受不了了，她说不明白为什么她们来要为一群全无关系的人隐忍了十六年！”

被江离一提起，有莘不破果然隐约记得萝莎说过这些话。当时对这几句话全然不知所云，但现在和已知道的信息一对照，马上醒悟这句话的意思！那群“全无关系的人”，指的就是平原上的民族！

羿令符道：“水后禁止知道内情的年长者在像采采这样的小辈面前

谈论当年的事情，可见她也知道，她根本无法长久地抑制族内两性对对方的向往！萝莎的想法绝不是一个偶然的现象！水族女性中早就存在一股回归大相柳湖的潜流！也许连水后本身也有这种期盼！”

江离叹道：“水后有期盼是一定的！她最大的希望，也许就是有一天忍受不了的男人们撤了水月大阵，那她一定会第一时间带领女性族人回到大相柳湖！”

羿令符叹息道：“可惜水族男人的坚持远远超乎她的意料！十六年是个长得可怕的时间！这段时间暴露了水后这个计划的一个死穴！”

“死穴？”芈压道，“什么死穴？”

羿令符道：“水后的行为，会令水族以另一种形式灭亡！”

芈压一愣，随即醒悟道：“是了，如果她们永远不回去，那，那就不能生孩子啦！”

众人一笑，有莘不破道：“芈压长大了。”

芈压一听不悦道：“你这是什么话！我早就长大了！”

众人都笑了，但笑声中却隐藏着一点忧心：既然和男性族人决裂会导致全族的彻底消失，那为何不选择另一条路——同意男性族人的计划呢？如果选择后者，一旦失败，她们面对的同样是灭族的危机，但如果成功，水族将有望成为新世界的统治者！

溯流伯川问道：“怎么样？”

“怎么样？”水后叹道，“我还有选择吗？已经没人听我的了。你赢了！十六年，你真忍得啊！”

“不是我忍得，而是因为我知道我一定会成功的！当年面临那样的危难，我们仍然挺过来了，可见上天未弃我族！”溯流伯川道，“祖神的仇一定要报！当年的仇也一定要报！我族大好男儿，凭什么要被限制在这苦寒之地受苦！”

大家虽然因芈压而一笑，但这点小插曲并不能改变大家的沉重。

羿令符道：“水后的动机是保全水族，而现在她和她的追随者都发现，她们的离开非但不能改变男人们的执著，反而令全族走上另一条灭亡的道路，那这次离家行动本身就失去了意义！在这种情况下如果水王在水后被困的情况下以救星的姿态出现，那会怎么样？”

江离和桑谷隽同时叹了口气。

十六年前剑道一役令水后在女性中的威望压过了水王，但这十六年的时间，也许早就把水后的相对优势磨灭了。

羿令符道：“水族男女两脉复合已经不可阻遏了。在这种情况下，阖族民意往水王一边倒的可能性很高。从我们所知道的水族历史可以推测出，水族远未发展到绝对集权、绝对独裁的程度，所以水后最终很可能会顺从族人的意愿——何况水后本身未必没有妥协的意思。”

桑谷隽道：“有道理！难为你分析得如此透彻！”

羿令符却道：“我刚才说的话其实并不重要！”

有莘不破奇道：“不重要？”

羿令符道：“我刚才说的是已经发生的事情，但对我们来说，现在最重要的是我们要怎么面对这件事情！”说着向有莘不破看去，有莘不破也不回避他的眼光，冲口道：“这还用说！他们既然威胁到我们的亲人，我们自然要瓦解他们的企图！保家卫国，义不容辞！”桑谷隽和芈压一听，一齐应声道：“不错！保家卫国，义不容辞！”

羿令符冷冷道：“问题是遇到抵抗怎么办？我们的底线是什么？”

“抵抗？底线？”

羿令符道：“人家筹谋了数十年的计划！甚至为了这件事宁愿割舍一十六年的亲情和爱情，忍受一十六年的寂寞和痛苦——这样的决心，会因为我们的干涉而放弃？”

有莘不破道：“他们如果阻拦，那我们只好动手了。”

羿令符道：“如果人家拼了命阻止呢？拼上全族的性命也要实现这个计划呢？”

有莘不破沉默半晌，道：“她们曾是我们的朋友不错，但她们要加害的，却是我们的亲人！我们和采采有交情不错，可是这个计划却祸及整个人类文明！”

羿令符道："所以？"

有莘不破缓缓道："如果他们拼了命也要进行这个计划，那我们就让他们把生命交出来！"

江离听到这句话，抬头望着车顶，呆了半晌，突然道："不破，你刚才那句话太长，我听不懂。你能不能说得简单一点。"

有莘不破道："简单？"

江离道："嗯。"

有莘不破沉吟了一会，道："一个字，杀。"

江离身子微微摇晃。

有莘不破道："难道我错了吗？"

江离不答。

有莘不破道："也许我可以说得委婉一点，但最终还是落在这个字上面！"

江离道："你打算怎么杀？"

"杀到他们放弃这个计划为止！"

芈压吸了口冷气，道："几位前辈不是来了吗？或者我们，我们……"

有莘不破道："我替你说了，我们不动手，等着看他们动手，是不是？这和我们动手有区别吗？芈压，是男子汉以后就不要存这种没出息的念头。"

芈压低下了头。

江离道："不破，还记得三天子障山外的荒原上，你曾经对我说过的话吗？"

有莘不破道："哪句？"

江离道："你追上我之后说的第一句。"

当时有莘不破说："回去吧，最多我答应你以后少杀……不杀人了——除非遇到寿华城那种不得已的环境。"

"原来这句话你当时在听啊。"有莘不破说。

江离道："我以为自己没有听到，后来恍恍惚惚，又记起来了。"

有莘不破道："可是，现在的情况正是不得已。"

江离道："在荒原外，你杀的是强盗；在寿华城，你杀的是妖怪——当时我们都是在不得已的情况下反击，我没怪你。可是在三天子障山……"

有莘不破道："那也是强盗！我们是为了报仇！"

"是强盗！但你是有计划地去袭击盗贼——你的动机绝不仅仅是为了报仇，你最大的目的是为了收拾商队的士气，还为了他们的钱。我没说错吧？"

桑谷隽、芈压和师韶都听得呆了，这些事情都发生在他们结识有穷商队以前，所以既插不上口，也不知道如何插口。而羿令符却恍若未闻。雒灵低着头，她本来就偎依在有莘不破身边，这时偎依得更紧了。

有莘不破沉着脸不说话，江离继续道："虽然我没有和你一起进攻窫窳寨，但我既然默认了你的行动，又帮你守车阵，那些屠杀就算是我也参与了一份，可是俘虏呢？"

有莘不破道："好了！那次我都向你认错了！怎么你又提起？这次和上次根本不一样！"

"是的，为了一群人杀另一群人！"

有莘不破怒道："我没你那么博爱！我告诉你，如果有人举刀向我祖父砍去，那我一定先举刀砍倒他！"

江离道："如果我首先把那个人制服了呢？你怎么对那个人？"

有莘不破道："那要看他是否还对我祖父的生命构成威胁。"

"如果是呢？"

"杀了！"

江离深深呼吸，道："如果你祖父率领一群人和另一群人战斗，你会怎么样？"

"我会成为先锋！敌人想冲到我祖父面前，先问我的刀！"

江离道："如果这群人都被你俘虏了，但却不肯臣服于你，你怎么办？也一刀杀了？有莘不破！天下事并不是都能通过直截了当的方法去解决的！我看重的不仅仅是这次对水族事件的方针，我更希望的是你处事能多几分耐心和宽容。”

有莘不破盯了他半晌，道：“不会有那一天的。”

“为什么？”

有莘不破道：“我知道你要说什么，你总希望我能够为那个位置而改变自己。可是我告诉你，我根本没打算回家去坐那个位置。那个位置要考虑太多弯来绕去的事情，根本就违反我的本性。我的鬼王刀只有一条原则：亲者快，仇者痛！我就这样任性，那又怎么样！我一个自了汉，就算任性一点也不见得会搞得天下大乱！就这样一直任性下去，一直流浪下去，直到天涯海角，直到地老天荒！”

江离道：“自了汉？那你为什么还要管这件事情？”

“做自了汉和这事又有什么冲突？”有莘不破道，“既然威胁到我亲人的安危，我自然是要管一管的。”

江离道：“那如果你不回去主持大局亲族又会遭到灭顶之灾呢？如果形势逼得你不得不去坐那个位置呢？”

有莘不破眉头又皱了起来，这并不是没可能的事情，只是他以前不愿意去想。

江离道：“有些责任，你总逃不开的，只是或迟或早的问题。”

有莘不破不悦道：“那又怎么样？你讲了这么多话，到底想让我说什么！你说的这些大道理到底和今天的事情有什么联系？”

江离道：“眼前这个难题，其实我们有两个选择：最简捷的办法莫过于把水族的人一股脑杀了，灭了这一族，那不但解决了眼前的问题，连后患都没有了。”

桑谷隽和芈压吓了一跳，都觉得江离的这个说法太过直接，但又隐隐觉得事情到最后仍有可能演变成这个样子。

江离又道：“当然也可能有其他的办法，但肯定都十分麻烦。而且我们也很难保证水族的后代不会像采采父亲这一代一样，再次爆发这样强烈的仇恨和野心！我们也很难保证我们的后代有足够的力量来压制他们！我想看的，就是你的态度！”

有莘不破看看羿令符，这家伙却闭上眼睛不理睬自己。他倾向于简单、快捷的行事方式，更知道江离希望他的回答是第二个答案。他突然想起十二岁的时候师父教他烹鱼，还没轮到他动手，光是看到师父示范就把他吓跑了——那过程实在太繁琐、太考验人的耐性了！而有莘不破缺的恰恰就是这个，当年他不愿违背自己的天性把鱼烹好，今天他同样不愿意顺着江离的意愿说谎。

沉默了好一会，有莘不破终于开口道："不是春天就一定不是冬天吗？你说的两种选择未必就构成绝对的对立！也许事情不会发展成第一个选择那样残酷，也不一定要像第二种选择那样麻烦！"

江离道："哦？"

有莘不破道："别忘了还有采采！我们争取找到她，说服她！"

江离道："如果她起不了左右局面的影响呢？"

有莘不破道："那就抱着尽量不杀人的心情去阻止这个计划！"

"尽量不杀人么？"江离点头道，"虽然你还是回避了我的问题，不过……好吧，能够守住这条底线已经很不错了。"起身就要出车。

有莘不破问道："你要干什么？"

"找大相柳湖！"江离道，"水月大阵既然已经发动，我应该可以感应到一些蛛丝马迹！你说过，有些事情就是一百年也想不通，但这并不妨碍我们先解决眼前的事情。对吧？"

江离走出去后，芈压问道："有莘哥哥，如果上了战场，也要抱着'尽量不杀'的心情吗？"

有莘不破道："那怎么可能！战场之上只有你死我活的局面，仁慈这东西只能是胜利后的残余情绪！"

桑谷隽皱了皱眉头，有莘不破这话说得太直接了，但他一时却无法反驳。于是他站起来道："我帮江离去。"

芈压道："我也去！"

师韶突然道："我想到东方去看看。"

有莘不破一愣："东方？"

师韶道："对。这件事结束以后，我想到亳都走一遭，看伊挚肯否为我调一碗加盐的羹。"

有莘不破道：“没你的音乐，我们的耳朵会很寂寞的。”

师韶笑了笑，走出车去。

车内只余三人。有莘不破道：“老大，咱们也去帮忙吧。要找大相柳湖，多半还得靠你的鹰眼。”这句话，当然是对羿令符说的。

羿令符却道：“我有点担心。”

“担心什么？”

羿令符道：“事情也许不会像我们想的那样顺利。”

有莘不破道：“这是意料中事。”

羿令符道：“你的鬼王刀很可能会舔血。”

有莘不破道：“那也没办法。”

羿令符道：“如果连采采的血也在上面呢？”

有莘不破呼吸为之一窒。羿令符又道：“江离看起来文雅，但他其实比谁都倔强。别让他有机会看到你残暴的一面。”

有莘不破道：“你这是什么意思？”

“每个人都有野蛮残暴的一面。”羿令符道，“要让人不看到你残暴的一面，唯一的办法就是尽量压住那些残暴的念头。江离有点太文了，但他有一句话说得很对：残暴是会累积的，杀人是会上瘾的！”

有莘不破笑道：“你什么时候变得爱讲大道理了？这不像你啊。”

羿令符不理他打岔，继续道：“如果你给江离留下了残暴的印象，那以后你用鬼王刀去杀所谓的坏人时，他会以为那只是恶人相磨。”

有莘不破的眉头又一次皱了起来，羿令符却视若无睹，继续他那平静得没有半点抑扬起伏的语调，“那样的话，假如有一天由你来推翻大夏，江离也会认为那不过是以暴易暴！”

有莘不破别过头去，“不会有那一天的！”

“是吗？”丢下这样一句话后，羿令符就大踏步走出去了。

雒灵从背后搂住有莘不破，耳朵贴在他背上。

有莘不破的心跳很乱。

“为什么？为什么？我们现在不是挺好？为什么一定要把我往那个位置上推？”雒灵紧紧抓住有莘不破的手，但有莘不破却仿佛没有感到她的存在，“我不想去遵守什么法度，不想去体现什么仁慈！快意恩仇不是挺好吗？杀个把强盗，屁大的事情，他居然到现在还耿耿于怀！”

有莘不破完全没有注意到，贴在他背上的雒灵突然一阵微微颤抖。

都雄魁道：“如何？要不要给他们一点提示？”

“我看不必。祝宗人的徒弟在那里，应该可以找到方向。”

都雄魁道：“你真打算袖手旁观，放任他们干去？”

“他们连涂山氏的亡灵也能应付，何况现在身边还有一个师韶。”

咚咚咚……是师韶在擂鼓。

这威武的鼓声，是大战前的宣言吗？

河伯之败

水月大阵已经启动，但采采却无法阻止。

她不敢央求水王，因为父亲对她虽然慈爱，但一涉及族务，却固执得没有半点商量的余地。她试图说服水后，但水后却说：“采采，我知道这个计划会冒着被平原的民族群起攻之的危险，可我们已经没有筹码和你父亲对抗了。”

大部分水族的民众——包括女性——都已经向水王效忠。

“采采，这是全族的选择。在决定实行计划之前，我们可以争取否决它。但现在你父亲已经得到全族人众的竭力拥护，无陆计划的启动已经无可阻止了，无论我们内心是否赞成这个计划，都不能在执行上拖全族的后腿！”

采采想说服母亲，却被母亲反过来要求她全力支持这个行动。她突然发现自己根本不了解母亲，正如母亲根本不了解自己一样。水后反对这个计划，只因为她认为这个计划的风险太大；而采采她之所以反对，更多的是由于她不愿意站在昔日朋友的对立面。

在全族，采采找不到一个知音——即使在女性族人中。萝莎姨姆是水王的坚决拥护者，尽管十六年前曾一度倾向于水后的决策。萝滥姨姆则是水后的狂热追随者，当年她丈夫和儿子死于天山剑道一役，自此以后尽管她对平原的民族充满了仇恨，但她依然毫无保留地信任水后。

萝莎和萝滥代表了水族的两种不同选择。这十六年的时间里，水王和水后在互相比拼忍耐——看谁先忍不住。结果，反而是由平原来的人——河伯和有穷商队——结束了他们之间的离别。

“唉，这或许是天意。”当水后说出这句话以后，采采知道自己再也无法动摇父母的决心了。

远山一轮月亮，水底两个月影。采采一怔，知道小涘又在用幻月之术偷看自己了。她穿上衣服，逆着幻月之术的来路，找到了那个自己又恨又爱的大男孩。

小涘看着她，没有愧疚，只有火一样炽热的目光。

“弟弟……”

“不要这么叫我！”每次小涘听到这个称呼都会咆哮起来。

“可你就是我弟弟！”

小涘转过脸去不看她。突然扑过来把她按倒在地，亲她，咬她。他的举措是这样年轻，年轻得还有些孩子气，可他的身体却已经成熟。

采采全身一颤，但马上就把欲念压下去了，啪的一声打了他一个耳光，厉声叫道：“洪涘伯川！”

小涘一怔，放开了采采，缩在一角，蜷曲起身子。

“现在都什么时候了！你还这样不成器！”

小涘道：“这和成器不成器有什么关系？”

“难道你不知道我们就要和有穷的人反目成仇了吗？”

“那又怎么样？”

“怎么样？”采采又气又急，“也许他们现在还不知道我们的计划，但一旦知道，他们一定会前来兴师问罪的——他们的亲人可都在平原啊！我不想和他们为敌。他们一个个那么有本事……我怕……”

“没什么好怕的，我不信爸爸对付不了他们。”

“可我同样不希望他们受到爸爸的伤害！”采采说，“我不知道你们为什么这样敌视平原的人，在我落难的时候，是他们救助了我。小相柳湖被河伯骚扰，也是他们见义勇为……”

“小相柳湖落入河伯手中，只是因为妈妈和爸爸怄气，不肯动用大水咒。而有穷，爸爸说了，有穷那群人是在对你示恩！”

“不，我相信他们出于真心。”

“是吗？”小溴冷笑道，“你没看他们那个台首，那个有莘不破，还有另一个家伙，姓桑的那个——他们看你的时候，那眼神、那眼神里全都是猥亵。他们帮你根本就不怀好意！”

采采一愣。有莘不破和桑谷隽对她存在某种男人对女人的幻想，这她也看得出来。但采采也没有因此觉得不妥。“他们只是对我有些好感罢了，没其他的……”

小溴冷笑道：“没其他的？”

“就有，那也只是很自然的反应……他们都是男人。”

小溴突然叫了起来：“很自然的反应？为什么？为什么？既然是很自然的反应，你为什么要骂我，要打我？我也是男人！”

“可你是我弟弟！”

“不是！我不是！”

采采全身发抖，不知是生气，还是害怕。她转过身去，不再理会小溴，正要离开，一双手用力地把她环住，“别生气，别生气，好不好？我也不想惹你生气啊！可是在我知道你是我姐姐之前，我已经……我已经……”

采采呆在那里。小溴没法收回自己的感情，她何尝不是？在那个大江的浴场中，当小溴通过幻月偷窥她的时候，当她通过幻月反窥小溴并在小溴的心里看见一个被反映着的自己的时候，那种镜子对着镜子的奇妙感觉就一直蛊惑着她。然而水族早已脱离野蛮千百年了，他们已经有了道德，懂得人应该自制。但这种道德，有时候反而让她和他想得更加厉害！

“小渼，你放手吧。我们不可能的。”

“不！”

“小渼，有一千一万个理由不允许我们在一起，可没有一个理由容许我们在一起！”

“一个理由也没有？我们喜欢，这不算理由吗？”

“这不是理由，这是任性！”说着，采采挣脱了那双手。那一瞬间，她仿佛听见背后一声轻响——那是一个脆弱的心灵被捏碎的声响。

“啊！不好了，鲶鲶鱼，鲶鲶鱼！”远处传来族人的惊呼。

采采心中一凛，闻言赶去，中途遇到鲶鲶鱼阿呆，便问：“是你在捣鬼吗？”

阿呆忙道：“不是不是！我早已归顺水族，现在是公主您最忠实的坐骑，哪敢乱来！是湖口那边传来的声音啦。”

采采跳上阿呆，朝湖口的方向游去。大相柳湖是个淡水湖，方圆数百里，有雪水从上游而来，在东南另有一个出口形成一条河流——被水族名为“盈江”的——向东南流去，汇入大江。这和小相柳湖的情形相似，只是大相柳湖的规模远胜罢了。

此时，湖口处正有上百鲶鲶鱼逆流而来，企图进入大相柳湖。

现在水后“不准用大水咒”的禁令已破，这几条鲶鲶鱼采采哪会放在眼里？双手结成波浪状，念动咒语，登时无风起浪，一个三叠浪把鲶鲶鱼全冲了出去。

“哈哈哈，女娃儿原来有点本事啊，被我拿住的时候怎么不动手？”一个老家伙破水而出，正是曾侵占小相柳湖的河伯东郭冯夷！采采心中吃了一惊，自忖没把握胜过他，脚下一踩，阿呆这次竟也不呆，头一沉，潜入水中求救去了。

采采心想自己占了地利，后援随时会到，倒也不害怕，脸上神色不变，虚足踏在湖面上；东郭冯夷踩着浪花，飞扬跋扈地在湖口外的水面上立定。一老一小对峙着。

采采心想：“说什么也得把他先拖住，等爸爸妈妈来了就不怕他了。”双手作莲花状，交叉于胸前，笑道：“东郭前辈，伤养好了？上次桑家哥哥自从见过你以后，可想念你得紧呢。一直担心您老人家在独狢胯下的泥洞里受了委屈。”

东郭冯夷一听不由勃然大怒！他败在桑谷隽一个小辈手下，甚至不得不钻入冥灵肛门，游过独狢胯下，事后引为奇耻大辱，为了这事手下的虾兵蟹将没少吃他迁怒的苦头。这时被一个水族的少女直揭伤疤，哪里还忍得住？呼的一声一个浪花狂卷过来。

采采微笑道：“东郭前辈，就这点道行吗？怪不得会伤在巴国王子的手下啊。”她一边用言语激怒对方，一边发动莲花手诀，借着天上的月光、湖水的反射，幻化出十二个自己的幻象来。十二个“采采”如同飞仙一般穿插在河伯掀起的巨浪之间，如龙女在月下戏水，晃得东郭冯夷两眼迷离，如处仙山幻境。采采的真身却藏入水底，用一股潜流裹住自己，偷偷溜到东郭冯夷的背后。

“旋涡陷！”一个旋涡悄悄在东郭冯夷的身后出现，一股巨力倒卷，扯住东郭冯夷脚下的浪花倒拖。

河伯正在甄别那些幻影的真假，突然被采采从背后偷袭，一时不察，竟然被拖了进去。采采大喜，念动冰河大咒，瞬间召唤来八十一把玄冰旋转刀，汇进旋涡陷阱当中。只要河伯被卷进旋涡深处，立刻会被这八十一把玄冰旋转刀铰成碎片。

采采正高兴，突然一股奇异的寒流不知从何处来，把自己裹住了。这寒流的气息和自己的气息相融汇，全没半点抵触，心里不由奇怪：“难道是妈妈来了？”

她正诧异，身后一声巨响，一头巨兽浮出水面，却是一头铜甲象牙的巨龟，鼓动两道江流，把采采包围住了。采采大骇，想要借水遁逃走，只觉脚下有异，忙察看时，这才发现那八十一把玄冰旋转刀不知何时反窜回来，在她脚下形成一个旋涡急速旋转着，只要她再潜下半尺，立刻就会被自己造出来的玄冰刀分尸！

河伯哈哈大笑，破了采采的旋涡陷阱，踏水而出：“娃儿就是娃儿！你本领不小，就是见识太差。要不是你求胜心切，我还未必能拿得住你！”

采采眼见前有河伯东郭冯夷，后有玄龟冥灵，脚下是被河伯反制了的冰刀漩涡，只一个回合，自己竟然陷入绝境！

当初水王运用大水咒搬运法把小相柳湖的族人搬回大相柳湖，因为用的是河伯从桑谷隽手底逃走的路线，因此被河伯察觉了一些蛛丝马迹，一路寻到了大相柳湖。上次捉到采采后，他曾和水王过了一招，自知不如，这时感应到禁闭了十几年的水月大阵重新启动，猜想水王水后已经复合，不敢造次。在大相柳湖外逡巡许久，这日试探性地驱使鲐鲐鱼入湖，却见采采前来驱逐，心中大喜，定计要把采采拿住，以此来和水族交换“水之鉴”。对峙时，他听了采采的讽刺，假装暴怒，稍稍示弱，果然把采采一步步引入自己的诡计之中。

想到这里，东郭冯夷不禁得意。突然听一人道：“以男欺女，以大欺小，算什么英雄好汉！”采采闻声大喜，爸爸来了。冥灵一见水王现身，舌头一吐，把采采卷住了。

东郭冯夷见采采已被制住，这才放心，对水王道：“英雄好汉老子没兴趣做。这女娃儿是你女儿没错吧？嘿，如今她落在我手中……”

水王冷笑道：“如何？”

东郭冯夷大笑道：“你若还想要她性命，就拿‘水之鉴’来换！”

水王一愣，突然大笑，“还以为你是个高手，原来全无见识！”

东郭冯夷一怔。他本性贪婪，祝宗人还在夏都之时就不喜欢他。后来祝宗人离开夏都，山鬼叛变，大夏王将镇都三门划归血祖无瓠子统领，但无瓠子也不喜欢他。自此以后，他常想自立门户。有次在偶然间他知道了在西方大荒之地，存在一个叫“水族”的古老部落，乃是数百年前水神共工的后代！这水族拥有异宝“水之鉴”，具有不可思议的力量，似乎连四大宗师对之都颇有忌惮。

东郭冯夷深通水系玄功，对共工这位水系神通空前绝后的传说人物更是神往已久。因此一听到水族和“水之鉴”的存在，不由贪心大动。找了个借口跑出来，在这荒芜的西原一找就是数年。这时拿住了水族公主，正想以此作为要挟，迫使对方交出“水之鉴”。但水王的那一声狂笑却让他摸不到头脑，似乎是自己在什么地方搞错了，弄了个大笑话。

东郭冯夷正在沉吟，水王道：“快快放人，我还可饶你不死！否则……”

“否则如何？”

水王一声冷笑，背后湖浪翻涌，就要发动攻势。

东郭冯夷脸色一变，“你不要你女儿性命了？冥灵！”

冥灵舌头倒卷，把采采拉到口边，一排森然巨齿悬在采采头上，采采被巨舌限制了行动力，冥灵的上颚偶尔滴下的唾液，令她又是恶心又是害怕，只得闭上了眼睛，却觉那股裹住自己的寒气顺着冥灵的舌头游离了自己，心中一动，莫非……

东郭冯夷冷笑道：“如何？”水王的攻势略缓，但仍一步步逼来。

东郭冯夷心中没了底气：“这家伙若是把‘水之鉴’看得比女儿还重，那可怎么好？”眼睛盯着水王，一边全神戒备，一边飞身倒退，就落在冥灵身上了。于是他催动体内的生命之源，和冥灵连成一体。

“给我住手！”东郭冯夷喝道，“我数到三，你若不撤回浪花，我让你今天就白发人送黑发人！”

水王一声冷笑，东郭冯夷喝道：“一！”

水势不缓，东郭冯夷再喝道：“二！”

水王皱了皱眉，东郭冯夷怒喝道：“三！”

汹涌而来的巨浪陡然顿住，就像突然被冰冻起来。东郭冯夷大喜，笑道：“你……”话未出口，突然一股寒意从足下传了上来，跟着冥灵惨叫一声，松开舌头放了采采。一个浪花倒卷，洪涘伯川破水而出，把采采抱住，飞身回到水王身边。

“冥灵！怎么了？”东郭冯夷连连安抚，却无法止住冥灵的暴动。他和冥灵合体，感觉相连，只觉一股太阴之气在冥灵体内乱窜，所到之处痛如刀割！在合体的状态下，这种剧痛东郭冯夷竟也感同身受！

冥灵越痛越厉害，终于抵受不住，头尾四肢都缩进龟甲之中。东郭冯夷似乎感到龟甲内血肉模糊，冥灵的生命气息越挣扎越弱，终于再没有动静了。

“不可能的！不可能的！冥灵是九天之外一等一的幻兽，怎么会……”

忽然龟甲内另一股生命气息开始跳动着，成长着，东郭冯夷一阵战栗，正要切断和冥灵的联系，却已经来不及了。那股太阴之气涌了过来，侵入他的五脏六腑，由于是借着他传送生命之源的通道入侵，河伯竟全无抵抗的余地，眼睁睁地放任那股异样力量在自己的体内打了一个死结。

噗的一声响，冥灵的四肢伸了出来，但却变了样子——就如四脚蛇的四肢！跟着龟甲的前方生出一个血肉模糊的脑袋！在江水的冲洗下，血肉去尽，鳞片层层——竟然是一个蛇头！跟着龟甲的后方也长出一条不一样的蛇尾！

东郭冯夷只觉一阵晕眩，蛇口张开，吐出一股雾气，雾气中一个女人的身影飘浮着，雾气散尽，女人的面貌渐渐清晰，正是水后！

东郭冯夷颤声道：“你……你把冥灵……吃了？”

水后不答，半侧着脸，神色似乎甚是疲倦。

水王滑行到水后身边，与水后并肩，对东郭冯夷冷笑道：“你本领不小，就是见识太差。要不是自以为是，我们还未必能拿住你！”却是学着东郭冯夷刚才嘲笑采采的语气。

东郭冯夷惊惧交加，指着水后道：“你……你以蛇食龟……”

水后道：“不错，这世界上再也没有冥灵了。这是一头全新的幻兽，可称为禺强。”

东郭冯夷心中大骇：这女人，比她丈夫还可怕！颤声道：“你……你在我体内安置了什么东西？”

水后道：“难道你不知道？”

东郭冯夷又是一阵战栗，“难道是‘玄阴心结’？”水后一声轻笑，算做默认。

东郭冯夷知道体内被种了这“心结”，从此只要水后一加催动，心脏的血液马上化为冰刀，把自己的内脏捣得粉碎。他不由垂头丧气地说：“我连冥灵都已经被你收服了，你还要怎么样才肯放过我？”

水后道："我何时要你的幻兽了？它虽然不再是冥灵了，但和你体内的玄阴心结气脉相连，你还是可以召唤和使动它。"

"可是……"

水后截口道："可是你以后就不再是什么镇都四门了。"水后微笑着对丈夫道："溯，从今往后水族多了一个护法，如何？"

水王哈哈大笑。

东郭冯夷知道自己已经无可反抗，颓然跪倒在蛇身龟甲的幻兽禺强背上。

采采缩在小泆怀里，全身发抖。她从不知母亲是这么厉害的人，利用对手对女儿的轻视，几个照面就反转战局，制得对手求生不得、求死不能。她不禁向小泆的怀里靠得更紧——湖天广大，可是此时此地，只有这个大男孩的体温比较单纯。

都雄魁叹道："这个女人厉害啊！除了你们心宗的传人外，我从未见过这么厉害的女子。"

"谢谢你的推重，不过我们可担当不起。我心宗门下，要么就是天真烂漫的无知少女，要么就是被男人伤透了心的无奈小妇人，哪有你说的什么厉害女子？"

都雄魁冷笑道："天真烂漫的无知少女？说的难道是妹喜？无奈小妇人？不包括沼夷吧？"

"妹喜当然是个好孩子，她不过是刚好遇到一个好男人，把她宠坏了而已。这些年在夏都，我还要多谢你照料她。至于沼夷，唉，虽说她已经被逐出师门，但还是逃不过我们这一代人的苦命啊，要不然怎么会搞得夫离子散？"

"哈哈……"都雄魁干笑数声，道，"照料妹喜娘娘？我怎么敢当？这些年我还得靠她帮我在大王面前周旋周旋呢！至于沼夷，因为情变，一夕之间迷得六万八千个男人精尽人亡，微[①]、髳[②]（máo）两族多

---

①②微、髳：上古民族。微，生活在现在的陕西郿县。髳，生活在现在的甘肃四川交界地区。

了十几万个寡妇，从此阴阳失调、元气大伤——嘿嘿，这份功夫连我也甘拜下风！这样的无奈小妇人，幸亏世上没有第三个！”

“第三个？什么意思？”

都雄魁笑道：“沼夷再厉害，终究是你的手下败将。天上地下，四海内外，你如果认第二，哪个女人敢认第一？”

“找到了。”江离说。

“嗯。”桑谷隽应声道，“刚才那边似乎有冥灵的气息。看来东郭冯夷那老小子比我们早了一步啊。”

羿令符道：“现在就过去？有什么计划没有？”

“计划？”有莘不破道，“毕竟是采采的部族，咱们先礼后兵。”

江离叹道：“希望采采能给一个让我们罢手的说法。”

有莘不破摸了摸鬼王刀，“但愿如此！”

决战大相柳湖

已是黄昏，但大相柳湖却不平静。

萝莎来报：“王，有穷商队在外面叫喊，要我王出去。”

采采心道：“终于还是来了。”

溯流伯川却冷笑道：“不知死活！”

萝莎又道：“那个有莘不破还叫嚷着要公主出去见他。”

洪涘伯川道：“姐姐别理他。”

“不。”采采说，“该来的终归要来，该见的迟早要见。爸爸妈妈，让我先见见他们吧。”

水后点了点头。溯流伯川道：“采采，记得不要再跨过湖界。这些平原人阴险狡猾，不可信任。”

采采点了点头，心里却摇了摇头，一路向湖口而来，小涘不放心，跟在后面。

“溯，我们也去看看。听萝莎她们的转述，这几个平原来的年轻人可没那么简单。”

采采心里七上八下，不知见了有莘不破和他们说什么好。从水晶小筑到湖界的路程不近，但今天却觉得忽儿就到了。

湖界外，有莘不破按刀傲立。左手边扶着弱不禁风的雒灵，右手边站着飞扬跳脱的芈压。空中飞着幻蝶，蝶背上立着桑谷隽；幻蝶旁停着七香车，车上坐着江离。

采采勉强笑道：“不破哥哥，别来可好？”

有莘不破也不答话，也不问她为什么不辞而别，开门见山就说：“听说水族启动了水月大阵，要水漫天下。有这事么？”

采采一惊，不知有莘不破怎么会知道得这么清楚，一时间不知如何回答。

有莘不破追问道：“这事有还是没有？或者说你不知道？”

采采犹豫良久，终于道：“有。”

“那我再问你，你打算怎么办？阻止这件事情，还是促成？”

采采黯然道：“我阻止不了。”

有莘不破道：“我们几个要把这水月大阵破了，你站在哪边？”

采采道：“站在哪边？我能站在哪边？我不赞成爸爸的做法，可那是我爸爸。”

有莘不破盯着她半晌，道：“这就是你的回答？”

“不破哥哥，对不起。”

“你不必对我说这句话，”有莘不破道，“我杀溯流伯川的时候，也不会对你说对不起的！”

采采心中一震，水王的笑声在背后，“哈哈哈……好大的口气！别以为侥幸胜了河伯，就可以自以为是！”

有莘不破喝道：“溯流伯川！有种的出来一决胜负！我倒要看看，你有没有和你的野心相称的实力！”说着向后让开半箭之地。

溯流伯川全然不惧，踏出湖界，站在水面上，湖水在他脚下结成莲台形状，无风无浪，却是霸气逼人。

有莘不破对江离道：“如何？我说没法善了吧？”

江离驱车前进一步，道：“伯川族长，共工之仇，年代已久；大相柳湖人间仙境，为什么水族就不能在此安享和平？”

溯流伯川怒道：“住口！我祖神的名号，岂是你这无知小子叫得的？我们水族被你们这些平原人逼迫得流离西疆，数百年来苦苦守着这苦寒之地！你说得倒轻松，什么安享和平！也罢，也罢。你去跟你们夏王说，把太行山以西全部割给我们水族，现有诸国诸族全部东迁，我便饶了你们。”

桑谷隽一听连连冷笑，连江离也皱起了眉头。太行以西的万里江山，连大夏王也无法全面有效地控制，要让巴、蜀、稷诸国以及戎狄各部全数东迁，更是痴人说梦！

芈压笑道：“这一路来也没见过这么狂妄自大的！”

溯流伯川怒道：“小子找死！”一股水柱从水莲台中向芈压冲去。芈压一跃避开，跳到驺吾背上，张口一吐，放出三百火兽，向溯流伯川冲去。

洪涘伯川冲了出来，捏动水诀，江水环流，在身前化做一面巨大的水之盾牌，挡住了火兽。水火相激，化作股股青烟。水之盾牌不但挡住了火兽，更一步步地向芈压逼来。芈压的功力不输于小涘，但属性被他克住，这里又临近大江，正是水族施法的大好地形，因此落了下风，连连后退。

水王见爱子得力，心下大慰，两手虚抱，手掌中的虚无空间隐隐荡漾着一层透明的光华，如水又如镜。江离等都是心中一跳：“难道这就是‘水之鉴’？”

水王两手举起，那层琉璃一般的光华折射夕阳余晖，射在他自己身上，水面立刻投下水王的身影。那身影由虚幻渐渐变成真实，慢慢浮出水面，变成一个和水王一模一样的分身！分身一阵扭曲，变成一条白色巨蟒，面目狰狞，血信獠牙，向有莘不破冲了过来。这正是水族的大水咒“水影之蟒”！

有莘不破大喝一声，远远地一刀劈出，刀罡把巨蟒斩成两半，那巨蟒是水属性，受了金属性的刀罡，来势丝毫不受挫，变成了两条大蟒分别袭击有莘不破和雒灵。有莘不破横刀立定，不动如山，张开一个气罩笼住全身，任那大蟒吞噬，雒灵却倏地飞身而起，落在半空的幻蝶上，足下一点，跃入七香车中。那“水影之蟒”就如通灵一般，就要绕过幻蝶继续追击目标。

立在幻蝶上的桑谷隽哪容大蟒绕过自己追击雒灵，手在幻蝶头上一按，幻蝶吐出千百匹蚕丝，把大蟒捆住了。被捆住的大蟒突然化做一摊清水，从丝网的缝隙中漏了出来，脱了蚕丝的束缚，又重新凝聚成大蟒，向桑谷隽扑来。幻蝶翩翩飞开，躲开了“水影之蟒”的攻势。

这边桑谷隽驾着幻蝶在大蟒的追击中翻腾闪避，那边有莘不破却躲也不躲，全身真气行开，把护身气罩鼓得越来越大，那大蟒咬、吞、卷、勒，根本无法突破气罩。

水王压制住了有莘不破和桑谷隽，正要分力袭击七香车，突然缠住有莘不破的水蟒告急，有莘不破的气罩竟然渐渐逼开了水蟒的压力，眼见他再加一把劲，就要把缠绕着的水蟒谷爆。水王心中暗暗吃惊：这小子好生了得！当下全力以赴，拼尽余力，这才把有莘不破又压制下去。

采采在湖界内看着父亲和昔日的朋友斗法，自己却一阵彷徨，不知该如何才好。她见父亲两手间的水球不断震荡，两手微微颤抖，知道他已尽了全力。看小渼和芈压那边，小渼不敢远离江流，芈压不敢靠近盈水，一个在岸上放火，一个在河中弄浪，都伤不了对方。

采采心道：妈妈还没出现，又在哪里安排什么计谋吗？想起水后收拾河伯的手段，心中不寒而栗。突然鼻子闻到一股香味，抬头一望，只见七香车盘绕着一股淡淡的青气，青气中坐着两人：雒灵闭了眼睛，似乎在倾听什么；江离握着雒灵的手，凝视着水面。那股青气一伸一缩，犹如活了一般。采采细看那青气的去路，睁开透水之眼，只见水面下一道外族人无法看到的水光四处游走，那水光游到哪里，江离的青气就贴着水面跟到哪里。采采心想：那水光定是妈妈的化身。江离他们真厉害！妈妈瞒得过东郭冯夷，却瞒不过他们！

眼见双方僵持着，采采知道自己若是出手，可以让形势有所倾斜。可是她想起当日和有莘不破等人相处的情景，却又下不了决心出手。何况那鹰一样的男人，到现在还没有出现。

水王为了要压制有莘不破，把水力一重又一重地加上去，但把有莘不破的防御圈压到半径五尺以后就再难靠近。

桑谷隽突然长笑一声，向河边一座小山撞去。没有撞得头破血流，反而如鱼入水，消失在岩石之中。那巨蟒撞到山岩上，又化做一摊清水散了开来，落在小山上，顺着山势流了下来，在山下重新凝聚成大蟒，但再一次凝聚起来的水蟒却变了颜色，原本白色的身躯变得又黑又黄，就像一碗清水里掺进了半碗泥沙。

水王用了七分力量压制有莘不破，只用三分力量追击桑谷隽，这时突然发现追击桑谷隽的大蟒变了颜色，变得笨重无比，大半截掉在地上难以动弹，勉强催力指挥，仍是摇摇晃晃。他的注意力稍微分散，那边有莘不破马上反攻，无数刀罡从气罩中飞出，把大蟒斩成十几截。大蟒还来不及组合复原，一股旋风倒卷而起，把泥土、清水一股脑卷成一股声势浩大的龙卷风，下乱盈江，上接苍穹，风中阴阳两气如刀砍剑斫，森森然透着无限杀气。

采采大惊道："爸爸小心，这是'刀剑乱·大旋风斩'！"

水王见了这威势也是脸色一变，这才相信这几个年轻人确实非同小可，却听桑谷隽笑道："不破，你的旋风斩越来越顺手了啊。"他的人却不见踪影，但地面的泥沙却一层又一层地向那半黑半黄的蟒蛇涌过去，就像往一口水袋里硬塞泥巴，逐渐侵袭水王对它的控制力，没多久那大蟒变得臃肿不堪，比原来胀大了十几倍，由一条白色的水蛇，变成一条杂色的土蛇！

水王失了"水影之蟒"，体内真气一阵不继。有莘不破却得理不饶人，催动大旋风，刮得飞沙走石、重浪倒卷，向水王杀来。

眼见父亲遇险，采采心中急了，飞身出湖界，挡在父亲前面，双手交叉，以生命之源引发大水咒，一道和河面等宽的巨大水墙竖了起来，挡住龙卷风。

只听有莘不破冷笑道：“你终于还是动手了。”

采采心中一阵难过，知道这一出手，等于是在亲人与朋友间、亲情与道义间做出了选择。

采采的水墙只挡了一挡，龙卷风又继续挺进，风中卷着大量的河水，声势更是威猛！

水王得了喘息的机会，回过了气，叫道：“采采退开。”

采采知道自己力量有限，再度退回湖口。水王双手高举，面对龙卷风仰天狂笑。一道白气盘着他的双腿，攀援而上，变成一团白雾把他全身笼罩住了。水王面对令天地变色的巨大龙卷风，毫无畏惧，双脚像钉在水面一般，直到被龙卷风吞没。

采采知道这是有莘不破和父亲正面较劲，力强者胜。不过看方才那股雾气，似乎母亲已和父亲连成一气。

果然龙卷风把水王卷入以后，一股强烈的寒气从河底涌起，扰乱了龙卷风内部的阴阳格局，旋风变成乱风，水柱、泥土四处飞散，更有大量的江水被寒气凝结成大冰块，夹着旋风方散的余威向有莘不破、桑谷隽和七香车的方向飞射过去。连那条又粗又长的土蛇也被大冰块斩成数十截掉在地上。

在和冰块的碰撞中，有莘不破身上的护体气罩越来越大，越来越强；撞向七香车的冰块则被那股越来越浓的青气瞬间消融；桑谷隽藏身的那个小土山却被冰块摩擦得土落泥掉，慢慢显出一头独狢的形状来。

龙卷风的余威方才消散，四种截然不同的罡气在一片混乱中一齐现身，直冲九霄。

“不错不错，”都雄魁叹道，“这两个小辈居然举手投足间就把赤髯、巍峒都叫出来了，伊挚的徒弟居然还懂得‘法天象地’！嘿！多半是那多管闲事的季丹洛明教的。”

他站在离大相柳湖数十里外的高峰中，遥观战局，身旁只有岩石与积雪，一个人影也没有，难道他在自言自语？

就在这时，一个极有节奏的脚步声响起，都雄魁循声下望，一个瞎子正摸着岩石慢慢爬上来。待他爬近，都雄魁笑道："乐正大人，有什么事情用'千里传音'之术不就行了？何必这么辛辛苦苦地攀山越岭？"

那瞎子正是大夏乐正的传人师韶，他却不理会都雄魁的招呼，仍是一步步爬上来，一直到了一块和都雄魁处在同一高度的岩石上，这才坐下喘息，"都大人好。"转头向另一块空荡荡、光秃秃的岩石道："宗主别来无恙。"

石头后垂下一条若隐若现的人影，传来一声虚旷空灵的轻语："托福，托福。"

师韶道："那水族异想天开，竟然妄想利用'水之鉴'灭世。那水族女子阿芝，想必是两位遣来的？"

都雄魁淡淡道："是我遣去的。"

师韶道："两位既然在此，又深知此事的祸害，不知为何竟放任水族启动水月大阵？那大相柳湖的阵法虽然牢固，但想来应该还拦不住两位。"

都雄魁笑道："我们要杀那两公婆，易如反掌！不过那帮小子既然肯帮我们这些老骨头分忧，我们就乐得省心省力。"

师韶微微一笑，道："两位若肯动手，必胜无疑。易如反掌却未必。师韶来此，是想问一声：两位是想让小辈们打前锋，最后再压轴出场；还是袖手旁观，任他们施为？"

都雄魁反问道："你呢？"

师韶道："瞎子吃了有穷这些天的白饭，自然要卖一两斤力气。打架我虽然不在行，在旁边呐喊助威倒还可以。"

都雄魁笑道："有你压轴就够了。要我们三个都出手，那两公婆还没那么大的面子！"

师韶道："水族占了地利，我们能取得压倒性优势也就罢了，若胜负只是一线之间，两位也不出手吗？"

都雄魁道："不错。"

师韶道："如果一个不小心，真给水族完成了……"

都雄魁截口道："那就让天下浸一浸好了，长则三年五载，短则一年半载，水总会退的。”

师韶哼了一声，道：“宗主也是这个意思？”

岩石后的声音道：“嘿，差不多。”

师韶道：“既然如此，瞎子告辞了。”

岩石后的声音却突然道：“等等。”

师韶道：“不知宗主有何吩咐？”

“这两公婆的功力这十几年来虽然大有进步，但那几个孩子多半还应付得来。不过如果他们龟缩进大相柳湖，不明究竟的人，就算是力量比他们强上数倍只怕也束手无策。几个小孩子少不更事，你眼睛又不方便，因此我才忍不住想多两句口。”

都雄魁笑道：“说到底苏儿还是心软。”

“孩子们冲进去打得乒乒乓乓响才有趣，如果是被拦在大相柳湖外面干瞪眼，那还有什么看头？”

都雄魁点头道：“有道理，有道理。”

“简言之，这水月大阵，不但是为了给召唤‘水之鉴’而积蓄天地灵气，更是为了在召唤期间给召唤者护法……”

龙卷风气止声息，大相柳湖外赫然出现一条巨大的两头蛇，分开的两头如两根擎天柱般耸起，共同的尾部在水底不知还有多长！水王、水后分别站在其中一个头上，一个杀气腾腾，一个气色祥和，一个含怒将发，一个微笑不语。但在旁人看来，后者却比前者更加可怕。

两头蛇对面，屹立着山岳一般高大的有莘不破——这是有莘不破第一次独力运使“法天象地”——这大法是以本身内息感应天地之气，变化出巨大的法像。这法像不是真正的肉身，也不是纯粹的幻觉，而是一团人形的气。有莘不破的元身藏在法像的某处，是整个巨人的中枢。

芈压和洪涘伯川在混乱中结束对峙。芈压站在有莘不破肩头上，小涘则退回了大相柳湖，和采采并肩而立，虚踏在两头蛇背后的水面上。

两头蛇的左侧，是二十层楼高的独猞巍峒，据地待扑；两头蛇的右侧，是数十丈长的巨龙赤髯，悬空蓄势。

七香车在一个角落里静静地待着，雒灵坐在里面，全然无视这一触即发的战局，仿佛正在闭目养神。

水陆大战

“少主，”苍长老道，“为何要把车队安置在这么高的地方？”

羿令符道：“我们要和水王斗法，后果尚未可知。把你们安置在这里，我们才无后顾之忧。”

阿三道：“少主，把我们几个带上吧，缓急之时也有个帮手。”

羿令符一笑，突然神色转为郑重，向西北望去。苍昊旻上四长老及阿三等顺着他的眼光望去，只见大相柳湖方向的上空凝聚了一片巨大的云气。阿三惊道：“少主，是‘龙取水’的天象吗？”

羿令符道：“不是。是有莘。”

众人讶异道：“是台侯？”

羿令符道：“有莘以自身生命之源牵动天地之气，多半是在施展‘法天象地’大法。”

阿三道：“这么说大战开始了。少主，你快去帮忙吧。”

羿令符笑道：“不急。”

苍长老道：“除了那团云气以外，另有三股气息，其中两股应该是江离公子和桑公子的吧。另外那股好生怪异，莫非就是那什么水王？”

阿三修为较浅，只能看见肉眼看得到的云气，其他三股气息却无法感应了。

羿令符沉吟道：“那股气息极阴极阳，极刚极柔，本应全不协调，却又混而为一。一个人怎么会有这样的气息？但两个人的话又怎么能这样浑然一体。”

阿三道：“那台侯他们……”

只听一个人道：“不必担心，从气势看来，应该未落下风。”

阿三一转头，师韶蹒跚走近。心想：“这瞎子又残又弱，不知台侯他们怎么这样看重他。”

羿令符道：“师韶兄晨起外出，有要事吗？”

师韶道：“我去见两个人。”

羿令符动容道：“莫非是那四位前辈中的两位么？”

“不错。”师韶侧耳聆听，道，“台侯他们打得很热闹啊。”

天空本来无风无云，但突然间一场大雨倾盆而下。

水王水后分立在两个蛇头上，水王用大水咒招来渺渺云水，水后将半江云水凝成镜盾，挡住了桑谷隽，又将半江云水凝成冰山，将有莘不破压住。对江离那面却露出破绽。

洪涘伯川道：“姐姐，爸爸妈妈那边有个破绽，我们去补上。”

采采道：“别动，那是陷阱。”想起江离为自己结芦苇浴场的情谊，心中呼唤道：“千万不要进来，千万不要进来。”

江离座下的九天幻兽神龙赤髯也对着那个缺口说道：“似空非空，若有若无，只怕是个陷阱。”

江离冷然道：“怕什么？进去！”

“好！”赤髯仰天龙吟，乘着云气飞了进去。飞进不过数十步距离，突然出现一片雾气，把一人一龙围拢。赤髯惊道：“这雾是重水凝成，要是被围住在龙鳞上凝成水珠，指头大的一点就有十斤重，被沾上我们非困死不可。”

江离笑道：“水润木生，就是毒水也不怕。”又吟道：“斜阳借我炉鼎，东风隔袖偷香。”一甩手，化出百万星点。

水王察觉到重水之雾有异，叫道：“是什么东西？”

水后道：“是蒲公英！这小子不好对付！”

妖力蒲公英散进重水之雾中，重水之雾见物凝聚，水汽围绕这蒲公英凝成水珠，水珠凝成雨点，雨点聚成涓涓细流，细流汇聚成一道从天而降的瀑布。江离送一阵风，把瀑布吹斜了，向两头蛇冲来。

水后哼了一声，手一指，瀑布拐了个弯，成为一条悬空河，江离和赤髯已经趁着这个空隙闯入了两头蛇百步之内。

水王不慌不忙，因势制宜，暗运神功控制了悬空河，形成一个重水带，把两头蛇重重围住。水后朗声笑道："谢谢你了，给我们多造一层重水之甲。我敢保证这重水河的密度，连昆吾出产的宝剑也刺不进来。"

"是吗？要不要让我的鬼王刀来试试！"只听有莘不破大叫一声，身体再次胀大，比巨幻兽巍峒还高出一个头。他的肩头被百丈高的冰山冻住甩不脱，干脆用两肩之力把千丈冰山担起，迈步向两头蛇撞来。

水王水后见他居然能够担山疾走，双双脸上变色，那边桑谷隽大笑道："好！巍峒！咱们也撞！"独狢巍峒仰天长嗥，四脚一蹬跃起千百丈高，化做一颗巨大的陨石，飞撞而下，高速运动中和空气摩擦成一个大火球，挟带着风火之威，撞破镜盾，和有莘不破双双冲撞两头蛇外围的重水带。

三股巨力一撞，重水带被撞得粉碎，有莘不破和桑谷隽也被水王水后的反力震开。重水带失去了法力，散化成一片足以淹没一个山头的洪水，一半泼向大相柳湖，打得大相柳湖水浊浪涌，一半被三力相撞后的反冲力激向天空，化做一场覆盖三百里方圆的大雨。

一时间，三幻兽、五高手全部陷身洪水之中。

混乱中水王水后渐渐无法将洪水控制自如，正要控制水位，水后却叫道："把洪水再升高些！"

水王道："如果失控变成乱水怎么办？"

"听我的！"

"好！"

有莘不破和巍峒还没站稳，水王已经发动大水咒，令水势上涨了十倍！连巍峒、两头蛇都淹没过顶！大水淹到有莘不破的人中，呛得他几乎难以呼吸。芈压和驺吾更不知被冲到哪里去了。

巨龙赤髯载起江离，高飞而上，躲入云中。

大相柳湖也是一片混乱，采采被倒卷的大浪冲荡得狼狈不堪。但无论她被冲到哪里，总有一只手紧紧握住她，怎么也不放手。采采心中一阵感动，一阵甜蜜，又是一阵担心。

采采心道："这水失去控制，连我们水底的老家也要遭殃！妈妈怎么比爸爸还……"想起母亲的疯狂，采采的身子不禁微微一颤。

这时湖口外水王高呼道："不行！这水我快控制不住了。"

水后笑道："控制什么？我们赢了啊！"双手拥天，吟道："一之日，二之日，觱发凛烈，千里冰界，封！"水后的脸部出现一阵异样扭曲，两头蛇左头吸食阳气热量，右头吐出阵阵阴风。寒风凛冽，三弹指间洪水结冰，把大相柳湖外冻成一块广袤的冰原。有莘不破、巍峒、桑谷隽都被冻在冰中。

大量的洪水结冰后，水势渐缓，但水王也已精力见疲。两头蛇强自吸纳了过量的热能以后，全身发胀，软绵绵跌入湖口洪流当中休眠。水王水后也随着跌入水中。

地上的水流渐渐恢复了正常，但是在这阴阳冷热急剧变化之中，大量的水汽蒸腾上天，迅速凝聚成云，铺天盖地，把整个大相柳湖全部遮住了。

"还有一个逃了。"水后说，"那吐火的少年和那辆怪车也不知跑哪里去了。"

"不管了，"水王道，"快用阴气先把冰里面的两个宰了！"

突然空中一个声音道："先保住你们自己再说吧。"乌云聚拢，天色迅速地黑了下来。一个巨大的龙头探了出来，飞出两条龙须射向两头蛇，把两头蛇牢牢缠住。

水后惊道："不好！"

"雄雄赫赫，雷泽相射！轰！"五百个落雷响起、五百道闪电劈下，一起劈在龙须上，聚成一股空前绝后的无上电流。

"镜盾反！"水王布开水晶之镜，罩住身周，但哪里来得及布置周全？水晶之镜反射了大部分的雷电，终于还是有部分电流侵入，把两人给震伤了。

江离近来虽然功力大进，已经接近大成境界，但一口气召唤出五百个大霹雳，还是大感疲累，用以维持幻兽存在的生命之源也已耗尽。赤髯按下云头，把他安放在一座孤峰上，一阵空间扭曲消失了。

在闪电劈下之际，大部分伤害力被水王挺身承受，水后受伤较轻。正要施法攻击江离，突见冰面龟裂，不由脸色一变。她还来不及反应，冰面已经裂开，一道凌厉的刀气飞出，恢复了正常人大小的有莘不破跳了出来。他也是疲累难堪，却仍站得笔直。

有莘不破环顾四周，只有江离迎风欲倒地坐在一座冰山上，其他伙伴却都不见了，便高声叫道："芈压，芈压！你在哪？不会没出息到就这样死掉吧？"

一处冰层融破，驺吾驮着湿淋淋的芈压跳了出来。芈压喘气道："还死不了！但我和雒灵姐姐被大水冲散了。不知她在哪里。"

有莘不破道："她一点元气也没耗费过，应该不会有事。倒是桑小子……"又放声高叫道："桑小子！你呢？要不要我来救你？"却无人应和，左右也不见人影，连巍峒的气息也已完全感觉不到，心中不由大为担忧。

采采和洪涘伯川安抚了大相柳湖内的浪潮，再出孤峰时，交战双方都已精疲力竭。水王受伤不轻，暂时不可能再行动手。水后却还有一战之力。

有莘不破口里说雒灵应该没事，心里毕竟牵挂，再加上连桑谷隽也不知所踪，不由得转忧成怒，不顾气虚力弱，带着一股义勇，高举鬼王刀向水王水后冲来。

采采飞身拦住，叫道："不破哥哥。"

有莘不破怒道："走开！"

采采又叫了一声："不破哥哥！"

"让开！要不连你也杀了！"

洪涘伯川冷笑道："你这个样子！谁杀谁还不知道呢！"

水后暗中牵引玄阴之气，等有莘不破一冲过来就乘机致他死命。突然心头一动，暗叫了一声"不好"，使一个"浪卷潮翻"，把丈夫、采采姐弟和自己一齐卷回了大相柳湖。

有莘不破怒道："别逃！"发足追来。冲进大相柳湖，却反而走了出来。那湖口就像放着一面镜子，他一脚踏进去，但那一脚却踏在湖口之外。

有莘不破连冲了三次，每一次是如此冲了出来。他心中大怒，举刀一个小旋风斩劈了过去，却被那面看不见的镜子反射回来。这一招是他元气大伤后全力施为，自己竟然躲不开，被自己的绝招卷了进去，身受刀剑气劲千刀万剐之痛。

江离在冰山上道："不破，算了，没用的。"又叹了一口气，道："可惜可惜。"

有莘不破从小旋风斩中挣脱出来，道："可惜什么？"

江离道："可惜雒灵功败垂成。"

有莘不破一听，心中一动。江离道："雒灵一直没出手，多半是趁乱进了大相柳湖，想来个釜底抽薪。"

芈压道："可是这大相柳湖好像很古怪，有莘哥哥用的招数都被反弹回来，连人也走不进去。"尝试性地放了一只火鸦，果然那只火鸦一穿过湖口界限，马上像光芒反射一般反飞了出来。芈压忙顺手把火鸦灭了。"雒灵姐姐怎么进去的？"

江离道："这多半就是那个水月大阵了。他们夫妇俩曾两次借用这个大阵的力量——第一次是用于发动'千里冰界'，第二次是在力竭的情况下借力抵御我的'天雷行罚'。这两次借力都很匆促，因此都让这个大阵产生了一个微小的破绽，雒灵和桑兄多半就是趁着这两个破绽进去的。"

芈压喜道："桑哥哥也进去了？他不是发生意外？"

江离微微一笑，只听地下传来一个声音："我有那么弱吗？"冰层裂开，浮出一个帅气的小伙子，正是桑谷隽。

有莘不破大喜道："好小子！我就知道能和我打个半斤八两的家伙，不会那么容易就挂掉！"

桑谷隽听有莘不破语气中深藏关怀，心中一暖，口中却讥笑道："谁和你半斤八两？每一次还不是我让你？"

有莘不破呸了一声。江离道："好了！有空再吵！桑兄你进去后情形如何？"

桑谷隽摇头道："我从地底潜了进去，虽然趁着那个破绽越过了那道古怪的反射奇力，但走到一半就没力了。"

江离道："雒灵应该在水月大阵第一次出现破绽时就进去了，不知道她深入什么程度。"

水后等退回大相柳湖，回到碧水殿，召集族中长老高手。

洪涘伯川道："妈妈，他们都已经筋疲力尽了，干吗不乘机把他们解决了？"

水后道："那个女孩子不见了，你没发现吗？"

洪涘伯川道："大概是被大水冲走了吧。"

"小涘！你太轻敌了。"水后叹道，"那个女孩子绝不简单！我化身泽气在水底游行，连河伯这样的大高手都瞒过了，却瞒不过她！她不是被大水冲走，而是乘机闯入了大相柳湖！"

洪涘伯川惊道："这怎么可能？除了低等生物，根本不可能有外人或有灵力的东西能穿透我们的水月大阵！"

"刚才我和你爸爸两次借了大阵的力量，结果令阵形出现半弹指间的破绽。"

采采道："是妈妈发动'千里冰界'和应付天雷的时候吗？"

水后道："不错。那人不但已经侵入大相柳湖，甚至试图勘探大碧水水晶的奥秘！"

长老萝滥惊道："那怎么可能！碧水殿有我们几个把守，绝对没有外人进来过！"

水后叹道："那女孩到底用了什么方法，我也不清楚。但她确实触探过大碧水水晶的灵层，正因如此我才有所感应，要不然只怕连我都被她瞒过了。哼！竟然在我毫无所知的情况下侵入大相柳湖，这个女人不简单啊！"

洪涘伯川瞠目结舌道："这女人有这么厉害？"

水后叹道："我们确实把他们都低估了。本来我以为以他们的年龄，最多也就比你们姐弟俩略高一筹罢了，没想到他们中三人联手，实力就和你爸爸与我的联手不相上下！”

水王哼了一声，问女儿说：“采采，有穷除了这几个人，还有没有其他好手？”

采采被父亲一提，马上想起了那把可怕的弓，心中微微一颤，道：“还有一位羿令符。年纪比有莘不破他们都大些。”

水王道：“本事呢？”

采采摇头道：“我不知道。不过，爸爸你和有莘哥哥、江离或桑家哥哥对阵我还不是很担心。但如果您遇上羿大哥，我、我会很害怕。”

水王眉头微皱，道：“羿令符？就是养只鹰的那个男人？”

采采点了点头。

水王道：“我和小涘要进小相柳湖的时候远远望见那只鹰，也被那双眼睛扫过，他居然好像看破了我们的‘水泡之隐’。那个男人确实不简单。”

水后道：“他就是再强，现在被挡在湖外，暂时都不必担心他。倒是那个潜伏在大相柳湖的女孩子，却是我们的心腹大患！萝滥！传令下去，十大长老、八使者立刻行动，务必要把那个女孩子找出来！”

萝滥等领命而去。采采忽然道：“爸爸！其实他们都是我的朋友——至少曾经是我的朋友！只要我们放弃‘水漫天下·无陆计划’，我相信……”

水王怒道：“住口！”

采采鼓起勇气，接着道：“爸爸，我们为什么就不能和他们和平相处。几百年前的仇恨了，我们还记着有意义吗？还是……您根本就是贪图平原上富饶的土地……”

水王怒道：“你放肆！”

水后喝道：“采采，别再说了。”转头对水王道：“孩子家不懂事，你别恼火，恢复元气要紧。小涘！还不扶你父亲回房休息！”

采采见父亲暴怒，母亲责怪，心中一阵委屈，两行眼泪早垂了下来。父子俩离开后，空荡荡的碧水殿前殿只剩下母女两人。采采抹了眼泪道：“妈妈，你认为我们能成功吗？”

水后发了一回怔，道：“我也不知道。”

“那为什么……”

“采采！”水后道，“走到这一步我们已经没有选择了，你知道吗？如果我们不能成功展开‘无陆计划’，给那批平原人闯进水月大阵，水族就得灭族。”

“不！妈妈。我相信他们不会……”

“哈哈！不会？”水后笑得有些凄凉，“傻孩子！等你相信他们会的时候，只怕已经太晚了。”

第六章
风神飞廉的血脉劫持夏桀之子

僵尸眼中的过去和未来

太阳已经下山，江离在一个峡谷中找到七香车，雒灵却仍不见踪影。见有莘不破忧心忡忡，江离道：“不用担心。她要真出什么事，也一定会想办法让我们感应到。以她的实力，不会无声无息就消失了。”

有莘不破道：“这些法术阵法什么的你最精通了，难道就真没有一点办法破了这见鬼的水月大阵？”

江离道：“要有办法我早就说了，何必等你来问？”

桑谷隽道：“这阵法的镜面反射异能对外不对内。从外面要进去难，从里面要出来却没什么阻滞。水王夫妇都伤了元气，我料想水族中只怕没人能留难雒灵。她不出来，多半是找到了重要的线索。”

江离也点了点头。有莘不破心下渐安，蓦地听见空中一声鹰鸣，抬头仰望，喜道：“羿老大来了！或许他有办法对付这水月破阵！”

采采和洪涘伯川守在房外，为正在运功恢复元气的父母护法。

洪涘伯川侧着头，不知在想什么偶尔望了一眼采采，眼睛却炽热炽热的。采采不敢和他对视，低着头，说：“小涘，如果水月阵破了，你说会怎么样？”

“不会的。”洪涘伯川道，“无论什么样的攻击，都会被水月大阵反射回去。敌人越强，自己受到的伤害越重！”

“可他们都不是普通人啊。你又不是不知道。”

“如果真有那么一天，”洪涘伯川犹豫了很久，终于道：“那我就和族人共存亡！”

采采心中生出一阵不祥的预感，良久，才说：“小涘，我总在想，也许有第三条路。”

“采采，你别天真了。”

“叫我姐姐。”

“不！”

采采叹了一口气，不再纠缠这个问题，站起身来往外走。

“你干什么去？”

采采道：“我要出去。”

“出去？出哪儿去？”

“湖口。”

洪涘伯川惊道：“你要去见有穷那些人？”

“嗯。”

“不行！”洪涘伯川跳了起来拦住她，“你不能去！”

“我要去！无论如何我不希望和他们兵戎相见。何况我们根本没有多少胜算！”

“不会的！”洪涘伯川道，“只要召唤出‘水之鉴’，我们就能天下无敌！”

“那万一召唤失败呢？”

“怎么会失败？”

采采道：“到大相柳湖以后妈妈曾和我说起，召唤‘水之鉴’期间她和爸爸根本就无暇外顾。不但如此，召唤期间天、地、人三才之门都会敞开！”

“但外人并不知道三才之门会敞开——这秘密族内知道的人也寥寥无几。就算知道了，他们也未必知道如何进入这三个门！何况爸爸妈妈已经在三个门后面布下了很厉害的迷阵，管保他们能进来却出不去。”

采采叹道：“虽然这三才之门是我族最大的秘密之一，但以他们的本事，我怕他们迟早会勘破其中的奥妙。爸爸妈妈亲自出手也打不赢他们，那几个迷阵能抵什么用处？最多只能拖延个一时半会。”她面向东南，喃喃道：“这时候，他们大概正筹谋着怎么化解‘无陆计划’吧。”

大相柳湖湖口外，芈压的铜车“一品居”正散发出阵阵香气。

芈压随时随地都带着他这个会飞的厨房，但有莘不破宁可露天睡觉也不愿进去。倒不是他嫌油腻，而是因为这厨房会让他想起伊挚。他有个奇怪的念头，他怕想念得多了，会把那个通天彻地的师父引来。他现在可不想和师父见面，怕被他抓回去。

此时有穷商队的五大首领，正在离“一品居”不远的河边听师韶讲述他和都雄魁、独苏儿两大宗主的会面情况。

有莘不破叹道：“师大哥你太不够意思了。居然自个儿跑去见这两位前辈，竟把我们都落下了！”他对都雄魁的可怕至今心有余悸，但想雒灵的师父也在，那多半不会有什么问题。师韶微微一笑，也不说什么。接着又说起独苏儿所传授的破阵法门：“这水月大阵，不但是为了给召唤‘水之鉴’而积蓄天地灵气，更是为了在召唤期间给召唤者护法。想必你们也试过了，水月大阵最厉害的地方，是无论什么样的攻击它都能反射回来，就像光线射到镜面上被反射回来一样。攻击力越强，反射过来的力量也就越强。不过，这个阵法还是有破绽的。”

江离道：“如果我所料不差的话，这个破绽应该会在水王夫妇召唤‘水之鉴’时出现。”

师韶笑道：“不错。不愧是太一宗的嫡传高足，你到大相柳湖不过半天，和他们交过一次手，居然就窥破水月大阵奥秘的关键！”

江离叹息着说道：“只怕雒灵比我更早发觉，所以才乘机进入大相柳湖。”

师韶道："要召唤'水之鉴'需要很长时间的准备，所以远在东方的宗师们才能预先发觉。现在的水月大阵浑然一体，毫无瑕疵。但水族召唤'水之鉴'，需要大量灵气。到时候水月大阵用于吸纳灵气的天、地、人三门就会打开。普通人进入这三个门会被化为乌有，修真者甚至会将满身真气赔进去，被这个阵形消化掉。但你们几个的话，应该不至于被这三个门的机关困住！如果能找到这三个门，破阵就有希望。"

桑谷隽道："所以他们夫妇召唤'水之鉴'之日，就是我们进攻的时候！"

师韶道："不错！"

有莘不破道："可是我们几个经过今日这场大战，力气都消耗得差不多了。我使不动'法天象地'，你们俩只怕也有一段时间召唤不出神龙赤髯和巍峒独狢吧？"

桑谷隽想了想，道："三天。我三天就能恢复。"

有莘不破惊喜道："这么快。江离你呢？"

"差不多。"

有莘不破道："那次在川口你召唤赤髯好像用了接近一个月才恢复，这次怎么这么快？"

江离淡淡道："上次召唤赤髯对我来说其实有些勉强，就像有八十斤的力气却去舞一百斤的大刀。毒火雀池一战，我在师兄的帮助下就轻松了些，今天我再召唤赤髯，已经觉得行有余力，恢复功力自然也就快了很多。"

有莘不破兴冲冲地说道："能不能把青龙老大、蚕祖老大两位都请出来啊？"

江离苦笑道："干吗？你想把大相柳湖夷为平地吗？"

"只要能解决这件事情，夷为平地又何妨？到底行不行嘛？"

江离摇了摇头："还差一点。"

"差一点？那是差多少？我帮你成不成？"

桑谷隽冷笑道："你帮他也没用。我们差的那一步是一种境界上的区别，而不是力量的简单相加。你在毒火雀池旁边之所以展不开完全的

‘刀剑乱·大旋风斩’也是这个道理，想来你自己也深有体会。”

有莘不破道：“那若木哥为什么又帮得了？”

江离笑道：“你怎么能和我师兄相比？他已经窥破天人境界，其实我那天不是借用了他的真气灵力，而是借用了他的感应。”

有莘不破点了点头，道：“看来还是只能分合进击了。希望水族的人不要在我们功力还没恢复时就动手。”

“你放心！”江离道，“他们夫妇俩元气耗费绝对比我们严重，水王溯流伯川甚至还带伤。”

采采不顾洪涘伯川的阻拦，坐了鲐鲐鱼阿呆向湖口游来。

此刻水王水后闭关，没人能拦住她。眼见湖口就要到了，座下的阿呆突然一阵颤抖。

“阿呆，怎么了？”

“河……门主！”

采采一愣，果然见一个老家伙拦在湖口，不是河伯东郭冯夷是谁！

“走开！”采采见到他就没好气，“我要出去。”

河伯被水后降服，本来就没好气，这时被一个小姑娘呼呼喝喝，更是懊恼，没好气地说：“哼！对不起！水王下令，谁也不准踏出这水门一步，否则格杀勿论！”

“你敢！”

河伯也不敢真对采采下杀手。他一个刚刚依附的外来人，摸不清楚这一家人的关系，更不知道采采为什么在这当口要出去，于是问她：“你有水王的谕令吗？”

采采微微一迟疑。她并不知道父亲把这个降臣安插在这里，早知道的话盗出父亲的印信，也许就能轻易过了这一关。

河伯何等老辣！她这一迟疑，马上被东郭冯夷看破，笑道：“原来是要出去私会情郎！”

采采怒道：“你别胡说八道！”

河伯笑道：“无论如何，今天你休想过去。”

采采自忖功力不及他，对方又占据了湖界要冲，强行冲出多半做不到。心想这件事情还是要另想办法，转身走了。

商议好行动方案以后，有穷众人便散了。

现在的有穷商队实在是一个奇怪的团体。特别是几个大首领，无不是某个地方或某个领域未来的领袖或宗师，他们因为各自不同的理由而走到了一起，然而每个人却依然保持着特立的行径。桑谷隽自管潜入十八层地下吸纳大地之灵息以恢复真气；芈压自去寻觅这大荒之地的异样食材；羿令符和银环蛇对饮；师韶在月下抚瑟。

七香车停在一座雪山的巅峰，江离逸然倚在车中，身上衣衫单薄，俊俏的脸被冻得发白，闭着眼睛，仿佛一头在雪地里睡着了的小兽。

有莘不破悄悄爬近，蹑手蹑脚来到车旁，突然大叫一声："喂！"

江离缓缓抬起眼皮，却一点也没有被他吓到的样子。有莘不破叹道："原来你早知道我来了。真不好玩。"

江离淡淡道："除了你，谁会这么无聊。你的元气还没恢复，怎么跑来爬雪山浪费力气？"

"你还不是一样。"

"那怎么一样！"江离道，"我是在修炼啊。"

"修炼？元气未复就匆匆运功修炼，小心走火入魔。"

江离道："功力到了我们这样的层次，想百尺竿头再进一步根本不能单单靠正常修炼时间的累积，而要寻找各种突破的机缘。有时候甚至要把自己置身于各种极端的环境中。现在我生命之源耗尽，内府空空如也。在这极高、极冷、极空、极纯、极静、极宁的境地里，身与神合，神与天合，其形自化，心与神然。忘其所始，遗其所终，正是勘破天机的佳妙境界。"

有莘不破笑道："不知道你在说什么。"

"你不知道才怪。"江离说，"你是伊挚师伯的徒弟，这些没理由不懂的。"

有莘不破说："至少我对你们所谓的天道追求没什么兴趣。"

“那也好。”江离说，“我修我的天道，将来做一个万年神仙。你行你的人道，将来做一个千古君王。咱们各有各的归所，两下干净！”

有莘不破一听脸色一沉，道：“我不要！”

“我真不明白你一直在逃避什么。你从来不愿意提起自己真正的名字，不愿意提起自己的血缘，不愿意提起自己的师承，也不愿意承担自己的责任！”

“那个位置，谁坐上去都一样。”

江离笑道：“是吗？你这么想，羿令符可不这么想。”

“羿老大？他怎么想你怎么知道？”

江离道：“在感情上，他的心已经死了。他现在还活得这么有生命力，是因为他把自己的心思放到另一件事情上。”

“什么事情？”

“应该是他父亲的遗愿。有穷氏遗民散入有穷国，但族中精英无时无刻不想完成后羿的志向。这是这一族的集体意愿。我想，羿兄少年时应该也曾立下这方面的远大志向。只是后来……唉。”银环的出现打乱了羿令符的整个生命步伐，而父亲的死更给了他巨大的刺激。

有莘不破淡然道：“有穷遗民想干大事、想复国，关我什么事！”

江离笑道：“你真不懂还是装不懂？有穷的国运到了后羿那里也就到头了。他们想君临天下是说什么也不可能实现的了。退而求其次，他们应该是希望帮助商人取得天下共主的地位。那样一来，一方面可以报三百年前的国仇，另一方面他们一族也可以在未来的天下体系中取得比其他部族更优越的地位。喂，说实在的，羿令符他们家族应该和商王族有千丝万缕的联系才对，他本人又有那样的天赋，怎么看也是个栋梁之才，汤王和大臣们不可能没注意到他才对。你做小王孙的时候，真的没见过他？”

有莘不破很不喜欢人提起他的王孙身份，因为说的人是江离才没有发作，没好气地说：“来过我家，有事错过了没见到。你别提这些事情了好不好？一谈起那些国政大事就滔滔不绝，你像个修天道的人吗你！”

江离笑道：“我也不知道为什么会这样啊。”他望着天空，“我似乎还有另外一个过去，一个被遗忘的过去。”他想起了夏都镇都四门传人中的乌悬对他说的话：“您是大夏王族啊！”心中不由一阵怅惘。

有莘不破见江离发呆，道：“你不是生气吧？其实……唉。”

江离道：“其实怎么了？”

“我十几岁的时候，”有莘不破望向东方，“有一次玩捉迷藏躲在我师父的密室，翻出一具僵尸来。”

江离奇道：“僵尸？”心想师伯是当世高人，房里怎么会藏有一具僵尸？

“嗯。”有莘不破说，“应该是死了，但又像还活着。那僵尸的眼睛很奇怪，我在他的左眼里看到了很多过去的往事，而在他的右眼里……”说到这里有莘不破连呼吸也为之一窒：“我看到了，看到了……”

“看到了什么？”

有莘不破沉默良久，才道：“我看到了长大后的自己，坐在王座上，接受四方诸侯的参拜。”

江离道：“那没什么不好的啊。”

“可是那个我很不开心！”有莘不破道，“那个长大后的我，身边空荡荡的。虽然周围有很多人围簇着，却还是那么寂寞、那么孤独！身边的人都怕我，匍匐在我脚下，恭维我，向我宣誓效忠。可面对他们的宣誓我一点也不高兴！我杀了很多人，王宫的卫队把很多人头一个个地砍下，鲜血把护城河都染红了。而我则站在城头笑，我不知道自己为什么看着落下的人头笑，我只知道自己很不开心。”

江离听得怔了。有莘不破继续说：“遇到你以后，遇到雒灵以后，遇到羿令符、芈压、桑谷隽他们以后，我更害怕了。那个长大后的我，身边怎么没有你们呢？难道那时候你们都已经离我而去了吗？我真的很害怕在那个僵尸眼睛里看到的事情有一天会变成现实！”

江离道：“或许……那个僵尸的预言并不准。或许只是个幻象！”

“我也希望这样。”有莘不破说，“背着你在荒原行走的那一段路程里我想了很多。不知道为什么，我觉得自己背上的那个人将会是一个对我很重要的人。这样的人为什么没有在那个僵尸的预言里出现呢？我想，那大概是我的命运之轮已经改变了。遇到羿令符和雒灵以后，这种感觉更加强烈了。”

江离不说话，听有莘不破继续道：“你说我是逃避责任也好，说我是逃避命运也好，总之我不会回去坐那个位置的。这个世界少了谁都照样转！我听过一个传说，说天山再往西有另一个文明的存在。我想到那里去，用我的刀、我的力量和我的生命在那边做一个传说中的英雄，一个按照自己意愿活下去的侠客，而不是一个被人推上王座的君王！”说到这里，他想起了季丹洛明和传说中的血剑宗。

“我不很同意你的看法。”江离说，“你要想在命运面前获得自由，不一定要放弃既定的身份去流浪啊。如果你能成为一个好的君王，不是一种更好的解放吗？既然你觉得命运已经改变了，为什么还要去追寻那种不可测的文明传说呢？作为一个君王，有羿令符这样的朋友帮助你，你应该可以做得很成功；作为一个男人，有雒灵这样的女人做你妻子，你应该会活得很开心。”

“那你呢？”

“我？”江离失笑道，“我也许会成为雪山上的一片雪花，也许会成为银河中的一粒星尘。”

“但我却想和你在一起，我不想和你们中的任何一个分开。”

“是吗？你也太贪心了吧！”有莘不破这句话让他感到一种难以抗拒的人间诱惑。和好朋友在一起，一辈子不分开？那的确是人生至乐。然而只停留在这个层面上，是否也是一种局限呢？当发现面对这个问题心中无法回答时，江离心中一惊，他知道自己最大的考验来了。

“唉，伊挚和祝宗人的打算原来都是挺好的。如果祝宗人还在，伊挚又分身有术的话，也许未来真会朝着他们二人所希望的发展。”

都雄魁笑道：“然而祝宗人已经不在了，伊挚也只能在远方眼睁睁地看着自己的徒弟自生自灭！或许这是他们最大的失策也说不定。可惜你我意见也不统一，要不然天下大势就在你我指掌之间了。”

“嘿！总之，你想怎么对付祝宗人的徒弟我不管，但我在一日，你就别想对我徒弟的男人出手。”

勇闯水月大阵

水王水后恢复的速度比江离的预料还要慢些。

这已经是第七天的夜晚。采采知道，今天应该是最后的一晚了。过了今夜，父母的元气就会全复，“水之鉴”的召唤一旦开始，形势将无可挽回。

“真的要那么做吗？”采采心中不能没有犹豫。自己既然没有办法阻止父母，那只有借助外力。打开大门，让有穷的人进来，让他们用力量“说服”父母。这样做的结果，她采采将会成为水族最大的叛徒！可这不是采采犹豫的原因。她不怕成为众人眼中的叛徒，她怕的是有莘不破完全控制住局面以后，会怎么样对待族人。

以前她对有莘不破等人的友善态度很有信心，可水后的话却让她怀疑起自己的判断：“采采！不要相信一厢情愿的和善！平原的人不会放过我们的，因为我们手中握有覆灭他们的力量！”

然而不管怎么样，采采还是想出去和有莘不破等再谈一谈。她假传命令让萝灕去把河伯东郭冯夷替代下来，让河伯去寻找那个一直不知潜伏在哪里的雒灵，两人中计以后，采采才匆匆往湖口赶去。

“到了。”她嘘了口气，东郭冯夷果然不在，只剩下萝灕。

“什么？公主你要出去？”

“是。你不要拦着我。”

“不行！水王有令……”

“姨姆！”采采的语气中充满了坚决，“我们在小相柳湖十六年，为的是什么！不就是为了制止族人那不可能成功的妄想吗？”

“这些我不知道。”萝灕说，“无陆计划的后果，不是我敢去预测的。但我相信水后——不管是十六年前她率领我们离开，还是今天她率领我们回来，我都相信她。采采，回去吧，不要让我难做。”

采采叹了一口气。原来一开始她就有硬闯的准备了。她双手交叉：“兰花沐！”

水流结成兰花形状，把萝滥困住了。萝滥大惊道：“小公主，你要干什么！快放开我！水王知道会责骂你的！”

“萝滥姨姆，对不起。”说完这句话，采采匆匆向湖口漂去。

眼见就要出湖界，背后一个声音悠悠吟道：“兰花沐。”

一听到这个声音，采采心里一颤。“妈妈！”采采呼道，见到水后，她知道自己硬闯出去的想法已经行不通了。“妈妈，你让我出去。至少我要和有莘他们再谈谈。”

“采采，你怎么还是不懂！”水后神色坚定有如铁石，“他们过去对你和善，是因为不知道我族握有水漫天下的法力。现在他们却连无陆计划也知道了。只要我们存在一天，平原上的民族就会食不安寝不宁！你难道以为他们解除我们武力之后，还会留下我们的性命吗？”采采一阵颤抖，水后继续道：“只要留下哪怕一点血脉，我们的仇恨和力量也可能再次觉醒，对他们来说要一劳永逸，最好的办法就是把我们一族杀个干净！”

采采颤声道：“可是当年您不是……”

“当年我那样做，是因为我知道凭我们的力量根本无法成事！”

“那现在呢？现在难道就行了吗？”

水后无语，过了一会道：“或许行。”

“就为了这个或许，把全族的性命都押上？”

“采采，你怎么这么对我说话！”

“对不起，妈妈。”采采抽泣说，“可是这件事关乎全族生死。”

“可是，采采。”水后说，“难道我们还有选择吗？”

“妈妈……”

“不要再说了！”水后的语气变得坚毅起来，“今天如果不是来了一个重要的客人，我提前出关，差点就让你的胡闹得逞。”

“重要的客人？”

“西北方来的客人。”

采采奇道：“我们这里已经是边陲了，西边还有民族存在吗？”

“这件事你就不用知道了。从现在开始到整个无陆计划成功，你都给我老老实实地待在碧水水晶里！”

采采惊道：“妈妈，你要把我关起来？”

“你对平原上的人心存幻想，让你参加计划只能坏事！”

“不！妈妈，我不要……”一股阴力袭来，采采四肢一阵冰冷，再也说不出话来。

月圆如盘，月凉如水。天地间一片静谧。

“当！”师韶的瑟弦断了一根。龙爪秃鹰目视苍穹，一飞冲天。桑谷隽在九地之下被地动唤醒。驺吾警惕地昂起头从“一品居”蹿了出来，打翻了一钵热汤。

“终于来了。”江离心道。七香车腾空而起，飞下雪山。大相柳湖湖口，有穷商队的其他几个首领早已会齐。

有莘不破问江离道：“功力都恢复了吗？”

江离淡淡一笑。

芈压突然叫道：“看！”

众人一齐望去，大相柳湖的上空，映出一幅壮观的景象：月色和湖光交相辉映，就如湖上悬浮着万千面镜子，把月光无穷无尽地反射下去，水月相射中，两个巨大的身影浮现出来——胸部以上是水王水后的赤裸裸的人身，胸部以下却是两条巨蟒的蛇尾。巨大的蛇尾盘绕在一起，不断地扭动摩擦，竟然是在半空中肆无忌惮地交尾！

芈压见识有限，不知这是蛇类交合的场景，说：“这是什么？”桑谷隽忙走上一步挡住不让他看，骂道：“无耻！”

羿令符哼了一声，取箭拉弓，嗖地就是一箭，但一碰到笼罩大相柳湖的水月大阵，马上被反弹回来。他轻挥落日弓，把反射回来的箭拨开，道：“看来水月阵的威力还在。”

有莘不破道：“按原计划行动吧。江离，你来安排人手。”

江离道："看他们这举动，召唤'水之鉴'的仪式用的乃是男女交欢的巫舞淫祀。按照独苏儿前辈的说法，这阵法现在应该有三个破绽。但我们能否在他们召唤出'水之鉴'之前成功找到天、地、人三门并攻进去却是一大问题。为了拖延他们召唤的进度，必须有一位高手坐镇阵外，发出平和的力量干扰这淫祭的进行。"

师韶微笑道："如果心宗宗主肯出手，以她无所不至的心力当能令这淫祭半途而废。我的《清心曲》虽然有些药不对症，却也能大大延缓他们的进度。"

江离又道："破坏召唤有两个办法。第一是釜底抽薪，从地门或人门攻入内部，瓦解水族的祭典，这可能会遇到死命抵抗。第二就是打破天门，直接攻击处于召唤中的水王水后。我们必须双管齐下，两方面都有所准备。因此湖口另需要一个高手坐镇——一旦我们破了水月阵的反射之力，就马上攻击水王水后。这需要极迅疾的行动力，要办成这件事情，自然非羿兄不可。"

羿令符点了点头，算是接令。

江离问道："你要用什么箭对付他们？"

羿令符道："水火相克，对付他们自然是用祝融之羽。"

江离道："这两人非同小可，虽然他们会把全部精力全放在召唤'水之鉴'上，如果我们破阵成功，你乘虚而入自然可以一击而中，但我怕'祝融之羽'还是难以一击功成！"

羿令符沉吟不语。芈压抢道："那就加上我的重黎之火！"羿令符点了点头。

江离本来就有这个意思，却怕芈压又因为不让他冲锋而闹意见，当下道："好！接下来就是天、地、人三门。如果我们知道三门的位置，集中兵力攻打自然最好。但现在第一步却是要确定三门的所在。因此分头行动胜算更高。反正水族内部除了水王水后之外，再没有足以和我们三个抗衡的高手，我们不怕被他们各个击破。"

桑谷隽道："我找地门。上次我曾侵入地门，虽然他们可能会调整阵形，不过应该还是能够找到蛛丝马迹。"

江离点头道："好。那我去寻找天门。不破，你寻找人门去。"

有莘不破道："怎么找？"

江离道："那我怎么知道。好了，部署结束，大家行动吧。"招呼了七香车，径向天空飞去。

桑谷隽笑道："有莘台侯大人，你慢慢琢磨吧，其实你动不动手无所谓，等我和江离把阵法破了，你再进来捡现成就行。"

有莘不破一听大怒，桑谷隽却已微笑着沉入地面。

芈压突然愤愤道："糟糕！我上当了。"

有莘不破道："什么上当？"

"上江离哥哥的当！这样一来，我岂不是又要待在一旁看热闹？不破哥哥，我们换一下好不好。"

有莘不破道："换？你知道人门在哪里吗？"

芈压吐了吐舌头，说："不知道。算了，我还是等着帮羿哥哥提炼重黎之精，到头还有一份功劳。不破哥哥，你这回要是找不到人门，可就糗大了。不过至少你名义上是我们这群人的首领，无论我们做什么，到头来都会算上你的功劳的。"

有莘不破怒道："臭小子胡说八道！好好看你不破大哥的手段吧！我一定会第一个进那个水月破烂阵的！"举足向湖口走去，走了两步，回头问羿令符道："老大……"

"别问我。"羿令符道，"我对这个阵法也是一头雾水。"

有莘不破转头看师韶，师韶没有眼睛，却仿佛能够感受到有莘不破的眼光，笑道："我有个预感，你会第一个破阵。"却没提供半点有实质性帮助的信息，并慢慢向湖外的一座雪山走去。

"算了，求人不如求己！"有莘不破不再废话，发足绝尘而去。

芈压抬头看了看大相柳湖上空那两个山岳般高大的人影交尾，突然想起了什么，腹部一热，脸不禁红了。

羿令符道："别乱看！好好提炼重黎之精去！"

芈压点了点头，不再看那暴露在天空中的淫乱场面，但心中却怎么也静不下来。他今年才虚岁十六，从小家教甚严，此时情窦初开，被那交欢场面引动了欲火，非但无法平息，反而越烧越烈，腹下有如火烧，双颊如贴炮烙。就在这时，一个小丘上传来一阵竽声，音律中正平和，乐而不乱，哀而不伤。芈压一听，心中才慢慢静了下来。

羿令符举目望去，半空中的交尾果然在竽声响起之后出现窒滞。

桑谷隽闯过一次地门，轻车熟路。虽然水后用了挪移大法把地门的方向修改了，但临时改弦更张，终究无法做到无迹可寻。没多久就让精通地行之术的桑谷隽找到门路。

桑谷隽大喜，直闯进去。地门后面布满土偶幻象，却半点也没能阻住桑谷隽的步伐。周围的泥土越来越硬，桑谷隽知道地门最后一道关口近了，往最坚硬的地方潜去，用力一冲，果然眼前一亮："哈哈，我还不是第一个？"

他心中得意，心想江离多半也不可能那么快找到天门，有莘不破更不可能比自己快！但眼睛才适应了光亮，不由暗叫一声苦，踏在自己脚下的，竟然是一片沙漠。

"这会丢脸丢大了。"桑谷隽自言自语道，"地门没找到也就算了，居然还走错了路！"

正自懊丧，空中一个声音道："你没走错路啊。不过这么快就到这里，倒真是吓了我一跳。"

桑谷隽闻声抬头，两人一照面，一齐叫道："是你！"

出现在桑谷隽眼前的，竟然是在"五行地狱"和毒火雀池两度遇见的那个女孩子。在五行地狱的时候，桑谷隽看见的只是一个折射了的幻影，但当时已经为她的飒爽英姿所倾倒；之后在毒火雀池相遇，这个女孩子问了他几个问题，当时他心情极为复杂，竟讷讷不能回答。他随有穷商队西来，其中一个目的就是为了寻找这个两度相见却两次错失的女孩子，谁知道竟然在这里遇见。

"你，你怎么会在这里？"如果有莘不破听见桑谷隽此刻结结巴巴的声音，非恶毒地讥笑他不可。

“我为什么不能在这里啊？”风中的少女笑道，“没想到这么快就遇到你了，看来要坏水族大事的就是你们一伙了？很好，很好，我还想办完这边的事情去巴国找你们，看来不用了。”

桑谷隽又惊又喜：“你要来找我们？”

少女笑道：“虽然我们在毒火雀池只是匆匆一会，但我主人听我转述之后，对你们都很有兴趣哩。”

“主人？”桑谷隽不由得一怔。这个少女风度甚佳，怎么看都不像是奴隶之流。

“对了，你叫什么名字？”少女问。

“啊，我叫桑谷隽！”桑谷隽想起有莘不破在屡屡笑话他之余老说“下次见面记得要问问对方的名字”，没想到真见了面还是由对方先开了口，忙问道，“你呢？你叫什么名字？”

“嗯，我叫燕其羽。”

“燕其羽……好名字。”

“我可不觉得有什么好的。”燕其羽说，“那天和你在一起的，还有一个背着大弓回答我话的，一个拿着把大刀的，一个长得很漂亮的小伙子，还有一个很清雅的大姑娘，哦，对了，还有几个老的。都是你的伙伴吗？”

桑谷隽老老实实道：“年纪比较大的是我的长辈，其中一位是我父亲。年纪比较轻的都是我的伙伴。背弓箭那个叫羿令符，拿刀那个叫有莘不破，长得很漂亮那个叫江离，那个大姑娘叫雒灵。还有一个昏迷的小孩子不知道你看到没，叫做芈压。”

燕其羽笑道：“你这人真有趣，跟我报家谱么？”

桑谷隽脸上一红。

燕其羽又道：“你来闯地门，怎么干说话不做事？”

桑谷隽一愣，笑道：“也是。这里真的就是地门吗？”

燕其羽一指，说：“其实你已经过了地门了。这里算是地门后面的阵势。过了那个山崖，你就能看见湖水了。”

桑谷隽道：“这样啊。谢谢你指点。对了，你住在这附近吗？”

“不是。我住在天山天池附近。今天来这里是为了办点事情。”

桑谷隽知道了对方的住址，心中狂喜，又道：“那你会在这里待到什么时候？”

燕其羽笑道：“办完事情就走，应该不会很久。”

“这样啊。我有点很重要的事情得先去办完。办完后我们再见个面好不好？”

燕其羽笑道：“只怕不行。”

桑谷隽道：“那我以后再到天山拜访你，好不好？”

燕其羽微笑不语。

桑谷隽喜道：“那就这样定了，我先去办事。”就往燕其羽所指的那个山崖走去，突然脚下一飘，竟然被一股狂风卷了起来。

那风不像有莘不破施展的“大旋风斩”，竟然像是天然的龙卷风，一开始他还以为是突变的自然现象，被卷上半空后转了个头昏脑涨，一眼瞥见燕其羽盯着自己冷笑，明白了什么，大叫道：“燕姑娘！这风……难道是你？”

燕其羽冷冷道：“当然是我。”

“为什么？”

“为什么？”燕其羽失笑道，“你这个人真有意思。你来地门闯关，我在这里守关，你居然还问我为什么？”

桑谷隽脑袋轰的一声，大骂自己色迷心窍。然而还是不愿意和燕其羽对敌，大声说：“燕姑娘，你为什么要帮溯流伯川他们？他们要水漫天下你知道吗？”

“那关我什么事？”

桑谷隽一听顿时语塞。

燕其羽道：“你乖乖束手就擒，我办完事情好早点回去。”

桑谷隽大声道：“不行！我决不能让这什么‘无陆计划’成功！那会害死很多人的。我的故乡巴国是个盆地，这个计划一旦成功，第一个要亡国的就是我们巴国。”

“亡国就亡国，与我何关？”

桑谷隽心中一凛，心想自己对她虽然大有好感，但那只是一厢情愿的恋慕，现在处于非常时期，必须先把正事办完。于是他高声道："燕姑娘，你快放我下来，不然我可要出手了！"

燕其羽笑道："你以为自己还出得了手吗？"

桑谷隽被狂风卷在半空无可借力，正要召唤幻蝶，只听燕其羽道："这风是一瞬三十转，你居然若无其事，看来太小看你了。咄！大漠飞沙，一瞬三百转！起！"

旋转风速突然变成原来的十倍！在强大的旋转中心，桑谷隽只觉得连血肉骨头都要往外散！心中大惊，忙用"千斤坠"，身体的外表裹了一层岩皮，利用重力向下急坠。燕其羽冷然道："进了我的风轮，若还让你出去，我'燕其羽'三个字倒过来写！"手一挥，一股风倒卷而起，竟然把桑谷隽的千斤重力托住了。再一挥，劈出连绵不断的风刃。这风刃比起有莘不破的刀罡来毫不逊色，加上旋风的助力，不多时就把桑谷隽的护体岩层劈得七零八落。燕其羽的手再一次抬起，又是三十六把风刃，却一把把斩向桑谷隽的咽喉。桑谷隽大骇。他身陷风轮之中，非但缓不出手来招呼幻兽，更无法借用大地之力，于是竖起手用土之铠甲硬挡，没挡得几下，两手便几欲折断。

燕其羽笑道："我这风刃用的不是自己的力量，乃是天地所赋予的煞气。只要有阴阳之气就有风，有风处风刃便无所不在，看你怎么挡？试试我的天罡螺旋刀！"

桑谷隽只觉得一股凌厉的气息从脚下袭来，向下一望，不看还好，一看之下骇得魂飞魄散：锋芒比方才的风刃更厉害的螺旋形风刀，正沿着暴风席卷而上。桑谷隽心中微微颤抖着："难道今天就是我桑谷隽的死期？没想到我会死在她的手上！"

这一瞬间他忽然觉得，自己这一辈子活得太亏了！

云海之战

芈压指着远处的龙卷风，问道："羿哥哥，那是有莘哥哥的大旋风斩吗？"

羿令符沉着脸道："不像。"又道："怪了。无缘无故怎么会出现这么厉害的龙卷风！如果是人为的，那对方的实力也太可怕了。难道水族还有这样的好手！"

"那怎么办？我们要不要去增援？"

"应该不用。"羿令符道，"以他们三个的实力，不轻敌的话应该还能应付得了。"

"啊——"桑谷隽惨叫着，但回荡在这个空旷的荒漠里却没有一个朋友能听到。燕其羽道："这片荒山夹在两大山脉之间，是方圆五百里最好的风口。我在这里实力至少提升半倍。你的实力就算再高十倍也休想逃出来。"

桑谷隽的土之铠甲已经开始承受不住风刃的侵袭，全身如被千刀万剐。燕其羽心道："风轮最厉害的不是风刃的锋锐，而是旋转速度。旋转速度达到一瞬五百转以后，就算那些天山剑道上的一流剑客也早就粉身碎骨了。现在已经达到一千转了，没想到他能挺住。"

她哼了一声道："我本想留你一个全尸，没想到你能撑到现在。我要引动昊天之风了。昊天之风一瞬三千六百转，在昊天之风里就算是岩石也要变成面粉。你能第一个死在我的昊天大龙卷风下，也算荣幸了。去吧，昊天现劫，度尽一国众生！"

桑谷隽只觉眼前一盲，耳际一聋，鼻无味，体无触，连声音也叫不出来，知觉全无，坠入一个浑浑噩噩的虚无之中。

七香车上，江离眉头一跳，心中浮现一种不祥的预感。蓦地眼前一亮，一座巨大的云海出现在自己眼前。

风轮终于停息，桑谷隽也终于掉了下来。

燕其羽低声道：“他还活着？真是奇迹。不过应该也离死不远。”

桑谷隽此刻不但连呼吸停止，甚至连生命气息也无法感觉得到。

燕其羽左手扬起，就要运起风刃往他咽喉斩去。此刻桑谷隽的土之铠甲已经完全瓦解，失去真气保护的肌肉暴露在燕其羽的视线中。别说风刃，此时就是水族最下层的一个小姑娘拿一块石头也能砸死他。

燕其羽的手微微一发一收，终于没有发出风刃，心道：主人让我至少把他们中一个活着带回去，就选他吧。

这一念之差，保住了桑谷隽的性命。

一阵风吹过，推动燕其羽座下的芭蕉叶，向高空飞去。燕其羽心想：先帮河伯把闯天门的那个解决掉。突然一丝白色的东西随风飘来粘在芭蕉叶上，燕其羽随手要把那丝东西拨开，谁知道那丝东西却像在芭蕉叶上生了根，定眼看时，原来是一条蚕丝。燕其羽一愣，要把蚕丝扯下来，谁知道那蚕丝却越扯越长。

她停下芭蕉叶，用力扯剥，蚕丝越扯越多，竟然扯出一大匹来。燕其羽大骇，心知有异：“难道是那姓桑的家伙？”扭转风头飞了回来一看，只见桑谷隽还是死挺在那里，面无人色，双眼紧闭，但他周围的土石却一块块踊动着，沙子仿佛活了一般一层层地把他围护了起来。燕其羽暗叫不好：“这家伙不省人事，不自觉中居然还能和大地产生共鸣，牵引地力疗伤！早知道不应该让他着陆！”风刃劈出，却被一块岩石突起挡住。待要发动风轮，桑谷隽所在的地面一陷，身体沉没得无影无踪，只留下一个土包子。

同时，芭蕉叶上的蚕丝也越来越长，片刻竟然长出一百多丈长，垂了下来，向那个土包子延伸过去。等和泥土一接触，蚕丝一变十、十变百、百变千，变成上百丈长的一匹丝绸，一头系住了土包子，另一头竟把芭蕉叶紧紧缠住！

燕其羽招来风刃，竟然只割开了一个小小的缺口，心中极为懊恼：

“他清醒的时候输了给我，难道昏迷的时候我反而要输给他！”一怒之下，招来了昊天螺旋风刃。

有莘不破漫无目的地乱闯。他不知道这时候江离已经找到了天门，虽然不像桑谷隽那样有过闯入三才之门的经验，但江离精通玄术，凭着水月阵上空天地阴阳之气的强弱分布，终于找到了目的地。

“就在这片云海后面了。”正要穿越过去，突然云海一阵翻涌，一个人钻了出来。江离早知天门不可能不设防，但还是没有想到守护者居然是河伯！

江离冷笑道：“镇都四门可越来越有出息了！居然帮水族做起走狗来了！”

河伯东郭冯夷老脸一红，高声喝道：“废话少说。总之天门有我把守，你休想过去！”

江离见了河伯，心中反而有了底，对自己的情况并不十分担心，却道：“说实在的，你会出现在这里真是出乎我意料。哼！这么看来水族还有外援。只不知地门、人门却是什么高人在把守。”

河伯笑道：“你在套我的话吗？嘿！跟你说了也无所谓：把守地门的是一个火辣辣的小姑娘，人门没人把守，后面是万鬼阵！”

江离惊道：“万鬼阵？你们哪里去找那么多冤魂？”心道：如果真是万鬼阵，只怕有莘不破过不去。不过他心志坚定，应该死不了。现在只能冀望我和桑谷隽能闯进去了。

河伯笑道：“天山剑道上，要多少冤魂有多少冤魂。”

“天山剑道？”江离想起一事来，厉声道：“是上代血祖！”

这次轮到河伯吃了一惊了，“你居然知道仇皇大人的踪迹！是祝宗主对你说的吗？”江离的师父祝宗人是河伯的老上司，积威之下，河伯背后也不敢冒犯，仍称之为宗主。

江离刚才厉声高叫原来只是试探，心中并没有底，听河伯露了馅，心道：原来上代血祖叫‘仇皇’。口中淡淡说：“我说水族怎么那么大胆！原来背后有人撑腰。你也投靠天山那人了？”

河伯哈哈一笑。他本来不知道水族和上代血祖仇皇有联系，直到昨夜燕其羽来访方知。他被水后的玄阴心结制住后不得不臣服，心里却引为奇耻大辱。若是别人以为他投靠了仇皇，对他来说脸面上好看多了，因此乐得别人误会，笑道："小伙子，怕了吧。仇皇大人可是和申眉寿大人齐名的绝代宗师。是那一代人里硕果仅存的一位！就是当代四大宗主来了也得执晚辈礼。你若识相就快快打道回府！"申眉寿是江离的太师父，是伊尹和祝宗人的师父，上一代太一宗宗主，已经羽化多年。

江离冷冷道："现在都什么年代了，还抬出辈分吓人！你那个靠山龟缩在天山不敢出头，还不是怕了他徒弟？我们连当代血祖也不怕，会怕他吗？"

河伯哼了一声。江离又道："拦在地门的那个小姑娘，就是天山来的吧？区区一介使者，焉能拦住我的伙伴？天地两门我们是破定了，就看我快，还是我的伙伴快！"

河伯笑道："好大的口气！"

江离见河伯脚下云浪翻腾，笑道："召唤冥灵吗？这么快就把压箱底的本事都现出来，太早了点吧？"

河伯笑道："速战速决！干掉了你，我好去看桑谷隽那臭小子怎么死！"引发召唤诀，哪知他一开口，江离竟然和他一起念诀，两人异口同声吟道："天一生水·幻！"

那翻腾的云水竟然移动到两人中间，渐渐显出灵龟的形状。

河伯惊道："你、你……"

江离笑道："我虽是到了巴国之后才知道镇都四门，不过一法通，万法通！云日山河，俱生于太一。我既在此，冥灵未必听你的话！"

河伯怒道："你休想！"要把那扭曲的云水拉过来，却撼不动分毫。心中登时凉了半截，"虽说他是太一宗嫡派传人，可他才多大年纪！功力竟然在我之上！"

江离胜券在握，正要趁势追击行动，不料一条巨尾巴甩了过来，打在七香车上，竟然把他震了出来，七香车歪在一边。江离轻飘飘立在云海上，还没站稳，一条血红的蛇信卷了过来，舌信后面是一条巨蟒腥臭的毒牙！江离一闪，没有完全避开，被蛇信打中左腰，蛇信上竟然也有剧毒！剧毒腐蚀了他的衣服，慢慢侵入他的皮肤，侵向他的骨肉。那边蛇尾一扫，把七香车打得四分五裂，跌落在云海中。

七香车散开后，拉车的木马通灵，展翅飞了过来，负起江离逃向空中。待离开巨蛇的攻击范围，江离惊魂稍定，向下看时，只见河伯足下的幻兽虽是冥灵的外甲，却长着四脚蛇的头尾和四肢！

河伯心道：幸好这幻兽被水后那娘们异化了，否则我今天真是一败涂地！站在龟甲上哈哈大笑道："小子，教你个乖！爷爷这头幻兽叫禺强！不是冥灵。"

江离在空中呆呆看着禺强，突然怒道："这分明是冥灵！是谁把它毒化成这样的！难道是你？"

河伯笑道："是又怎么样？不是又怎么样？"

江离怒道："我没见过你这么无耻的人！九天幻兽乃是另一个世界的生物！它们远跨空间而来，以我们的生命之源在我们这个世界暂时存在着，借给我们超越人类极限的力量，不但是我们的朋友，甚至可以说是我们的守护神！它守护了你这么多年，现在变成这个样子你居然毫不心疼，你还是人吗？"

河伯涨红了脸，老羞成怒道："这是我的守护幻兽！用不着你管！禺强，上！"

禺强一声吼叫，云海慢慢被污染成一片毒海。一道道的水柱激喷上来，江离站在飞马上左右闪避，被几点水珠溅到，衣服腐败，一股阴寒透过皮肤直袭肺脉，心中大惊："这阴毒这样厉害！是了，冥灵就是给这股阴毒异化了。而这股阴毒又借了冥灵的力量令毒性千百倍地增强。"说着向下一望，只见整一片云海都给阴毒污染了，心中又转为大怒："我若发动雷咒准能马上电死这个可恶的河伯，但雷震之后，这片云海立刻会化雨落下。以这片云海的大小看，所蕴涵的水量非同小可！这里是天下江河的发源地，一个不慎，只怕流毒万里！"心中对那个毒化禺强的人恨得牙痒。

河伯却不容他从容应对，利用禺强之神力翻腾起一堵堵的云墙，堵住江离的去路，把江离的活动范围越限越小。

河伯东郭冯夷大笑道：“小子，乖乖投降，爷爷还可留你一命！”

江离冷笑道：“真不知道你这样的人品，怎能名列镇都四门！我师父当年真的承认过你是他的下属吗？”

河伯听了一呆，似乎江离戳到了他的痛处，额头青筋暴起，嘶声竭力叫道：“镇都四门！镇都四门！我就是不明白，我的功力分明不在他们几个之下，为什么重要的事情都没有我的份？连山鬼那个娘们也压在我头上！既然不信任我，为什么又要让我坐在这位置上！哼！他祝宗人能成为太一正师，还不是命好！如果我师父也是申眉寿，成为太一正师的就不会是祝宗人，而是我东郭冯夷！”

江离见他这一怒倒是真情流露，不由一呆。

河伯站在龟甲上大声叫道：“冥灵被弄成这个样子，你以为我想吗？给那个臭娘们做看门狗，你以为我想吗？祝宗人看不起我，都雄魁也不重用我！我能到哪里去？我能投靠谁？没人看重我，老子就自己闯出一片天地来，给你们看看！我要成为新一代的水神！我要得到共工的力量！我要让祝宗人，让都雄魁，让仇皇，全都匍匐在我的脚下！我要让大夏王知道我才是最强的人！”

江离冷冷道：“听你这么说，原来冥灵是中了水后的毒，你连水后那个女人都对付不了，连自己的守护兽冥灵都丢了，还敢提几位宗师的名字？”

这句话又刺中了河伯的要害，他全身陡然一缩，又突然爆发，大声道：“我不管！我不管！我要守住这天门，守到‘水之鉴’出世，守到水漫天下，守到世界灭亡！”

整个云海摇撼起来，九道巨大的水浪山峰般从四面八方向江离卷了过来。江离避无可避，飞马所能飞到的高度早已到达极限，于是他一咬牙反而策动飞马向下俯冲，要低空掠着云海冲出四方云浪的缝隙。离云海表面不到数尺，江离正要转向，一股潜流突然喷出，把他卷了进去。

河伯一呆，随即大笑道：“他掉进去了，掉进剧毒的云海去了。哈哈，哈哈，哈哈哈哈……我赢了，我赢了太一宗的嫡传！”那一瞬间，他连自己比江离高出一辈的事实也忘记了，仿佛自己不是打败了还没有成为太一正师的江离，而是打败了自己的顶头上司太一正师祝宗人。

有莘不破也不知道自己要往哪里去。一开始，他在水边、在山中、在林间像一只没头苍蝇一样横冲直撞。但不知为什么，越走越是心安。虽然道路越走越曲折，但那种奇怪的感应却越来越明显。他一开始以为是直觉在指引着他，但慢慢地知道不是。当那种感觉强烈到足以让他印证大脑中的回忆以后，他几乎叫了出来："雒灵！"

没错！那是雒灵！是雒灵在某处指引他！

有莘不破不再犹豫，顺着那感觉一路走去，逢山开道，遇水潜泳。穿过一片密林，走入一个山洞，在山洞中看到一个水池，有莘不破想也不想，一头扎下。再次浮出水面，竟然是一个和潜入之前一模一样的山洞！但雒灵给他的感觉却更接近了。

他爬上来，大步前行，突然阴风飕飕，吹得人怕。再前进不远，便听见无数冤魂神号鬼哭。他毫不理会，又走了几步，只见山洞阴暗的道路堆满了骷髅，每一个骷髅都张开双臂，仿佛只要他再走上一步就要把他分尸而食。

有莘不破全不畏惧，一脚脚踩了过去，把满地的骷髅踩得粉碎。山洞突然一阵扭曲，眼前竟然出现一道冥河！阴风中祖父、祖母、父母、舅公有莘羖都站在对岸招手，河不宽，岸边有一只待渡的小船。

"全是幻象！"有莘不破告诉自己，毫不理会那冥河，继续一步步地笔直前行。一个女孩子闪了出来，有莘不破大喜道："雒灵！"急奔过去，正要牵住她的手，突然犹豫道："你……你不是！"

那雒灵指着自己点头。

"不！你不是！"

那雒灵向他伸出左手，右手指着前方。此时周围已经变成一片虚空，只剩下来路和那个雒灵所指的去路。如果这个雒灵不是真的，如果那条路是陷阱，难道还有第三条路？

"反正我不相信你！没有路，我自己开出一条来！"

有莘不破一举手，虚空被打碎，又恢复了山道的样子，接着他一拳打破了一片山壁，但那些幻象仍然遮住了他的双眼。他虽然不至于被幻象带入死境，却也无法走出这个看不见的迷宫。

“妈的！妈的！”

他的心情正烦躁，突然一双手从背后轻轻拥住了他。有莘不破心里一跳，停住了动作，轻轻抓住那只小手，心情马上安定了下来，喜道：“雒灵！”

转过头来，看见了雒灵的俏脸。有莘不破喜道：“你是真的。我知道你是真的！”

雒灵微微一笑，伸手把有莘不破的眼睛遮住，放开手来，眼前又变成一片阴暗，却是一条山洞的过道。洞中堆满尸骸，在刚才那个假雒灵的位置上，一具骷髅立定在那里，姿势和假雒灵一模一样，一手向他伸来，一手指着洞口。

有莘不破道：“原来这假冒你的家伙指的其实真是出口来着！”

雒灵点了点头。

有莘不破笑道：“这叫虚则实之，摆这骷髅阵的人倒也懂点兵法。”他走上前去就要把那具骷髅打个粉碎，却被雒灵拦住。

“干吗？这骷髅上还有机关不成？”

雒灵摇了摇头，闭上眼睛，对着那骷髅无声地祷念了几句，骷髅空洞的眼眶中留下两行泪水，轰然倒地，变成一团灰烬。周围的局势又是一变，天高水深，月色下湖光粼粼，两人竟然是站在水边！

“哈！原来那劳什子山洞也是幻象！”

雒灵神色疲倦，缓缓在湖滩上坐下。

“累了。”

见雒灵点了点头，有莘不破道：“你歇歇。接下来的事我来解决。”见她露出对自己信任的微笑，有莘不破只觉得胸中一股骄傲涌起，手按鬼王刀，跨入水中，潜了下去。

血洗水晶宫

水月阵出现破绽了！

有莘不破一跳入水中，无论是湖外的师韶、羿令符，还是正在召唤“水之鉴”的水王水后，都感应到了这个巨变。

羿令符叹了一口气，道：“不是天门，也不是桑谷隽去的那个方向！嘿嘿，没想到真让师韶说中了，第一个破门而入的居然是一点头绪也没有的有莘不破！”

芈压雀跃起来：“有莘哥哥成功了？”

“还很难说。”羿令符道，“要看有莘不破的动作够不够快！溯流伯川夫妇已经快完成召唤了！”

果然，师韶的乐声也变了，原来只是以中正平和的调子来调和水王水后交欢迸发出来的情欲，现在已变成撕破脸皮的直接用乐音攻击了。

羿令符不准芈压看大相柳湖高空中的淫乱场面，芈压便向师韶那边看去，只见他已经换了一面战鼓，一捶一声雷震。鼓声上干九霄，下达湖底，把大相柳湖搅得天翻地覆，一通鼓擂下来，竟然把水族的宫殿房屋震塌了一大半。

河伯在天上听到鼓声，回过神来，骇然道：“这鼓声！难道是登扶竟来了？”

“不是登扶竟，是师韶。”

“师韶？那个盲小子有这样的造诣？”河伯一时没意识到是谁在搭话，顺口接了一句，突然醒悟过来，惊叫道，“谁？”

“还能有谁？”话声中一个人从云海里浮了出来，全身衣服斑斑驳驳，连头发也是凋残零落，竟然是江离！

河伯大骇道：“你还没死？这片云海可全是毒……”突然语塞，原来他发现不知什么时候江离脚下云海的颜色竟然变淡了！不但如此，整个云海左一片，右一片，正在慢慢恢复正常。江离非但没给毒死，反而在净化云海里的阴毒。

河伯瞠目结舌，结结巴巴道："这……这……你怎么做到的？"

江离道："看看你背后。"

河伯回头，只见背后不知什么时候出现一棵巨大的树，枝叶上抵天空，根系竟然已经遍布整个云海。

江离道："这是榑（fǔ）木[①]，不知长于何处，不知生于何年。只听说，在它的生命观念中以八千年为一季，两万四千个岁月在它如同一年。以我们人类这点有限的智慧，根本无法体验到它已经历过的岁月与生命。我特地把它请来，净化这片被你们这些短视的人污染的云海。"

河伯道："你、你怎么召唤到它的？"

"那木马，用的就是榑木的一截枝干。"

云海在榑木的净化下，慢慢褪尽了阴毒，恢复正常。河伯突然又狞笑起来："笨蛋！你这个笨蛋！这棵榑木根本就没有攻击力，你把它召唤出来以后又能怎么样？你能用它来攻击我吗？哈哈……但是，召唤这样的太古神物，你的真力却一定损耗严重，净化了这片云海，只怕你的力量也所剩无几，到时候看你怎么抵挡我禺强的攻击？"

"禺强？这个世界已经没有禺强了。"

"什么？"河伯俯视禺强，一看之下，一跤跌倒在龟甲上。禺强的蛇头蛇尾和四肢都已经收了起来。榑木的根系竟然伸了进去。河伯疯了一般狂叫道："你要对禺强干什么？你要对禺强干什么？"他近来屡受挫败，今日更被江离一步步逼到整个身心接近崩溃的边缘，此时说话气急败坏，全没一点一代高手的风范。

江离的脸平静得像远山的月亮，说："我在干什么，难道你没感受到吗？"

---

① 榑木：《山海经》中的神木，叶似桑树叶，高度可以达到数千丈，大二十围，是一种双生神树，两两同根而生长，相依相倚。据《山海经·东山经》记载："又南水行五百里，流沙三百里，至于无皋之山，南望幼海，东望榑木，无草木，多风。"

“感受？”河伯无意识地重复了一句，突然一股暖烘烘的气息从脚下涌起，沿着生命之源的渠道融入他的经脉，竟然在消解他体内的阴毒。这比发现江离没死更加令他难以置信：“你在替我解毒！”

“我不是在替你解毒，”江离说，“是在替你们消解罪孽。”一个玄龟的头慢慢伸了出来，接着是它的四肢，再接着是它的尾巴。

“冥灵！”河伯欢呼了一声，趴在龟甲上不停抚摸，一时间竟然完全忘记和江离还处于敌对状态。

江离见他真情流露，低声道：“算你还有点良心。”

冥灵慢慢恢复行动力，爬近江离的脚下，向他致礼。河伯见状全身发抖，尽管江离已经疲惫不堪，但河伯却知道自己再也无法对他出手。他颓然道：“你……你赢了。”

突然空中一个声音笑道：“好感人啊！要皈依新主人吗？”

江离微微抬头，空中一片缺角的芭蕉叶，叶子上托着一个少女。

河伯惊道：“燕其羽！”

江离看见她也吃了一惊：这不是有莘不破说过的那个令桑谷隽倾心的女孩子吗？他只在毒火雀池远远望见过她，但这女孩那种中性化的特殊气质却令人一见难忘。

江离突然想起一件事情，道：“燕其羽？听说你把守的是地门。”

燕其羽笑道：“不错。”

江离心中一沉，知道桑谷隽只怕要糟，问道：“桑谷隽呢？”

“还没死。”燕其羽说，“不过也差不多了。这男人也真不简单，垂死一击，居然把我拖了这么久！”说着抚摸了一下座下的芭蕉叶：“还弄伤了我的羽翼。”

桑谷隽的蚕丝没有伤到燕其羽，却仍把她拖了很久，否则燕其羽早来一刻，只怕整个云海的战局都要改写。

江离道：“桑谷隽喜欢你，你知道吗？”

燕其羽听了一怔，道：“喜欢？他干吗要喜欢我？”

“喜欢一个人又需要什么理由。”江离道，“有时候见到了，就知道自己喜欢。”

燕其羽本来是抱着完成任务的简单心情来大相柳湖的，这时听了江离这两句话，竟然呆了。

江离道：“若不是因为你是他喜欢的人，你认为你能击倒他？”

燕其羽却傲然道：“当然能！”突然反问道：“他真的喜欢我吗？”

“他在见到你真人之前，就已经喜欢上你了。”

“胡说！”燕其羽道，“见到我真人之前就喜欢我，那不可能！”

“他没见到你，却先见到了你的影像。”江离叹了口气，简略说了桑谷隽在“五行地狱·水狱”中见到燕其羽时的情景，这情景他也是听自有莘不破的转述。有莘不破转述时略带着点嘲弄的味道，但这时候燕其羽再听江离转述，却听得呆了，想起刚才和桑谷隽对阵的情景，心中涌起一种奇怪的感觉。

燕其羽的眉毛柔顺下来，但随即挺了挺，怒道：“我不信！”

“不信？”

燕其羽冷笑道：“你不过是想瓦解我的战意罢了。”

江离道：“你我一战是一回事，但我跟你说这些，只是希望你多多少少能明白桑谷隽的心意。”

“心意？”燕其羽冷笑道，“你说他之所以被我打败是因为喜欢我，难道他不知道败在我手里就意味着离死不远？难道喜欢一个人会连命也搭上不成？”

江离道：“当然。”

“当然？”燕其羽道，“说得好像你很懂似的。我问你，你有对谁这样过没有？”

这句话可真把江离给问倒了。

燕其羽看见他没法回答的神情，大笑道：“我就知道你在说谎。废话少说，看招！”

巨大的风力竟然把云海撕裂成两半，江离大惊，就要飞起，陡然间胸口一痛，真气不继，竟掉了下去。一股旋风倒卷，把江离卷入了燕其羽的风轮。

风声中榑木渐渐消失。河伯怒道：“住手！”燕其羽笑道：“怎么？

玄阴心结一解开，就忙着要给新主人摇尾巴吗？”

河伯怒道：“天门由我把守，用不着你来多事！”

燕其羽大笑道：“你可别搞错了状况！我可不是水后的手下，我想干什么就干什么！这里可是在天上，是我的地盘！”手一挥，一个大风刃向河伯袭来。

河伯正要催动冥灵反击，但冥灵体内的余毒才堪堪净化，生命之源早已耗尽，一阵空间扭曲后，消失在云海间。河伯措手不及，连“河盘川带”的防御也来不及发动，就被风刃打下云头，跌下高空。

当江离还在净化云海的时候，有莘不破已经闯入水晶宫。上次在小相柳湖，有采采用分水诀分开湖水，信步而下，如走楼梯，走入湖底，这次却得实打实地潜下去。他闯入碧水水晶的隔水界，到达水晶宫的时候，师韶已经擂起第二通鼓。所有地基较浅的建筑都已经倒塌殆尽，只剩下碧水殿还巍然不倒。

水族辈分最高的萝灡和萝莎正指挥水族的男男女女抢救被陷在倒塌房屋中的族人。一看到有莘不破，心中大骇，萝灡高呼道：“保护主殿！”水族众人密密麻麻地拥上来。萝莎高声道：“人墙！人墙！”

水族勇士冲了上来，水族的祭师在后发动咒语。老弱病残则一起向门口挤去，把碧水殿的入口塞得半点缝隙也没有。

有莘不破怒喝道：“滚开！”鬼王刀扫过，水族的勇士又有哪一个能挡得住他一个回合？水族的祭师发动各种咒语，但双方实力相差太远，只能稍微拖延有莘不破的脚步，根本无法伤害到他。

有莘不破初时还顾念着采采，手下颇留情面，只用冲力把水族的勇士撞开，到了后来人越聚越多，杀性一起，怒喝道：“再不滚开，老子就开杀戒了！”

水族的男人们像野兽一样嘶吼着拥上来，终于有一人把血洒在了鬼王刀上。鬼王刀舔了血，光芒大涨，有莘不破眼睛红了，凌厉的“精金之芒”挥出，碰到兵器盾损刀断，遇到人就鲜血横飞。一个、两个、三个……鬼王刀的威力越来越大，到后来水族的男人一排排地倒下，女人们挡不住，被有莘不破冲进了碧水殿。

碧水殿是好大的一座屋宇，正中央耸立着一块巨大的碧水水晶，比小相柳湖的那块碧水水晶大上十倍。水晶中水王水后夫妇的召唤仪式已经接近尾声。这块大碧水水晶旁边还有一块较小的碧水水晶，水晶中困着一个女孩子，正是采采。

萝滥见了有莘不破的气势，知道无论如何也挡不住了，不由得声泪俱下，连斗志也丧失了。萝莎却大声叫道：“围住大碧水水晶！不能让他靠近！”

有莘不破抬头一看，不由大吃一惊。只见水王水后头顶的空间扭曲越来越明显，知道胜负就在这一刻了。然而更让他吃惊的却是被困在风轮中的江离。

天门就在碧水水晶的正上方，水王水后巨大的幻影也正是通过天门反射出去。天门外江离已经全无还手之力，他的近身防护力还不如桑谷隽，更远远不如有莘不破！被燕其羽可以媲美有莘不破“刀剑乱·大旋风斩”的风轮扯入，绞得血肉模糊。

“滚开！”有莘不破气急，把拦在他面前的一个水族踢开，但很快又挤上来一个老女人堵住缺口。

水族的男人早已死伤殆尽，拦在面前的全是女人！

有莘不破破口大骂：“滚！滚！滚！去你妈的！”

老弱们一个个被推开，但推开一个，又涌上来一堆！

“姐妹们！不能让他前进半步！再让他前进半步，我们就要灭族了！”萝莎刚才被有莘不破的刀锋斜侧扫到，只剩下半边脸，满身是血，却仍然歪歪斜斜地支持着不肯倒下。

有莘不破怒骂道：“你们自己不想灭族，却要水漫天下，要害死天下所有人！这什么鸟道理？”

萝莎哪里会回答他，竭尽全力哭叫着：“上啊！上啊！只剩下一步了！挡住了他，我们就赢了！为了我们的未来，拦住他啊！”

“杀！杀！杀！”有莘不破心中大叫着，却仍守住灵台最后一丝光明，左手推人，右手抓住刀勉强控制着自己，手筋突起，忍得生疼，高声叫道：“溯流伯川！你不是男人，拿这些老头女人做挡箭牌，你出来，挡得住我三刀老子就乖乖认输。”

“别听他胡说！”萝莎厉声叫道，“挤死他！累死他！上啊！大家上啊！”

女人们像蚂蚁一样涌过来，自相践踏，有几个压在最底层被自己人踩死；还有几个年纪老迈的在拥挤中早就断气，尸体却仍被后面的人推着向有莘不破涌。

有莘不破几次要动刀，但一想起江离会不高兴，马上抑制住自己。突然一滴血滴在自己脸上，鼻孔闻到一股清馨的气味。有莘不破心头大跳：“江离！是江离的血！”仰头一看，隐约见风轮中护住江离全身的草木早被撕裂得七零八落，血水像雨点一样飘洒下来。

“不——”

“姐妹们努力啊。”

有莘不破见到好友命垂一线，热血上脑，已经接近暴走的边缘，再听到萝莎那惹人厌恶的声音，立刻鬼叫道：“臭巫婆！再说一句我先拿你开刀！”

一个奇怪的影子悄悄盘上有莘不破右手，他的右手突然不受控制，一刀向萝莎凌空劈去，噗的一声萝莎人头落地。有莘不破一呆，大叫一声，鬼王刀的刀罡披荡开来，人头一排一排地落地，尸体堆满了大碧水水晶的底座！

半空中水后凄凉地笑道：“哈哈！成了，成了！溯！我们成功了！”水王却已经力竭而死，无法应和她了。水后哭道：“族人啊！我只能用这‘水之鉴’替你们报仇了！有莘不破，我要你也尝尝国破家亡的滋味！”

远处师韶大惊，大鼓噗的一声打破了。

羿令符惊道：“糟！芈压，得动手了。”

芈压道：“不是说至少要把天门打开吗？”

“来不及了！说什么也得搏一搏了！”拉开落日弓，把重黎之精炼成的“祝融之羽”往天门射去。

燕其羽在天门上，见了来箭心中一凛，不敢召风阻拦，那箭被天门阻住，消解掉了锐气，射到大碧水水晶上的时候已经冲力全无，只剩下一团火芒悬浮在水后头上。天门随即又自我修补合拢。

碧水殿中只剩下有莘不破一个活人还站着，他已经完全失去意识了，抬头仰望着那团天底下最厉害的重黎火光，生命之源有所感应，突然不受控制地沸腾起来！

“哈哈哈……”水后疯狂地笑着，“你们败了！我们也完了，大家同归于尽吧！‘水之鉴’啊！祖神啊！让我们报仇吧！康回冯怒——万国倾颓！”

一种无声无息的变化正慢慢散化开来，还活着的人都知道“水之鉴”已经开始影响水的冰点。燕其羽在天上大笑！师韶则在远处叹道：“完了。”羿令符则握紧了拳头。突然三人一起惊起：“那是什么?”

燕其羽感到一种前所未有的恐惧，她不知道将发生什么事情，却凭直觉当机立断，抓起奄奄一息的江离远远逃了。

水后本已被疯狂充斥的心灵也突然感到一阵害怕，低头一看，只见一片大火扑来，就什么都不知道了。

一簇威武的光芒从湖底暴发出来，一瞬间把‘水之鉴’送回了远古，把整个大相柳湖都烤干了。

燕其羽远远回头一望，喃喃道：“那是什么？那是什么？得赶快回去向仇皇大人禀告！”

一声天籁般的鸣叫回荡在这西陲雪原上，师韶满心欢喜，听得如痴如醉。

“好厉害啊！”芈压说，“比毕方还厉害啊！”

“那当然了。”羿令符道，“这是玄鸟凤凰啊！”

第一要务：上天山

有莘不破在无意识中触动生命印记，召唤出玄鸟凤凰，惊走了燕其羽，焚灭了水后，烤干了大相柳湖，送走了“水之鉴”。

凤凰虽然出现，有莘不破却早已失去了知觉，无法与之沟通，他的生命之源也不足以支持玄鸟在这个世界停留。玄鸟在三声鸣叫后自燃，其元神在烈火中回到自己的世界去。但它留下来的余烬和“水之鉴”的余威、重黎之精结合在一起，却抟成了一片铺天盖地的火云。

火云顺着东南风向西北飘去，一路越烧越大。

师韶和羿令符这时已经会合，见状不约而同惊道：“不好！”

芈压道：“怎么了？”

这一惊一问之间，羿令符还来不及回答，已经有数十座雪峰在火云的笼罩下开始消融倾颓。温度的急剧变化导致峰巅积雪不稳，数十座大山开始出现雪崩！雪水、泥浆、岩石和还未消融的冰块轰隆隆胡乱翻滚，片刻被烤干的大相柳湖便恢复了三成水量！

羿令符惊道：“完了！让那火云继续肆虐下去虽然不是水漫天下，但对下游来说只怕也是百年一见的大灾难！”

师韶吸了一口气，用千里传音的功夫喊道：“两位宗主！还不肯出手吗？”

独苏儿的声音不知从哪里传了回来：“现在让我出手也没用啊。我哪里对付得了那片火云！有莘小子自己惹出来的，让他自己解决。”

师韶道：“都大人！你也不管管吗？火云再飘过去，可就是大河的源头了！大河泛滥，夏都也得遭灾！夏王追究起来你只怕难以推脱！”

独苏儿笑道：“他只怕也没办法。我给你出个主意吧。这里也就你一个人能以音乐跨越时空。何不弹奏一首《天魔乱》？”

师韶道：“《天魔乱》？那没用。啊——”突然醒悟过来，安坐地上，调弦试音。

他们所在乃是一块高地，被火云烧融的冰水泥浆已经把大相柳湖灌满，溢出来四处奔流。洪水从高地下冲过，轰轰然如万马奔腾。但这巨响既乱不了师韶的心神，也压不住他的瑟音。一曲极哀怨的古调远远传出去，竟然刺破空间的局限，传到某个不可知的地方去。

天空中出现一阵扭曲，芈压叫道："看！难道又是什么幻兽吗？"

师韶停了瑟，正色道："不可乱说话！"

芈压吐了吐舌头，再定眼望去，只见天空中出现一个梦幻般的美人，肌肤若冰雪，绰约若处子，眼神一扫，仿佛一眼就看穿这个地方发生了什么事情，又仿佛对发生了什么事情全不关心。

师韶正要说什么，空中那人伸手一指，火云上空出现一道裂缝，裂缝后面是一片无穷无尽的黑暗。那个暗黑空间似乎有着无穷的吞噬力，本来向东南移动且已铺满方圆千里的超级火云被那股引力所牵引，竟然停滞下来，跟着被倒拖，向那无底的黑暗涌去，一接触到裂缝的边缘便马上被吞噬，吞噬得越多，那道裂缝就越大，裂缝越大，吞噬的速度就越快。

芈压看得口干舌燥，突然感觉脚下一飘，那裂缝吞噬完千里火云，接着连地下的潮水、沙石也被引动。

芈压大惊："不是连我们也要吞了吧？"

师韶叫道："宗主！快快收手。无底洞再扩张下去整个世界都要被吞噬了！"

天上那神仙般的人物不作一语，又是一指，转身不见。其人消失以后，高天上那道裂缝慢慢吻合，天地间也渐渐恢复平静。

羿令符看着已经融化了的雪山，心道："情况虽然不再恶化，但已经融化了的雪水只怕也会给中下游带来一场不大不小的洪灾。"

芈压目睹这天地巨变，实在不相信那是人力所能为，跌坐在地上，问师韶道："师韶哥哥，那个神仙是你朋友吗？"

师韶叹了口气还没接话，羿令符道："那不是神仙，是魔鬼。"

"魔鬼？可这人长得好漂亮啊。"

羿令符叹道："这事情以后再说吧。先找有莘和桑谷隽去。可别在混乱中死掉，那可就冤枉了。”

师韶突然道：“来了。”

“什么？”

师韶道：“雒灵。”

羿令符一怔。

师韶道：“从地下来。好像在找我们。”拨动琴弦，发出几个短促的音调。不久一个土包子在他们附近垄了起来，土包子破开，现出一个丝球。

芈压舒了口气，道：“是桑哥哥。”

丝球裂开，三个人一个坐着、两个躺着——坐着的是雒灵，躺着的是有莘不破和桑谷隽。

羿令符快步过去，检查两人的伤势，道：“不破是体力透支，等精力恢复就好。桑谷隽怎么受了这么重的伤？只怕没半个月醒不来。”

芈压道：“可护着他们从地底上来的不是桑哥哥的力量吗？”

羿令符看了雒灵一眼，道：“是你雒灵姐姐在操纵这股力量。”心中却道：她不仅仅是操纵桑谷隽的力量那么简单，而是趁着桑谷隽昏迷侵入他的心田加以操纵。侵入别人的心田本是一件很忌讳的事，但这次雒灵所为并无恶意，因此羿令符也就不说什么了。

芈压道：“那我先给桑哥哥煮道醒魂汤去。”

羿令符道：“不！桑谷隽是在生死之际牵引大地之力疗伤，还是让他睡到自然醒来为好。你给不破煮点能恢复体力和精神的东西吧。”

芈压应声好，走进“一品居”。

羿令符心道：“没想到这一役我们会遭到这么大的挫折！江离被擒，有莘不破和桑谷隽看来短期内是起不来了。三个最活跃的高手一齐遭难！师韶说过要回东方。我身边只剩下芈压一个小孩子，再加上一个不肯开口说话的雒灵，要让商队继续在这边荒中走下去，这副担子不轻。不要再遇上什么大敌才好！”

师韶虽是盲人，却仿佛能看破别人的内心，问道：“担心什么？”

羿令符道：“江离。眼下这两个小子应该死不了。”

师韶道：“那个驱风的人我知道，是仇皇用飞廉[①]之血造出来的，挺可怜的一个女孩子。”

羿令符道：“仇皇？”

“就是都雄魁大人的师父！”

羿令符惊道：“上一代血祖！他不是已经……”

“复活了。”师韶道，“我到天山找寻剑鸣之声，不小心误入他的藏身之所，听见他复活的欲望。幸好当时他行动不便，虽然想杀我灭口，却终于奈何不了我。”

羿令符道：“这水族召唤‘水之鉴’，难道也是他背后操纵？”

师韶道：“或许是。只希望江离能半途逃脱，若给擒到天山，虽然仇皇未必就杀他，但我们再要把他救出来可就难了。”

“无论多难，我们……也要去！”有莘不破醒了过来，他挨着雒灵勉强坐起，道：“怎么回事！我怎么会累成这个样子！”

羿令符道：“你召唤出了玄鸟。难道自己不知道吗？”

“什么？”有莘不破又惊又喜，“我请出了玄鸟？”

羿令符微微一笑，把在外边看到的事情跟他简略说了，又问起大相柳湖内的情形。

有莘不破道：“雒灵在人门接应我，我潜入湖底，杀……杀了进去。后来见到江离危险，心中发急……唉，不知道他看见没有？”

羿令符皱眉道：“你杀了很多人？”

有莘不破黯然良久，道：“不是很多人，是所有人。男女老幼，一股脑全杀了。”

羿令符和师韶大吃一惊。师韶道：“别多想了，那也是不得已。”

有莘不破不愿多提那次杀戮，问道：“后来呢？江离怎么样了？”

羿令符道：“玄鸟出世的前一刹那，那个控风的女孩子警觉地预先跑了，江离应该被她制住了。”说着又将火云出现的事情说了。

① 飞廉：中国神话中的风神，鹿身，鸟头，长着蛇的尾巴，曾帮助蚩尤与黄帝作战。

说到那个神仙般的人时，芈压煮了一碗鱃鱼[1]汤出来，雒灵接过，喂有莘不破吃。

有莘不破也不管那汤有盐没盐，那鱼有骨没骨，一股脑吞下，问道："那人这么厉害！师大哥，你哪里结识的朋友！"

师韶叹道："朋友？也不知算不算。也算认识吧。我曾误入他的住处，我听了这人的叹息，这人听了我的瑟音。"

有莘不破道："这人到底是谁？"

羿令符道："还能有谁！这样的本事，天底下有几个？"

有莘不破心中一凛，道："是江离的师父，还是传说中的天魔？"

羿令符叹道："要是太一正师来到，情况也许会比现在更好些。却不知为什么遇到这样的大事四大宗师独独只有他未曾现身。"

师韶点了点头。有莘不破道："唉，天魔……那只怕比江离的师父更难遇上。真是可惜，以后能再见到这位宗师才好。还有他那惊天动地的绝招。"

"最好不要！"羿令符道，"这个人一出现，多半没好事。那无底洞更是想也不要想它！"

"怎么会，天魔不是帮了我们吗？"

羿令符道："天魔这次出手的动机是什么，我们谁也搞不清楚。不过我们最好不要和天魔有所纠缠，不然以后见到季丹大侠只怕会落下些尴尬。"

"季丹大侠！"听到这个名字，有莘不破热血一涌。这个男人不仅是他的偶像，也算是他半个师父。"季丹大侠和天魔有什么恩怨吗？"

师韶叹道："听说在季丹大侠新婚之夜，就是天魔藐姑射招来无底洞，把他的新娘、亲人、朋友乃至故乡草木都吞噬掉的。"

第一次听见这事的芈压张得嘴都合不拢，道："原来这人这么坏！早知如此，我们就不要伊的帮忙了。"

---

① 鱃鱼：《山海经》中的怪鱼，和鲤鱼很相似，但是头特别大，人吃了不生疣。据《山海经·东山经》记载："……其中多鱃鱼，其状如鲤而大首，食者不疣。"

羿令符正色道："西北雪原的稳定关系重大，只要还是个人就该出一份力量，不应把一些私人恩怨夹杂进来。再说，这样的大事也不仅仅是我们的事情，我们也没资格说要不要人家的帮忙。"

芈压受教，垂下了头。

有莘不破听到这个消息，却想起了和季丹洛明第一次见面那晚他对自己说的话。"原来那个人就是藐姑射！"有莘不破心道：藐姑射和季丹伯伯的关系可不止是仇人那么简单。想到那晚季丹落寞的神情，心中又是一阵怅惘。这时候觉得手一紧，原来是握住自己的雒灵用了用力气。有莘不破朝她看去，雒灵却是无意间握紧他的手。有莘不破见她正出神地望着天空，心道：她在想什么？

羿令符咳嗽了一声，这对情侣一起回过神来。

羿令符问道："不破，你觉得身体怎么样？"

"没什么，就是一点力气也没有。"

"看来短期内没法指望你了。"羿令符道，"现在水族的事情已了，大相柳湖被你那么一折腾，再被泥沙冰团冲了几次，只怕那个水底世界是完蛋了。这件事情，不要再想它了。当前第一要务是上天山！"

有莘不破点了点头："对！我们马上出发，一定要尽快！江离落入那个什么仇皇手中，现在这个血祖已经够可怕的了，何况那人还是他的师父！想想就令人担心！"

羿令符却道："去是一定要去，但不是尽快，相反得慢慢走。"

"什么？还慢慢走！"

羿令符道："虽然不知道仇皇复活后现在功力达到什么程度，但总之这个人绝对不好对付。所以我们在到达天山之前，你和桑谷隽必须把伤养好。那个控风的女孩若立志要杀人，这会儿江离早不在了，我们急也没用。"

有莘不破嘘了一口气，道："也是。"

羿令符道："商队的事情你暂时不用理了，静心养伤。还有就是回想一下你召唤玄鸟时候的体验。说不定到时候大有用处。"

师韶指着西北道："越过这茫茫群山，约两千三百里左右，就可以到达剑道。不过从这里到剑道全是万丈高峰横截，无路可通。”

羿令符手一指，道：“看！”

芈压喜道：“七香车！”

七香车本来就是件难得的宝物，这一年来受江离精气培浸，再加上若木去世后化做一截桑枝依附其中，因而更是灵性十足。在云海中，它被打散后并没伤及元气，大变过后自发重组，此时正在吸收天地精华。

师韶道：“可是七香车没法把整个商队运过去啊。”

芈压灵机一动，道：“我们还有有穷之海！把商队装了，再坐七香车飞过群山。”

羿令符道：“这主意倒不错。不过七香车要飞过这茫茫群山也不是一时半会就成。用过以后，有穷之海只怕要休养好长一段时间了。”

有莘不破笑道：“还好我们商队宝贝够多，否则可就麻烦了，准备一下起程吧。我是跑不动了，到时把我一并装进去吧。”转头对雒灵说：“你要不要去见见你师父。”

雒灵闻言站起来，感应良久，微笑着摇了摇头。

有莘不破奇道：“她老人家不见你？”

雒灵又摇了摇头。

“莫非她老人家已经离开了？”

雒灵这才微笑着点了点头。

芈压道：“雒灵姐姐，你这闭口界太麻烦了！早点练成吧！芈压想跟你说说话。”

雒灵仍然微笑着，头一低，师韶却听见了一下无声的叹息。

都雄魁笑道：“干吗躲着不去见见你徒弟？”

“嘿！盯着你啊。我刚才一个不留神，你就向那小子动手！说话没有口齿，四宗里面，就你最不要脸！”

“谁说话没口齿来着！”都雄魁道，“我答应你不伤他，可没答应过你其他事情。何况刚才那一下子，我明明就是帮他。”

“帮？他需要你帮吗？他又不是刀子举不动！要你自作主张控制他

的右手让他杀人。”

都雄魁笑道：“他口里都喊‘杀杀杀’了，手却不动！老子看着不耐烦，顺水推舟而已。反正他已经动了杀意，那个女人，就算是我杀一半，他杀一半。其他那些，可都是他自己动的手了，和我无关。”

“哼！很多时候，第一步才是最重要的。这一点你我心里明白！别以为你想干什么我不知道。你想把江离从他身边带走，是不是？算了，江离走了也好。不过以后别再碰这个小子了。”

都雄魁冷笑道：“若碰了呢？你要与我同归于尽不成？”

“你说呢？”

“嘿！”都雄魁对名震天下的心宿其实也十分忌惮，他还有求于人，不愿两人就此闹僵，道，“这事就不提了。没想到藐姑射这次竟然会出手。”

“这人做的事情，哪一次我们能想到？季丹结婚那晚的事情，才真把我吓了一大跳！从那以后，无论这疯子做什么事情我都不会诧异了。嘿嘿，你要转换话题也不用扯上藐姑射，不如说说‘小水之鉴’的事情如何？”

都雄魁笑道：“‘小水之鉴’？不要也罢。”

“不是说好了么？你为何反悔？”

都雄魁笑道：“虽然我不知道你要那有反射之能的‘小水之鉴’干什么，但……但你想拿来跟我交换的信息，嘿嘿！我已经知道了。你要说的是我血宗那个老头子没死的事情，对吧？”

“嗯，那小妮子一出现，你果然就猜到了。加上毒火雀池那次，他已经是第二次派出这小妮子了。真是奇怪，难道他已经完全复原？否则怎么敢如此张扬？”

都雄魁冷笑道：“完全复原？那不可能！哼！现在就算完全复原我也不怕他！”

“那老头的事，我没兴趣。可惜，看来‘小水之鉴’是泡汤了。”

“那倒未必。”都雄魁道，“我们可以把约定改一下。”

“哦？我可想不到什么可以打动你的事情。别告诉我条件是让你去杀我徒弟的情郎。”

都雄魁道：“你放心！这小子我迟早要宰掉，不过不是现在。这样吧，我可以帮你激发那两个娃子的隔代血继，但你要跟我上天山，帮我一个忙。”

“呵呵，原来是要我帮你对付那个老头。”

都雄魁冷笑道：“那是本门家事，岂能让你插手？是另一件事。”

“究竟是何事？”

都雄魁沉吟不语，似乎在想如何措辞。

“莫非你想对祝宗人的徒弟动手？”

都雄魁笑道：“知我者，莫若苏儿。”

“呸！少恶心！唉……”

都雄魁奇道：“叹什么气？”

“我叹祝宗人和伊挚不该去干什么补天的蠢事，如果不是因为那件事情搞得他们一个人神俱灭、一个元气大伤，他们的徒弟哪会像现在这样任人摆布？”

“那有什么办法。他们不想补天也就算了，如果存了这个心愿，那时已经是他们最后的机会。”都雄魁道，“一旦成汤起事，伊挚固然无法抽身，祝宗人也非卷入不可，这可是数百年不遇的鼎革巨变，谁敢说自己一定能在这场巨变中活下来？”

“唉……他们太一宗就是这样，一面追寻茫茫不可知的天道，一面又无法抛开对芸芸众生的挂怀，殊不知天道讲究的是遗世而独立，人道却要入世化俗，两者背道而驰，如何能得而兼之！”

都雄魁笑道：“他们哪里是不知道，只是妄想两者兼而有之罢了。嘿嘿，当年申眉寿倾向天道，不理人事，结果被大夏王疏远，给祝宗人留下一个不可收拾的烂摊子！祝宗人却反其道而行，来个大发慈悲，哈哈，补天！哈哈，想救天下众生，结果落得个尸骨无存。哈哈，哈哈，哈哈……”

“好歹一场道友，你竟然这么没良心。嘿嘿，祝宗人的大徒弟没好下场，不知道小徒弟将来又会如何。”

劫后余生

采采睁开眼睛，她不明白自己为什么还活着。

“我为什么要醒过来？”

不醒过来，她至少不必面对现实：眼睁睁看着昔日的朋友屠杀自己的族人，而最讽刺的是，她还不止一次地幻想能靠这些朋友来挽救水族的命运。有莘不破错了么？好像没有。因为他这样做是为拯救他的故乡和他的亲人。但妈妈的话也没错。事情的确像水后所预言的那样发生了：闯进来的平原人，毫不留情地把水族杀得一干二净。

整个血腥的场面，采采在小碧水水晶中看得一清二楚，有莘不破拿着屠刀斩下一个个人头的场景不断地飘浮在她的眼前。

“为什么？为什么？”在那一刻采采甚至相信，那个狰狞的男人才是有莘不破的真正面目。

“我该怎么办？我能做什么？”采采低声抽泣着。

“采采……”一双手环住了她的腰。采采一阵颤抖！小渼！

采采这才回过神来，打量周围的情况。自己所处的地方是一个天然的山洞，在自己的脚边，有一眼温泉热滚滚地冒着，把这个初春的寒意驱赶得不剩一点，只留下一片温暖和春情。她回过头来一看，搂住她的，果然是洪渼伯川。

“小渼，你果然还没死！”采采忘情地抱住他，突然发现两人身上都一丝不挂。

“啊！”她惊叫着推开怀里的少年，然而有限的距离却让他们更清楚地看见对方的身体，一种更加强大的诱惑力从彼此的身上散发出来。

小渼抱住了她。

“不！小渼，我们不可以。”

小渼的呼吸粗得就像发情的野兽，什么也听不进去，只是紧紧地抱着她、抚摸她。

“不！小渼！”采采知道自己必须找些事情来分散注意力，否则连自己的堤防也要崩溃，“小渼，来，告诉我，你为什么还活着？”

“嗯……”小渼迷迷糊糊地说，“我也不知道。我只知道我被那个有莘不破砍了一刀，然后就什么也不知道了。醒来的时候，伤口却合吻了。采采，我们一定是在天上了……这里好温暖，只有你，只有我……”

“小渼，别这样。让我看看你的伤口。”采采忍住羞涩，察看小渼的伤疤——那道伤疤竟然从左边肩头一直延伸到右胯。

采采大吃一惊，说：“小渼，转过身去，我看看你的背部。”

小渼转了过来，他的背部赫然也有一道伤疤，仍然是从左肩一直延伸到右胯。看这样子，有莘不破那一刀分明是把他砍成了两截，那小渼怎么还可能活着？

“莫非，这里真是天堂？或是地狱？”

“我不管！”小渼转过身来紧紧搂住她，“天堂也好，地狱也好，只要能跟你在一起……”

“不！不要！”采采软弱地抵御着自己的欲念，但她的乳房已经挺起来了，口中无力地呻吟着，“小渼，不要。不可以……”

“为什么不可以！为什么不可以！我们已经死了！为什么还要理会人间那些条条框框？”

“可是……可是我们很可能还活着啊。爸爸说过，世上有一个很厉害的人，无论多厉害的伤势都能治愈。甚至连死了不久的人也能复活。他说过，当年他就是遇见这样的一个人，才活了过来的。小渼，我们一定又遇到这样的人了。我们……我们还没死。”

“那更好！”小渼的声音也犹如呻吟，“我们在一起，生下许许多多的儿女，让水族重新兴旺起来，好不好？”

采采一听，连心也颤抖起来。

“采采，你问过我，我们有千万个不能在一起的理由，却没有一个在一起的理由。现在有了。我们必须在一起，不然水族就要灭亡！我们必须在一起，只有这样才能让我们水族继续繁衍下去！让祖神共工的血脉流传下去。”

“可是……小涘……”

“采采，从今天开始，我就是水王，你就是水后。我们生下许许多多的儿女，将来他们长大了，学好了本事，再给爸爸妈妈，给你，给我，给我们的族人报仇！”

“报仇！报仇！不！我不要！”

“难道族人被屠杀的仇恨，就这样算了不成？”

“可是小涘，我们斗不过他们啊！”

“我们斗不过，就让我们的儿孙去做！平原人总有软弱的一天，我们总有强大的一天！采采，我要和你生下许许多多的儿女，让他们把我们的血，还有我们的仇都流传下去！”

采采闭上了自己的眼睛。从身体到心灵，她的堤防已经彻底垮了。

“多完美的仪式啊。”

“确实很香艳，水族的女人就是骚！”都雄魁想起了阿芝，随即冷笑道，“不过我从来不知原来你也有这种癖好，看得这样津津有味。”

“去！别把我和你这下流坯子扯在一起！我欣赏的是他们的心声。那么极端，又那么热烈；那么抗拒，又以欲望和仇恨来瓦解这抗拒！只有死而复生后的繁殖愿望，加上血海深仇的深刻印记才能爆发出这样完美的孽缘。”

都雄魁笑道：“现在‘水之鉴’已经到手，这两个小的你打算怎么处置？”

“随你便吧。”

都雄魁道：“既然如此，就任他们自生自灭。我倒很想看看他们会生出什么样的后代来。”

“你能看到？”

都雄魁笑道：“别忘了我已经练成了不老不死之身！嘿！再过个一两百年，等他们这一族再繁衍多些，我再来掳一批回去做女奴！”

“你可得小心些，别玩出火来！共工的血脉可不是好惹的。如果没猜错的话，当年水族首脑的觉醒多半和你那个老头子有关。不过水族的力量还远未到达极限，要是完全觉醒的话，只怕你未必对付得了！想来多半是那老头子又想利用这一族的力量，又害怕再造出个共工来连自己也对付不了，所以在激发他们的隔代血继时才留了一手。”

都雄魁傲然道：“哼！他怕，不代表我也怕！再生出个共工来也不要紧！水漫天下？嘿！哪能和我们四宗的终极灭世相提并论！”

“随你吧，反正我就快抛弃这个世界了，几百年后的事情，我既看不到，也没兴趣管。”

有莘不破等回到了商队。他的体力和真气的消耗比预想中要严重得多，到第三天才站得起来。桑谷隽运用作茧自缚之功，在蚕茧里一直昏迷不醒，但羿令符等人都能感到蚕茧中的他，力量正在慢慢恢复。

羿令符一边放出龙爪秃鹰，探明了通往天山剑道的风路；一边整顿商队，准备出发。师韶不改初衷，要顺着大江回中原了结心愿，有莘不破挽留不住，只好置酒为他饯行。有穷四老均有礼品赠送，师韶却半分不受，道：“我一个瞎子，沿途乞讨便是，这些带在身上，累身累心。”

铜车早已上岸，芈压把所有通灵水马都放了，师韶也登上了特地为他留下的竹筏。有莘不破道：“如果见到伯嘉鱼，代我向他致谢。”

师韶奏起惜别之韵，踏上水马群拥的竹筏顺水而下。曲子犹在群峰之间，竹筏却已变成一点孤影，点缀着雪山白云、碧水青天。

激发个人成长

多年以来，千千万万有经验的读者，都会定期查看熊猫君家的最新书目，挑选满足自己成长需求的新书。

读客图书以“激发个人成长”为使命，在以下三个方面为您精选优质图书：

1、精神成长

熊猫君家精彩绝伦的小说文库和人文类图书，帮助你成为永远充满梦想、勇气和爱的人！

2、知识结构成长

熊猫君家的历史类、社科类图书，帮助你了解从宇宙诞生、文明演变直至今日世界之形成的方方面面。

3、工作技能成长

熊猫君家的经管类、家教类图书，指引你更好地工作、更有效率地生活，减少人生中的烦恼。

每一本读客图书都轻松好读，精彩绝伦，充满无穷阅读乐趣！

认准读客熊猫

读客所有图书，在书脊、腰封、封底和前后勒口都有“**读客熊猫**”标志。

两步帮你快速找到读客图书

1、找读客熊猫

2、找黑白格子

马上扫二维码，关注“**熊猫君**”

和千万读者一起成长吧！

暗黑者四部曲
（套装全四册）
周浩晖 著
暗黑者
四部曲
中国高智商犯罪小说扛鼎之作
周浩晖 著